UMA NOITE COMO ESTA

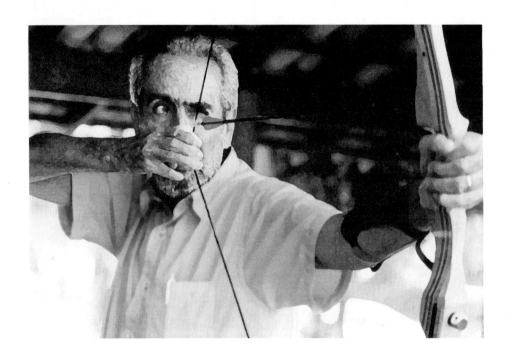

O Arqueiro

GERALDO JORDÃO PEREIRA (1938-2008) começou sua carreira aos 17 anos, quando foi trabalhar com seu pai, o célebre editor José Olympio, publicando obras marcantes como *O menino do dedo verde*, de Maurice Druon, e *Minha vida*, de Charles Chaplin.

Em 1976, fundou a Editora Salamandra com o propósito de formar uma nova geração de leitores e acabou criando um dos catálogos infantis mais premiados do Brasil. Em 1992, fugindo de sua linha editorial, lançou *Muitas vidas, muitos mestres*, de Brian Weiss, livro que deu origem à Editora Sextante.

Fã de histórias de suspense, Geraldo descobriu *O Código Da Vinci* antes mesmo de ele ser lançado nos Estados Unidos. A aposta em ficção, que não era o foco da Sextante, foi certeira: o título se transformou em um dos maiores fenômenos editoriais de todos os tempos.

Mas não foi só aos livros que se dedicou. Com seu desejo de ajudar o próximo, Geraldo desenvolveu diversos projetos sociais que se tornaram sua grande paixão.

Com a missão de publicar histórias empolgantes, tornar os livros cada vez mais acessíveis e despertar o amor pela leitura, a Editora Arqueiro é uma homenagem a esta figura extraordinária, capaz de enxergar mais além, mirar nas coisas verdadeiramente importantes e não perder o idealismo e a esperança diante dos desafios e contratempos da vida.

Título original: *A Night Like This*

Copyright © 2012 por Julie Cotler Pottinger
Copyright da tradução © 2017 por Editora Arqueiro Ltda.

Todos os direitos reservados. Nenhuma parte deste livro pode ser utilizada ou reproduzida sob quaisquer meios existentes sem autorização por escrito dos editores.

coordenação editorial: Taís Monteiro
produção editorial: Ana Sarah Maciel
preparo de originais: Taís Monteiro
revisão: Jean Marcel Montassier, Luiza Conde e Suelen Lopes
diagramação: Ana Paula Daudt Brandão
capa: Renata Vidal
imagens de capa: Alex_Bond / Shutterstock (ornamento de fundo); macrovector / Freepik (unicórnio); Zaie / Shutterstock (notas musicais)
impressão e acabamento: Lis Gráfica e Editora Ltda.

CIP-BRASIL. CATALOGAÇÃO NA PUBLICAÇÃO
SINDICATO NACIONAL DOS EDITORES DE LIVROS, RJ

Q64n

  Quinn, Julia, 1970-
    Uma noite como esta / Julia Quinn ; tradução Ana Rodrigues. - 1. ed. - São Paulo : Arqueiro, 2025.
    288 p. ; 23 cm.   (Quarteto Smythe-Smith ; 2)

    Tradução de: A night like this
    Sequência de: Simplesmente o paraíso
    Continua com: A soma de todos os beijos
    ISBN 978-65-5565-810-1

    1. Romance americano. I. Rodrigues, Ana. II. Título. III. Série.

25-96260   CDD: 813
                    CDU: 82-31(73)

Meri Gleice Rodrigues de Souza - Bibliotecária - CRB-7/6439

Todos os direitos reservados, no Brasil, por
Editora Arqueiro Ltda.
Rua Artur de Azevedo, 1.767 – Conj. 177 – Pinheiros
05404-014 – São Paulo – SP
Tel.: (11) 2894-4987
E-mail: atendimento@editoraarqueiro.com.br
www.editoraarqueiro.com.br

Para Iana, uma das pessoas mais fortes que conheço.
E para Paul, apesar de eu ainda não entender por que alguém pode
precisar de sete sacos de dormir.

PRÓLOGO

— Winstead, seu trapaceiro desgraçado!

Daniel Smythe-Smith piscou, confuso. Estava um pouco bêbado, mas *pensou* ter ouvido alguém acusá-lo de trapacear nas cartas. Demorou um instante para ter certeza – não fazia nem um ano que era o conde de Winstead, e às vezes ainda se esquecia de virar quando alguém o chamava pelo título.

Mas, não, ele era Winstead, ou melhor, Winstead era ele e...

Daniel balançou a cabeça. O que estava pensando mesmo?

Ah, certo.

– Não – disse lentamente, ainda confuso com toda aquela história.

Levantou a mão em sinal de protesto, porque tinha certeza de que não trapaceara. Na verdade, depois daquela última garrafa de vinho, essa era provavelmente a única coisa da qual tinha certeza. Mas não conseguiu falar mais nada. E mal conseguiu sair do caminho quando a mesa surgiu, vindo em sua direção.

A mesa? Diabos, quanto ele havia bebido?

Mas era verdade, a mesa agora estava tombada, as cartas espalhadas no chão, e Hugh Prentice gritava como um louco.

Hugh também devia estar bêbado.

– Não trapaceei – afirmou Daniel.

Ergueu as sobrancelhas e piscou com força, como se assim pudesse afastar o embotamento provocado pelo álcool que parecia estar obscurecendo... bem, tudo. Daniel olhou para Marcus Holroyd, seu amigo mais próximo, e deu de ombros.

– Eu não trapaceio.

Todo mundo sabia que ele não trapaceava.

Mas Hugh claramente estava fora de si, e Daniel não conseguiu fazer nada além de ficar olhando para ele enquanto o homem se inflamava, acenando com os braços, a voz cada vez mais alta. Hugh lembrava um chimpanzé, pensou Daniel, achando graça. Exceto por não ter todos aqueles pelos.

– Do que ele está falando? – perguntou a ninguém em particular.

– Não havia possibilidade de você ter aquele ás – acusou Hugh. Então se lançou na direção de Daniel, um braço esticado em um gesto não muito firme de acusação. – O ás deveria estar… deveria estar… – Acenou com a mão para algum ponto ao redor onde antes estivera a mesa. – Ora, você não deveria estar com ele – murmurou.

– Mas eu estava – retrucou Daniel.

Não falou com raiva. Não falou nem mesmo de maneira defensiva. Só como um fato consumado, e com um dar de ombros que significava o-que--mais-posso-dizer.

– Não poderia estar – disparou Hugh. – Sei onde está cada carta.

Era verdade. Hugh sempre sabia onde estava cada carta do baralho. A mente dele era aguçada de um jeito assustador. E ele também sabia fazer contas de cabeça muito bem. Contas complexas, com mais de três dígitos, com empréstimos e passagens de uma coluna para outra, e toda aquela porcaria que eles haviam sido obrigados a praticar inúmeras vezes na escola.

Em retrospecto, Daniel provavelmente não deveria ter desafiado o outro para um jogo. Mas ele estava buscando algum divertimento e, para ser sincero, achara que fosse perder.

Ninguém jamais ganhara um jogo de cartas contra Hugh Prentice.

A não ser, ao que parecia, Daniel.

– Incrível – murmurou Daniel, olhando para as cartas.

Era verdade que elas agora estavam espalhadas pelo chão, mas ele sabia quais eram as suas. Ficara tão surpreso quanto qualquer um quando abaixara a mão vencedora.

– Eu ganhei – anunciou, embora tivesse a sensação de que já dissera isso. Virou-se para Marcus. – Imagine só…

– Você está escutando o que ele está dizendo? – sussurrou Marcus, e em seguida bateu palmas na frente do rosto de Daniel. – Acorde!

Daniel encarou o amigo, irritado, e franziu o nariz por causa do zumbido nos ouvidos. Francamente, aquilo fora desnecessário.

– Estou acordado – falou.

– Vou vingar minha honra – grunhiu Hugh.

Daniel o encarou, surpreso.

– O quê?

– Escolha seu padrinho.

– Está me desafiando para um duelo?

Era isso que estava parecendo. Mas ele estava bêbado outra vez. E achava que Prentice também.

– Daniel – grunhiu Marcus.

Daniel se virou.

– Acho que ele está me desafiando para um duelo.

– Daniel, *cale a boca*.

– Humpf. – Daniel desdenhou Marcus com um gesto de mão. Amava o amigo como um irmão, mas às vezes ele era bastante enfadonho. – Hugh – disse, dirigindo-se ao homem furioso à sua frente –, não seja idiota.

Hugh avançou.

Daniel deu um pulo para o lado, mas não foi rápido o bastante e os dois acabaram caindo no chão. Daniel era uns bons 5 quilos mais pesado, mas Hugh contava com a fúria a seu favor, enquanto Daniel tinha apenas uma confusão mental. Assim, Hugh já havia acertado pelo menos quatro socos antes que Daniel desferisse o primeiro.

E foi em vão, porque Marcus e algumas outras pessoas se colocaram entre os dois, afastando-os.

– Você é um maldito trapaceiro – esbravejou Hugh, debatendo-se enquanto dois homens o continham.

– E você é um idiota.

A expressão no rosto de Hugh era sombria.

– Vou vingar minha honra.

– Ah, mas não vai mesmo – bradou Daniel. Em algum momento, provavelmente quando Hugh acertara o primeiro soco no queixo dele, a confusão mental de Daniel evaporara, dando lugar à raiva. – *Eu* vingarei a minha honra.

Marcus grunhiu.

– No Campo Verde? – disse Hugh friamente, referindo-se a um lugar isolado no Hyde Park onde os cavalheiros acertavam suas diferenças.

Daniel o encarou.

– Ao amanhecer.

As vozes foram abafadas e o silêncio se instalou, enquanto todos esperavam que um dos dois recuperasse o bom senso.

Mas isso não aconteceu. É claro que não aconteceu.

Hugh ergueu o canto do lábio.

– Que seja.

$$\backsim$$

– Ah, maldição – gemeu Daniel. – Minha cabeça está doendo.

– É mesmo? – comentou Marcus, com sarcasmo. – Não consigo imaginar o motivo…

Daniel engoliu em seco e esfregou o olho bom, o que Hugh não deixara roxo na noite anterior.

– O sarcasmo não combina com você.

Marcus o ignorou.

– Você ainda pode colocar um ponto final nessa história.

Daniel olhou de relance as árvores em volta da clareira, a grama muito verde que se estendia à sua frente até chegar a Hugh Prentice e o homem ao lado dele, que examinava a pistola. O sol nascera menos de dez minutos antes, e o orvalho da manhã ainda cobria todas as superfícies.

– Agora é um pouco tarde, não acha?

– Daniel, isso é uma idiotice. Você não está em condições de atirar com uma pistola. Provavelmente ainda está embriagado depois de ontem à noite. – Marcus olhou para Hugh com uma expressão alarmada. – Assim como ele.

– Ele me chamou de trapaceiro.

– Não vale a pena morrer por isso.

Daniel revirou os olhos.

– Ah, pelo amor de Deus, Marcus. Ele não vai atirar em mim de verdade.

Marcus voltou a olhar para Hugh com preocupação.

– Eu não estaria tão certo disso.

Daniel descartou as preocupações do amigo com outro revirar de olhos.

– Ele vai errar o tiro de propósito.

Marcus balançou a cabeça e foi encontrar o padrinho de Hugh no meio da clareira. Daniel observou enquanto os dois examinavam as armas e conversavam com o médico.

Quem diabo pensara em levar um médico até ali? Ninguém atirava de verdade no oponente naquele tipo de duelo.

Marcus voltou, com a expressão soturna, e entregou a arma a Daniel.

– Tente não se matar – murmurou. – Ou matar Hugh.

– Deixe comigo – disse Daniel, mantendo a voz animada o bastante para que Marcus ficasse louco de irritação.

Ele assumiu seu lugar, levantou o braço e esperou pela contagem até três.

Um.

Dois.

Tr...

– Maldição! Você atirou em mim! – exclamou Daniel, erguendo os olhos para Hugh em uma mistura de fúria e choque.

Fitou o próprio ombro, que sangrava. Fora só um ferimento superficial, mas, por Deus, doía! E era o braço com o qual Daniel atirava.

– Que diabo estava pensando? – gritou.

Hugh ficou apenas parado, encarando Daniel como um idiota, como se não percebesse que uma bala podia arrancar sangue.

– Seu maldito idiota – murmurou Daniel, erguendo a pistola para atirar também.

Mirou para o lado, onde havia uma bela árvore, de tronco grosso, que poderia muito bem suportar um tiro, mas então o médico veio correndo em sua direção, falando algo que ele não entendeu. Quando Daniel se virou na direção do homem, acabou escorregando na relva úmida e seu dedo pressionou o gatilho. A arma disparou antes do que ele pretendia.

Maldição, o coice da pistola machucava. Idiota...

Hugh gritou.

Daniel gelou e, com o horror crescendo no peito, ergueu os olhos para o lugar onde estava Hugh.

– Ah, meu Deus.

Marcus já estava correndo para lá, assim como o médico. Havia sangue por toda parte, tanto que Daniel, mesmo do outro lado da clareira, podia vê-lo tingir a grama. A arma escorregou de seus dedos e ele deu um passo à frente, como se em transe.

Santo Deus, acabara de matar um homem?

– Tragam minha maleta! – gritou o médico, e Daniel deu mais um passo à frente.

O que deveria fazer? Ajudar? Marcus já estava fazendo isso junto com o padrinho de Hugh e, além do mais, Daniel não acabara de atirar no homem?

Como um cavalheiro deveria agir em uma situação dessas? Socorrer a pessoa depois de acertar uma bala nela?

– Aguente firme, Prentice! – suplicou alguém, e Daniel deu mais um passo, e outro, até o cheiro acre de sangue atingi-lo como um soco.

– Amarre isso com força – disse uma voz.

– Ele vai perder a perna.

– Melhor do que perder a vida.

– Temos que estancar o sangramento.

– Aperte com mais força.

– Fique acordado, Hugh!

– Ele ainda está sangrando!

Daniel ficou atento. Ele não sabia quem estava dizendo o quê, e isso não importava. Hugh estava morrendo, bem ali, na relva, e fora ele, Daniel, o responsável.

Tinha sido um acidente. Hugh atirara nele. E a relva estava molhada.

Ele havia escorregado. Santo Deus, eles sabiam que ele havia escorregado?

– Eu... Eu... – Daniel tentou falar, mas não encontrou palavras e, de qualquer modo, apenas Marcus o ouviu.

– É melhor você ficar afastado – disse Marcus em um tom soturno.

– Ele está...? – Daniel tentou perguntar a única coisa que importava, mas se engasgou com as palavras.

E desmaiou.

⌒

Quando Daniel voltou a si, estava na cama de Marcus, com uma atadura presa com força ao redor do braço. Marcus estava sentado em uma cadeira próxima, olhando pela janela, que cintilava ao sol do meio-dia. Assim que ouviu o gemido de Daniel ao despertar, Marcus se virou na direção do amigo.

– E Hugh? – perguntou Daniel com a voz rouca.

– Está vivo. Ou ao menos foi a última notícia que tive.

Daniel fechou os olhos.

– O que eu fiz? – sussurrou.

– A perna dele está péssima – disse Marcus. – Você atingiu uma artéria.

– Foi sem querer.

A declaração soava patética, mas era verdade.

– Eu sei. – Marcus voltou a se virar para a janela. – Você tem uma mira terrível.

– Eu escorreguei. O chão estava molhado.

Daniel não sabia nem por que estava dizendo aquilo. Não tinha importância. Não se Hugh morresse.

Maldição, eles eram amigos. Aquilo era o mais estúpido de tudo. Os dois se conheciam fazia anos, desde o primeiro ano em Eton.

Mas Daniel bebera demais, Hugh também, todo mundo, na verdade, a não ser por Marcus, que nunca tomava mais do que um copo.

– Como está seu braço? – perguntou Marcus.

– Doendo.

Marcus assentiu.

– É bom que esteja – comentou Daniel, desviando o olhar.

Marcus provavelmente assentiu de novo.

– Minha família sabe?

– Não sei – respondeu Marcus. – Se ainda não sabem, logo saberão.

Daniel engoliu em seco. Não importava o que acontecesse, seria um pária, e isso se refletiria na família dele. As irmãs mais velhas já estavam casadas, mas Honoria acabara de debutar. Quem iria querê-la agora?

E Daniel não queria nem pensar no estado em que a mãe ficaria por causa daquela situação.

– Terei que deixar o país – declarou, sem rodeios.

– Ele ainda não está morto.

Daniel se virou para Marcus, sem conseguir acreditar na objetividade do amigo.

– Se Hugh sobreviver, você não precisará ir embora – continuou Marcus.

Era verdade, mas Daniel não conseguia acreditar que Hugh escaparia. Vira o sangramento. Vira a ferida. Diabos, vira até mesmo o osso, exposto à vista de todos.

Ninguém sobrevivia a um ferimento daquele. Se a perda de sangue não matasse Hugh, a infecção o faria.

– Tenho que ir visitá-lo – decidiu Daniel finalmente, recostando-se na cama.

Começou a se levantar quando Marcus o alcançou.

– Não é uma boa ideia – alertou Marcus.

– Preciso dizer a Hugh que não fiz de propósito.

Marcus ergueu as sobrancelhas.

– Não acho que isso vá importar.

– Para mim, importa.

– O magistrado pode estar lá.

– Se o magistrado quisesse me pegar, já teria me encontrado aqui.

Marcus considerou a declaração, então finalmente se afastou, dando um passo para o lado, e disse:

– Você está certo.

Ele estendeu o braço e Daniel segurou-o para que se firmasse.

– Eu estava jogando cartas porque é isso que um cavalheiro faz – comentou Daniel em uma voz inexpressiva. – E quando ele me chamou de trapaceiro, eu reagi, porque é isso que um cavalheiro faz.

– Não se torture assim – disse Marcus.

– Não – retrucou Daniel, em um tom sério. Iria terminar. Havia coisas que precisavam ser ditas. Ele se virou para Marcus com os olhos ardentes. – Atirei para o lado, que é o que um cavalheiro faz – continuou, agora furioso. – *E errei*. Eu errei e acertei Hugh. E agora, maldição, vou fazer o que um *homem* faz e vou até ele, para dizer que lamento.

– Eu o levarei lá – disse Marcus.

Era só o que havia a dizer.

$\backsim\!\!\sim$

Hugh era o segundo filho do marquês de Ramsgate, e fora levado para a casa do pai, em St. James. Não demorou muito para Daniel perceber que não era bem-vindo.

– Você! – bradou lorde Ramsgate, apontando para Daniel como se estivesse vendo o diabo em pessoa. – Como ousa aparecer aqui?

Daniel ficou imóvel. Ramsgate tinha o direito de estar furioso. Estava em choque. Sofrendo.

– Vim para...

– Dar os pêsames? – interrompeu lorde Ramsgate em um tom sarcástico. – Sinto muito por decepcioná-lo, mas é um pouco cedo para isso.

Daniel se permitiu um lampejo de esperança.

– Então ele está vivo?

– A duras penas.

– Gostaria de me desculpar – acrescentou Daniel, rígido.

Os olhos de Ramsgate, que já eram saltados, se arregalaram de um modo que parecia quase impossível.

– Desculpar-se? Está falando sério? Você acha que um pedido de desculpas vai salvá-lo da forca se meu filho morrer?

– Não foi por isso que eu…

– Eu o verei ser *enforcado*. Não pense que não verei.

Daniel não duvidou disso nem por um segundo.

– Foi Hugh quem desafiou Daniel para o duelo – lembrou Marcus em voz baixa.

– Não me importa quem desafiou quem – disse Ramsgate, ríspido. – Meu filho fez o que devia: mirou para errar. Mas você… – Ele se virou para Daniel, então, o veneno e a dor se derramando. – Você atirou nele. Por que fez isso?

– Não tive a intenção.

Por um momento, Ramsgate não fez nada além de encará-lo.

– Você não teve a intenção. *Essa* é a sua explicação?

Daniel ficou em silêncio. A justificativa parecia débil a seus próprios ouvidos. Mas era a verdade. E era terrível.

Ele olhou para Marcus, esperando algum tipo de conselho silencioso, algo que lhe desse uma ideia do que dizer, de como proceder. Mas Marcus também parecia perdido, e Daniel imaginou que eles teriam se desculpado mais uma vez e se despedido se o mordomo não houvesse entrado na sala naquele exato momento, anunciando que o médico estava descendo, vindo do quarto de Hugh.

– Como ele está? – perguntou Ramsgate.

– Vai sobreviver – respondeu o médico –, desde que consiga evitar a infecção.

– E a perna?

– Vai ficar boa. Mais uma vez, se conseguir evitar a infecção. Mas vai ficar manco, e talvez fique com a perna fraca. O osso foi estilhaçado. Eu fiz o melhor que pude… – O médico deu de ombros. – Foi o máximo que pude fazer.

– Quando saberá se ele escapou da possibilidade de infecção? – perguntou Daniel.

Ele precisava saber.

O médico se virou.

– Quem é você?

– O demônio que atirou no meu filho – sibilou Ramsgate.

O médico recuou, chocado a princípio, então para se proteger, quando Ramsgate atravessou a sala.

– Escute bem – disse o marquês em uma voz cruel, avançando até estar com o nariz quase colado ao de Daniel. – Você vai pagar por isso. Acabou com a vida do meu filho. Mesmo que ele sobreviva, estará arruinado, com a perna e a vida arruinadas.

Uma pontada fria de inquietude atingiu Daniel. Sabia que Ramsgate estava furioso – tinha todo o direito de estar, aliás. Mas havia algo mais acontecendo ali. O marquês parecia desequilibrado, possuído.

– Se ele morrer – sussurrou Ramsgate –, você será enforcado. E se ele não morrer, se de algum modo você conseguir escapar da lei, eu matarei você.

Os dois estavam tão próximos que Daniel conseguiu sentir o hálito úmido escapando da boca de Ramsgate a cada palavra. E, ao olhar bem dentro dos olhos verdes do marquês, Daniel soube o que significava ter medo.

Lorde Ramsgate o mataria. Era só uma questão de tempo.

– Senhor – começou a dizer, porque precisava dizer alguma coisa. Não poderia simplesmente ficar parado ali, ouvindo aquelas palavras. – Devo pontuar que…

– Não, eu estou garantindo – cuspiu Ramsgate. – Não me importa quem você é ou que título seu bendito pai lhe passou. Você vai morrer. Entendeu?

– Acho que está na hora de irmos embora – interveio Marcus. Colocou o braço entre os dois homens e cuidadosamente aumentou o espaço entre eles. – Doutor – disse, acenando com a cabeça em despedida na direção do médico, enquanto apressava Daniel para a saída. – Lorde Ramsgate.

– Saiba que está com os dias contados, Winstead – avisou lorde Ramsgate. – Ou, melhor ainda, com as horas contadas.

– Senhor – disse Daniel mais uma vez, tentando demonstrar respeito. Queria fazer aquilo da forma certa. Precisava tentar. – Tenho que lhe dizer…

– Não se dirija a mim – interrompeu-o Ramsgate. – Não há nada que você possa dizer que vá salvá-lo agora. Não vai conseguir se esconder em lugar nenhum.

– Se o senhor matá-lo, também será enforcado – argumentou Marcus. – E, se Hugh sobreviver, vai precisar do senhor.

Ramsgate olhou para Marcus como se ele fosse um idiota.

– Acha que eu o matarei com as próprias mãos? É fácil contratar um assassino. Na verdade, o preço por uma vida é bem baixo. – Ele fez um gesto com a cabeça na direção de Daniel. – Até mesmo a dele.

– Preciso ir – disse o médico, e saiu apressadamente.

– Lembre-se disso, Winstead – falou lorde Ramsgate, pousando os olhos em Daniel com um desprezo cruel. – Você pode fugir, pode tentar se esconder, mas meus homens o encontrarão. E você não vai saber quem são. Portanto, não os verá chegando.

Aquelas foram as palavras que assombraram Daniel pelos três anos seguintes. Da Inglaterra à França, da França à Prússia e da Prússia à Itália. Ele as ouvia durante o sono, no farfalhar das folhas das árvores e em cada passo atrás de si. Aprendeu a manter a retaguarda protegida, a não confiar em ninguém, nem mesmo nas mulheres com quem ocasionalmente buscava prazer. E aceitou o fato de que nunca mais voltaria a colocar os pés em solo inglês ou a ver a família, até que, certo dia, para sua grande surpresa, Hugh Prentice foi até ele, mancando, em uma pequena cidade italiana.

Daniel sabia que Hugh sobrevivera. De tempos em tempos, recebia uma carta de casa. Mas não esperara vê-lo de novo, e com certeza não ali, sob o sol mediterrâneo que tostava a praça da cidade antiga e aos gritos de *arrivederci* e de *buon giorno* que se erguiam como música no ar.

– Eu o encontrei – disse Hugh, e estendeu a mão. – Sinto muito.

Então, pronunciou as palavras que Daniel nunca imaginou que ouviria:

– Pode voltar para casa agora. Eu prometo.

CAPÍTULO 1

Para uma dama que passara os últimos oito anos tentando *não* ser notada, Anne Wynter estava em uma posição delicada.

Em aproximadamente um minuto, seria forçada a subir em um palco improvisado, fazer uma cortesia para pelo menos oitenta membros da alta sociedade londrina, sentar-se diante de um piano e tocar.

Servia de consolo, até certo ponto, o fato de que estaria dividindo o palco com mais três jovens. As outras musicistas – membros do deplorável Quarteto Smythe-Smith – tocavam violino ou violoncelo e teriam que ficar de frente para a plateia. Anne, pelo menos, poderia se concentrar nas teclas de marfim e manter a cabeça baixa. Com alguma sorte, a plateia estaria focada demais na terrível qualidade da música e não prestaria atenção na mulher de cabelos escuros que fora forçada a assumir no último minuto o lugar da pianista, que caíra terrivelmente – não, catastroficamente – doente (como declarava a mãe da moça em questão para qualquer um que pudesse ouvir).

Anne não acreditou nem por um minuto que lady Sarah Pleinsworth estivesse doente, mas não havia nada que pudesse fazer a respeito – não se quisesse manter sua posição como governanta das três irmãs mais novas de lady Sarah.

Mas o fato era que lady Sarah *havia* convencido a mãe, que decidira que o espetáculo deveria continuar. Então, depois de contar em detalhes impressionantes a história de dezessete anos de concertos Smythe-Smiths, lady Pleinsworth declarara que Anne assumiria o lugar de sua filha. "Certa vez você me disse que havia tocado um pouco do *Quarteto para piano Nº 1 de Mozart*", lembrou-a lady Pleinsworth.

Anne agora se arrependia profundamente disso.

Aparentemente não importava que fizesse oito anos que Anne não tocava a peça musical em questão ou que nunca a houvesse tocado inteira. Lady Pleinsworth não aceitaria questionamentos, e Anne fora levada à casa da cunhada dela, onde o concerto seria realizado, para ensaiar durante oito horas.

Era ridículo.

A única bênção foi o fato de o resto do quarteto ser tão ruim que os erros de Anne mal eram perceptíveis. Na verdade, o único objetivo que ela buscava naquela noite era *não* ser notada. Porque realmente não queria aquilo: ser percebida. Por uma variedade de razões.

– Está quase na hora – sussurrou Daisy Smythe-Smith, entusiasmada.

Anne deu um sorrisinho. Daisy não parecia perceber que tocava muito mal.

– Que alegria a minha... – disse Iris, irmã de Daisy, com a voz infeliz e fria.

Iris compreendia.

– Por favor! – exclamou lady Honoria Smythe-Smith, prima das outras duas. – Esse concerto precisa ser maravilhoso. Somos uma família.

– Bem, ela não – argumentou Daisy, indicando Anne com a cabeça.

– Esta noite, ela é, sim – declarou Honoria. – E, mais uma vez, obrigada, Srta. Wynter. Sinceramente, a senhorita nos salvou.

Anne murmurou algumas palavras sem sentido, já que não conseguiu se obrigar a dizer que não havia problema, ou que o prazer era dela. Na verdade, gostava de lady Honoria. Ao contrário de Daisy, lady Honoria *percebia* como elas eram péssimas, mas, ao contrário de Iris, ainda desejava se apresentar. Era tudo pela família, insistia Honoria. Família e tradição. Dezessete grupos de primas Smythe-Smiths haviam se apresentado antes delas e, se as coisas saíssem como Honoria desejava, dezessete outros se seguiriam. Não importava a qualidade da música.

– Ah, importa, sim – murmurou Iris.

Honoria cutucou a prima delicadamente com o arco do violino.

– Família e tradição – lembrou. – *Isso* é o que importa.

Família e tradição. Anne não se importaria em ter um pouco das duas. Embora, para ser sincera, as coisas não houvessem dado muito certo para ela na primeira vez em que lidara com ambas.

– Consegue ver alguma coisa? – perguntou Daisy.

Ela pulava de um pé para o outro, como um passarinho frenético, e Anne já recuara duas vezes para proteger os dedos dos pés.

Honoria, que estava mais perto do local por onde entrariam, assentiu.

– Há alguns lugares vazios, não muitos.

Iris gemeu.

– É assim todo ano? – perguntou Anne, sem conseguir se conter.

– Assim como? – perguntou Honoria.

– Bem, hã...

Havia coisas que simplesmente não se diziam às sobrinhas da sua patroa. Por exemplo, não se fazia nenhum comentário explícito sobre a falta de talento musical de outra jovem dama. Nem se perguntava em voz alta se os concertos eram sempre terríveis assim ou se naquele ano estava particularmente ruim. E, com certeza, não se perguntava: *Se os concertos são sempre tão terríveis, por que as pessoas continuam vindo assistir?*

Bem naquele momento, Harriet Pleinsworth, de 14 anos, entrou derrapando por uma porta lateral.

– Srta. Wynter!

Anne se virou para a menina, mas, antes que pudesse dizer alguma coisa, Harriet anunciou:

– Estou aqui para virar as páginas de sua partitura.

– Obrigada, Harriet. Vai ser de grande ajuda.

Harriet sorriu para Daisy, que a encarou com desdém.

Anne se virou, para que ninguém a visse revirando os olhos. Aquelas duas nunca haviam se dado bem. Daisy se levava a sério demais, e Harriet não levava nada a sério.

– Está na hora! – anunciou Honoria.

Então elas entraram no palco e, depois de uma breve apresentação, começaram a tocar.

Anne, por outro lado, começou a rezar.

Santo Deus, nunca fizera nada tão difícil na vida. Seus dedos corriam pelas teclas, tentando desesperadamente acompanhar Daisy, que tocava violino como se estivesse em uma corrida.

Isso é um absurdo, um absurdo, um absurdo, cantarolava Anne mentalmente. Era muito estranho, mas a única forma de suportar aquela apresentação era continuar a falar consigo mesma. A peça musical escolhida era muito difícil, quase impossível, mesmo para músicos talentosos.

Absurdo, absurdo... Ai! Dó sustenido! Anne esticou o dedo mínimo bem a tempo de acertar a tecla. O que significava dois segundos depois do que deveria.

Ela deu uma rápida olhada na plateia. Uma mulher na fileira da frente parecia nauseada.

Volte ao trabalho, volte ao trabalho. Ah, Deus, nota errada. Não tinha importância. Ninguém perceberia, nem mesmo Daisy.

E Anne continuou a tocar, cogitando se não devia simplesmente inventar sua parte. Isso não conseguiria de forma alguma tornar a música ainda pior. Daisy passava voando pela própria parte, o volume variando entre alto e altíssimo; Honoria tocava de forma lenta e bem pensada, cada nota como um passo determinado; e Iris...

Bem, na verdade Iris era ótima. Não que isso importasse.

Anne respirou fundo e alongou os dedos durante uma breve pausa na parte do piano. Então, estava de volta à partitura e...

Vire a página, Harriet.

Vire a página, Harriet.

– Vire a página, Harriet! – sibilou.

A menina obedeceu.

Anne acertou o primeiro acorde, então percebeu que Iris e Honoria já estavam dois compassos à frente. Daisy estava... ora, santo Deus, Anne não tinha ideia de onde estava Daisy.

Pulou para o ponto no qual esperava que as outras estivessem. De qualquer modo, deveriam estar em algum lugar no meio do caminho.

– A senhorita pulou uma parte – sussurrou Harriet.

– Não importa.

E, de fato, não importava.

Então, enfim, ah, *enfim*, elas chegaram a um trecho em que Anne não precisaria tocar por três páginas inteiras. Ela endireitou o corpo, deixou escapar o ar que vinha prendendo por, ah, aparentemente dez minutos, e...

E viu alguém.

Ficou paralisada. Alguém as estava observando do fundo do palco. A porta pela qual elas haviam entrado – a mesma que Anne tinha certeza de ter fechado com um clique – estava agora entreaberta. E como ela era a integrante do grupo que estava mais perto da porta, e a única que não se encontrava de costas para ela, pôde ver parte do rosto de um homem espiando.

Pânico.

Anne sentiu uma onda de pânico dominá-la, comprimindo seus pulmões, queimando sua pele. Conhecia aquela sensação. Não acontecia muito, graças a Deus, mas acontecia com certa frequência. Toda vez que via alguém em um lugar onde não devia ter ninguém...

Pare.

Ela se obrigou a respirar. Estava na casa da nobre condessa de Winstead. Não poderia estar mais segura. O que precisava fazer era...

– Srta. Wynter! – sibilou Harriet.

Anne se sobressaltou e voltou a prestar atenção à música.

– Perdeu sua entrada.

– Onde estamos agora? – perguntou Anne freneticamente.

– Não sei. Não sei ler partituras.

Sem conseguir evitar, Anne ergueu os olhos.

– Mas você toca violino.

– Eu sei – respondeu Harriet, com uma expressão infeliz.

Anne examinou as notas na página o mais rápido que conseguiu, os olhos seguindo com agilidade de compasso em compasso.

– Daisy está olhando irritada para nós – sussurrou a menina.

– Shhh – fez Anne.

Ela precisava se concentrar. Virou a página, fez sua melhor aposta e abaixou os dedos em um sol menor.

Então, passou para o sol maior. Foi melhor. *Melhor* sendo um termo bastante relativo.

Pelo restante da apresentação, Anne manteve a cabeça baixa. Não ergueu os olhos nem para a plateia nem para o homem que as observava do fundo do salão. Percorreu as notas com tanta classe quanto o restante das Smythe-Smiths. Quando terminaram, levantou-se e fez uma cortesia de agradecimento, com a cabeça ainda abaixada. Então, murmurou alguma coisa a Harriet sobre precisar se arrumar e desapareceu.

Daniel Smythe-Smith não planejara voltar a Londres no dia do concerto anual da família e, para ser sincero, seus ouvidos desejavam fortemente que ele não tivesse ido, mas seu coração... bem, essa era outra história.

Era um bom momento para voltar para casa. Até mesmo com a cacofonia.

Sobretudo com a cacofonia. Nada era mais sinônimo de "lar" para um homem da família Smythe-Smith do que música mal tocada.

Ele não quis que ninguém o visse antes da apresentação. Afinal, passara três anos longe e sabia que seu retorno a ofuscaria. A plateia provavelmente teria agradecido a ele, mas a última coisa que Daniel queria era cumprimentar a família diante de uma multidão de lordes e damas, sendo que a maior parte deles devia achar que seria melhor Daniel ter permanecido no exílio.

Mas ele queria ver a família, assim, logo que ouviu a música começar, esgueirou-se em silêncio para dentro da sala de ensaios, foi pé ante pé até a porta que dava para o palco do salão de música e abriu apenas uma fresta.

Sorriu. Lá estava Honoria, com aquele grande sorriso estampado no rosto, enquanto atacava o violino com o arco. Honoria não fazia ideia de que não sabia tocar, pobrezinha. O mesmo acontecia com as outras irmãs dele. Mas Daniel as amava por tentarem.

No outro violino estava… santo Deus, aquela era Daisy? Ela não deveria estar no banco da sala de estudos? Não, na verdade ela já devia estar com 16 anos, pensou. Ainda não debutara, mas também não era mais uma menininha.

E lá estava Iris, no violoncelo, parecendo extremamente infeliz. E ao piano…

Daniel parou. Quem diabo estava ao piano? Ele se inclinou um pouco mais para a frente. Como a jovem estava com a cabeça baixa, ele não conseguia ver bem o seu rosto, mas uma coisa era certa: ela definitivamente *não* era uma de suas primas.

Ora, ora, *aquilo* era um mistério. Daniel sabia (porque a mãe lhe dissera várias vezes) que o Quarteto Smythe-Smith era composto de jovens damas Smythe-Smiths solteiras, e ninguém mais. A família, na verdade, tinha muito orgulho disso, de produzir tantas moças com talento musical (palavras da mãe de Daniel, não dele). Quando uma delas se casava, já havia outra esperando para assumir a posição. Nunca haviam precisado que alguém não pertencente à família ocupasse um lugar no quarteto.

Na verdade, a questão principal era: que pessoa não pertencente à família iria *querer* ocupar um lugar no quarteto?

Era provável que uma das primas tivesse ficado doente. Aquela era a única explicação possível. Daniel tentou lembrar quem deveria estar ao piano. Marigold? Não, ela tinha se casado. Viola? Ele achava que havia recebido uma carta dizendo que ela também se casara. Sarah? Sim, deveria ser Sarah ao piano.

Daniel balançou a cabeça. Tinha mesmo uma enorme quantidade de primas...

Observou a dama ao piano com certo interesse. Ela estava se esforçando muito para acompanhar as outras. Abaixava e levantava a cabeça enquanto olhava a partitura de relance e, de vez em quando, se encolhia. Harriet estava perto dela, virando as páginas nos momentos errados.

Daniel deu uma risadinha. Fosse quem fosse a pobre moça, ele esperava que a família dele a estivesse pagando bem.

Então, finalmente, a jovem ergueu os dedos das teclas, enquanto Daisy começava o penoso solo de violino. Daniel observou a moça deixar o ar escapar, alongar os dedos e...

Ela levantou os olhos.

O tempo parou. Simplesmente parou. Era o modo mais piegas e clichê de descrever, mas aqueles poucos segundos em que o rosto dela se ergueu na direção dele... pareceram se esticar e se estender, dissolvendo-se na eternidade.

Ela era linda. Mas isso não explicava a reação dele. Já tinha visto mulheres lindas. Já havia até dormido com uma grande quantidade delas. Mas aquela... Ela...

Até mesmo os pensamentos de Daniel pareciam ter emudecido.

Os cabelos dela eram cheios, negros e brilhantes, e não importava que estivessem presos para trás em um coque prático. Aquela jovem não precisava de cachos ou fitas de veludo. Poderia estar com os cabelos esticados para trás como uma bailarina ou ter a cabeça toda raspada que, ainda assim, seria a criatura mais maravilhosa que ele já vira.

Era o rosto dela, só podia ser. Em formato de coração, claro, com as mais incríveis sobrancelhas escuras e arqueadas. À meia-luz, Daniel não saberia dizer a cor dos olhos dela, e isso lhe pareceu trágico. Mas os lábios...

Ele esperava sinceramente que aquela mulher não fosse casada, porque *iria* beijá-la. A questão era apenas quando.

Então – Daniel percebeu o instante em que aconteceu –, ela o viu. O rosto da jovem se contorceu, ela deixou escapar um arquejo baixo e ficou paralisada, com os olhos arregalados. Daniel deu um sorrisinho irônico e balançou a cabeça. Será que a moça achava que ele era um louco varrido, esgueirando-se para dentro da Casa Winstead daquele jeito para espiar o concerto?

Bem, Daniel supunha que fazia sentido. Passara tanto tempo sendo cauteloso em relação a estranhos que conseguia reconhecer a mesma atitude em outra pessoa. A jovem não sabia quem ele era, e com certeza não deveria haver ninguém nos fundos do palco durante a apresentação.

O mais impressionante foi que ela não desviou os olhos. Manteve-os fixos nos de Daniel, e ele não se moveu – nem sequer respirou – até o momento ser interrompido pela prima dele, Harriet, que cutucou a mulher provavelmente para informá-la de que havia perdido sua entrada na música.

Depois a jovem não ergueu mais o olhar.

Mas Daniel continuou a observá-la. A cada virada de página da partitura, a cada *fortissimo*. Ele a observou com tanta atenção que, em determinado momento, deixou de ouvir a música. Sua mente passou a tocar uma sinfonia própria, sensual e plena, evoluindo em direção a um clímax perfeito e inevitável.

Clímax que nunca aconteceu. O encanto foi quebrado quando o quarteto chegou às notas finais e as damas se levantaram e se curvaram em agradecimento. A beldade de cabelos negros disse alguma coisa a Harriet, que sorria aos aplausos como se ela mesma tivesse tocado. Então, a mulher se afastou tão rápido que Daniel ficou surpreso por ela não ter deixado marcas no chão.

Não importava. Ele a encontraria.

Atravessou em disparada o corredor dos fundos da Casa Winstead. Já se esgueirara várias vezes por ali quando era mais jovem; sabia exatamente o caminho que alguém tomaria se quisesse escapar sem ser visto. E, como esperava, conseguiu interceptá-la antes que ela virasse a última esquina em direção à entrada dos criados. Mas ela não o viu de imediato, não o viu até...

– Aí está a senhorita – disse Daniel, sorrindo como se estivesse cumprimentando uma amiga que não via fazia muito tempo.

Não havia nada como um sorriso inesperado para tirar alguém do prumo.

Ela se afastou para o lado, chocada, e um grito incontido escapou de seus lábios.

– Santo Deus – falou Daniel, cobrindo a boca da moça com a mão. – Não faça *isso*. Alguém vai ouvi-la.

Ele a puxou para si – era a única maneira de manter a mão firme sobre os lábios dela. O corpo da jovem era pequeno e delgado e tremia como uma folha. Ela estava aterrorizada.

– Não vou machucá-la – garantiu Daniel. – Só quero saber o que está fazendo aqui. – Ele esperou por um instante, então se ajeitou para poder ver melhor o rosto dela. Os olhos da jovem encontraram os dele, escuros e assustados. – Muito bem, se eu a soltar, ficará em silêncio?

Ela assentiu.

Daniel pensou a respeito.

– Está mentindo.

Ela revirou os olhos, como se dissesse *O que esperava?*, e ele riu.

– Quem é a senhorita? – perguntou.

Então, a coisa mais estranha aconteceu. A mulher relaxou nos braços dele. Um pouco, pelo menos. Daniel percebeu parte da tensão do corpo dela desaparecer e sentiu o hálito e o suspiro em sua mão.

Interessante. A jovem não estava preocupada por ele não saber quem era ela. A preocupação era que ele *soubesse*.

Lentamente e com movimentos precisos o bastante para deixar claro que ele poderia mudar de ideia a qualquer momento, Daniel afastou a mão dos lábios dela. Mas não soltou sua cintura. Sabia que era um gesto egoísta, mas não conseguiu se obrigar a libertá-la.

– Quem é a senhorita? – sussurrou no ouvido da jovem.

– Quem é *o senhor*? – retrucou ela.

Daniel deu um sorrisinho.

– Perguntei primeiro.

– Não falo com estranhos.

Ele riu ao ouvir isso, então a girou para que ficassem frente a frente. Daniel sabia que seu comportamento era abominável, interpelando daquele jeito a pobre mulher. Ela não estava fazendo nada reprovável. Tocara no quarteto da família dele, pelo amor de Deus. Deveria *agradecer* a ela.

Mas Daniel estava se sentindo zonzo – quase cambaleante, na verdade. Havia algo naquela mulher que fazia o sangue dele se inflamar, e ele já estava um pouco tonto ao finalmente chegar à Casa Winstead depois de semanas de viagem.

Estava em casa. *Em casa*. E havia uma linda mulher em seus braços, que Daniel tinha certeza quase absoluta de que *não* planejava matá-lo.

Já havia algum tempo que ele não saboreava aquela sensação em particular.

– Acho... – disse ele em um tom perplexo. – Acho que preciso beijá-la.

Ela recuou de forma abrupta, não parecendo exatamente assustada, mas sim confusa. Ou talvez preocupada.

Mulher esperta. Sem dúvida ele parecia um louco.

– Um beijo rápido – assegurou Daniel. – Só preciso lembrar a mim mesmo…

Ela permaneceu em silêncio, então, como se não pudesse se conter, perguntou:

– O quê?

Ele sorriu. Gostou da voz dela. Era reconfortante e agradável, como um bom conhaque. Ou um dia de verão.

– O que é bom – respondeu.

Em seguida, levou a mão ao queixo dela e ergueu seu rosto na direção do dele. Ela prendeu a respiração – Daniel percebeu o ar escapando com dificuldade por seus lábios –, mas não lutou para se soltar. Ele esperou, só por um momento, porque se ela tentasse se libertar sabia que precisaria deixá-la ir. Mas não foi o que aconteceu. A mulher manteve os olhos encarando os de Daniel, tão hipnotizada pelo momento quanto ele.

Então Daniel a beijou. Hesitante a princípio, quase com medo de que ela desaparecesse de seus braços. Mas não foi o bastante. A paixão ganhou vida dentro dele e Daniel puxou-a mais para perto, deleitando-se com a pressão suave do corpo da jovem junto ao seu.

Ela era pequenina, com um corpo do tipo que faz um homem querer lutar contra dragões. Mas também era um corpo de mulher, quente e sensual em todos os lugares certos. A mão de Daniel ansiava por se fechar ao redor do seio dela, ou para se encaixar na curva perfeita do traseiro. Mas nem mesmo ele seria tão ousado, não com uma dama desconhecida e na casa da mãe dele.

Ainda assim, não estava pronto para soltá-la. A jovem tinha o cheiro da Inglaterra, da chuva suave e das planícies beijadas pelo sol. E sentir seu corpo era como estar no paraíso. Daniel queria envolvê-la por completo, se enterrar nela e permanecer ali pelo resto dos seus dias. Não tomara uma gota de álcool em três anos, mas estava inebriado, transbordando de uma leveza que jamais imaginara voltar a sentir.

Era loucura. Só podia ser.

– Como a senhorita se chama? – perguntou em um sussurro.

Precisava saber. Queria saber *tudo* sobre ela.

Mas a mulher não respondeu. Talvez, se tivessem mais tempo, ele conseguisse fazê-la falar. No entanto, os dois ouviram alguém descer as escadas dos fundos e aparecer mais à frente, no mesmo corredor onde Daniel e a mulher ainda estavam presos em um abraço.

Ela balançou a cabeça, os olhos arregalados, tensos.

– Não posso ser vista assim – sussurrou em um tom urgente.

Daniel a soltou, mas não porque ela pedira. Na verdade foi porque viu quem tinha descido as escadas – e o que estavam fazendo – e se esqueceu completamente de sua beldade de cabelos negros.

Um grito furioso escapou de sua garganta e ele disparou pelo corredor como um louco.

CAPÍTULO 2

Quinze minutos mais tarde, Anne estava no mesmo lugar em que se encontrava quinze minutos antes, quando descera desabaladamente o corredor e se enfiara na primeira porta destrancada por que passara. Com a sorte que tinha (péssima), acabou em algum tipo de depósito, escuro e sem janelas. Uma exploração breve, às cegas, revelou um violoncelo, três clarinetes e possivelmente um trombone.

Havia algo conveniente naquilo. Ela acabara no cômodo onde os instrumentos musicais dos Smythe-Smiths eram guardados e esquecidos. E ficaria presa ali até que a insanidade que se desenrolava no corredor acabasse. Não tinha ideia do que estava acontecendo, mas conseguia ouvir uma grande quantidade de gritinhos, muitos grunhidos e alguns barulhos que pareciam de um punho acertando alguma parte do corpo de alguém.

Anne não viu nenhum lugar seguro para se sentar a não ser o chão. Assim, acomodou-se no piso frio de madeira, apoiou as costas na parede perto da porta e se preparou para esperar o fim da briga. Fosse lá o que estivesse acontecendo, Anne não pretendia fazer parte daquilo, mas o mais importante era que não queria estar nem *perto* quando aquelas pessoas fossem descobertas. E com certeza seriam, dado o enorme barulho que estavam fazendo.

Homens... Eram uns idiotas, todos eles. Embora parecesse haver também uma mulher no meio da confusão – era ela a responsável pelos gritinhos. Anne pensou ter ouvido o nome Daniel, então talvez Marcus, que imaginou ser o conde de Chatteris, a quem fora apresentada mais cedo e que ficara enfeitiçado por lady Honoria.

Aliás, a voz dos gritinhos lembrava bastante a de lady Honoria.

Anne balançou a cabeça. Não era problema dela. Ninguém a culparia por se manter longe de confusão. Ninguém.

Alguém bateu na parede bem atrás dela, fazendo com que Anne se sobressaltasse e desse um pulo. Ela gemeu e enterrou o rosto nas mãos. Nunca mais sairia dali. Seu corpo seco e sem vida seria encontrado anos mais tarde, caído sobre uma tuba, com duas flautas formando uma cruz.

Balançou a cabeça. Precisava parar de ler os melodramas de Harriet antes de dormir. A jovem pupila de Anne se achava uma escritora, e suas histórias ficavam mais horripilantes a cada dia.

Finalmente os socos no corredor pararam e os homens deslizaram para o chão (Anne sentiu isso através da parede). Um deles encontrava-se bem atrás dela, e os dois estariam com as costas coladas se não fosse a parede entre eles. Ela ouviu as respirações aceleradas, então uma conversa típica de homens – curta e concisa. Não tinha a intenção de bisbilhotar, mas dificilmente conseguiria evitar, presa ali daquele jeito.

E foi nesse momento que se deu conta.

O homem que a beijara... era o irmão mais velho de lady Honoria, o conde de Winstead! Ela vira o retrato dele antes; deveria tê-lo reconhecido. Ou talvez não. O quadro tinha reproduzido as características básicas – os cabelos castanho-escuros e os olhos azul-claros –, mas não o retratara verdadeiramente. Era um homem lindo, não havia como negar, mas não havia tinta ou pincelada que pudesse reproduzir a autoconfiança natural e elegante de um homem que conhecia seu lugar no mundo e que o achava plenamente satisfatório.

Ah, Deus, agora ela estava encrencada. Beijara o infame Daniel Smythe--Smith. Anne sabia tudo sobre ele – todo mundo sabia. Daniel participara de um duelo vários anos antes e fora caçado até no exterior pelo pai do oponente. Mas, ao que parecia, eles haviam chegado a alguma trégua. Lady Pleinsworth mencionara que o conde enfim voltaria para casa, e Harriet contara todas as fofocas a respeito do caso a Anne.

A menina era muito útil sob esse ponto de vista.

Mas se lady Pleinsworth descobrisse o que acontecera naquela noite... Bem, seria o fim da carreira de Anne como governanta, fosse das meninas Pleinsworths ou de qualquer outra. Anne já tivera muita dificuldade para conseguir aquele emprego; ninguém a contrataria se corresse a história de que andara se envolvendo com um conde. Mães ansiosas em geral não contratavam governantas de retidão moral questionável.

E não fora culpa dela. Dessa vez, com certeza não fora.

Anne suspirou. O corredor agora estava em silêncio. Teriam finalmente ido embora? Ela ouvira passos, mas era difícil dizer de quantos pés. Anne esperou por mais alguns minutos e, depois que teve certeza de que nada além do silêncio a aguardava do outro lado, abriu a porta e saiu com cautela para o corredor.

– Aí está a senhorita – disse ele, pela segunda vez naquela noite.

O susto fez Anne dar um pulo de quase meio metro. Não porque lorde Winstead a surpreendera, embora isso houvesse acontecido. Na verdade, o que a espantara fora o fato de ele ter permanecido por tanto tempo no mais absoluto silêncio. Francamente, ela não ouvira nada.

Mas não foi isso que a deixou de queixo caído.

– O senhor está horrível – comentou Anne, antes de conseguir se conter.

Ele estava sozinho, sentado no chão, com as pernas esticadas no corredor. Anne não pensara que uma pessoa poderia parecer tão instável estando sentada, mas tinha quase certeza de que o conde teria caído se não estivesse apoiado na parede.

Ele ergueu uma das mãos em uma saudação fraca.

– Marcus está pior.

Anne observou um dos olhos dele, que estava ficando roxo na área ao redor, e a camisa, manchada de sangue de só Deus sabia onde. Ou de quem.

– Não sei bem como isso pode ser possível.

Lorde Winstead deixou escapar o ar.

– Ele estava beijando a minha irmã.

Anne esperou que ele continuasse, mas o conde claramente considerava aquela uma explicação suficiente.

– Hã... – hesitou ela, porque não existia um guia de etiqueta com instruções para uma noite como aquela. Por fim, Anne decidiu que sua melhor aposta seria perguntar sobre a conclusão da briga, em vez de querer saber o que a havia motivado. – Está tudo resolvido, então?

O conde ergueu o queixo em uma inclinação magnânima.

– Felicitações muito em breve estarão na ordem do dia.

– Ah. Bem... Que ótimo.

Anne sorriu, então assentiu e juntou as mãos na frente do corpo, em uma tentativa de se manter imóvel. Toda aquela situação era terrivelmente constrangedora. O que se deveria fazer com um conde machucado que acabara de voltar após três anos de exílio e que tinha uma péssima reputação, mesmo antes de fugir do país?

Para não mencionar toda a história do beijo, alguns minutos antes.

– Conhece a minha irmã? – perguntou ele, parecendo extremamente cansado. – Ora, é claro que conhece. Estava tocando com ela.

– Sua irmã é lady Honoria? – Pareceu prudente confirmar.

Ele assentiu.

– Sou Winstead.

– Sim, é claro. Fui informada de seu retorno iminente. – Ela deu outro sorriso forçado e constrangido, mas não adiantou muito para deixá-la à vontade. – Lady Honoria é extremamente gentil e agradável. Fico muito feliz por ela.

– Minha irmã é uma péssima musicista.

– Ela era a melhor violinista no palco – declarou Anne, com absoluta sinceridade.

O conde riu alto ao ouvir isso.

– Se sairia muito bem como diplomata, Srta... – Ele fez uma pausa, pensou e disse: – Não chegou a me falar seu nome.

Anne hesitou, porque sempre hesitava quando lhe perguntavam isso, mas então lembrou a si mesma que ele era o conde de Winstead, e portanto sobrinho da patroa dela. Não tinha nada a temer. Desde que ninguém visse os dois juntos.

– Sou a Srta. Wynter – disse ela, e pegou o lenço. – Governanta de suas primas.

– De quais? Das Pleinsworths?

Anne assentiu.

Ele a encarou.

– Ah, coitada da senhorita. Coitada mesmo.

– Pare! Elas são encantadoras! – protestou Anne.

Adorava suas três pupilas. Harriet, Elizabeth e Frances podiam ser mais agitadas do que a maioria das meninas, mas tinham o coração bom e generoso. E sempre demonstravam boas intenções.

Ele ergueu as sobrancelhas.

– Encantadoras, sim. Bem-comportadas, nem tanto.

Aquilo era verdade, e Anne não conseguiu conter um sorrisinho.

– Tenho certeza de que elas amadureceram bastante desde a última vez que esteve com as três – comentou Anne, em um tom formal.

O conde a encarou com um olhar de dúvida, então perguntou:

– Como foi parar ao piano no concerto de hoje?

– Lady Sarah ficou doente.

– Ah. – Havia um mundo de significados naquele "ah". – Transmita a ela meus mais sinceros votos de uma rápida recuperação.

Anne tinha certeza de que lady Sarah havia começado a se sentir melhor no momento em que a mãe a liberara de participar do concerto, mas apenas assentiu e disse que, sim, transmitiria os votos do conde. Embora não fosse fazer isso. Não podia dizer a ninguém que esbarrara no conde de Winstead.

– Sua família já sabe que retornou? – perguntou, então o examinou com mais atenção. O conde se parecia um pouco com a irmã. Ela imaginou se ele teria os mesmos olhos impressionantes, de um azul-claro muito vivo. Era impossível dizer com certeza à luz fraca do corredor. Para não mencionar que um dos olhos estava se fechando rapidamente por causa do incha-ço. – Além de lady Honoria, é claro – acrescentou.

– Ainda não. – O conde olhou de relance na direção da área social da casa e fez uma careta. – Por mais que eu adore cada alma que estava naquela plateia por se forçar a comparecer ao concerto, preferi não tornar minha volta ao lar um evento tão público. – Olhou para baixo, para seu estado de desalinho. – Ainda mais nestas condições.

– É claro – concordou Anne rapidamente.

Ela não conseguia nem começar a imaginar a comoção que tomaria conta de todos se ele aparecesse na recepção que se seguira ao concerto todo machucado e ensanguentado.

O conde deixou escapar um gemido baixo quando mudou de posição no chão, então resmungou alguma coisa entredentes, que Anne tinha certeza de que não deveria ter ouvido.

– Preciso ir – disse ela em um rompante. – Lamento terrivelmente, e… hã…

Anne disse a si mesma para se afastar. Cada parte de seu cérebro gritava para que ela tivesse bom senso e saísse dali antes que alguém aparecesse, mas tudo em que conseguia pensar era que ele estava naquelas condições porque defendera a irmã.

Como poderia abandonar um homem que fizera aquilo?

– Deixe-me ajudá-lo – falou, mesmo sabendo que não deveria.

Ele deu um sorrisinho fraco.

– Se não se importar.

Anne se abaixou para examinar melhor os machucados dele. Já cuidara de cortes e arranhões na vida, mas nada como aquilo.

– Onde dói? – perguntou. Então, pigarreou. – Além dos lugares óbvios.

– Óbvios?

– Bem... – Anne apontou com cautela para o olho dele. – Há um hematoma aqui. E aqui... – acrescentou, gesticulando para o lado esquerdo do maxilar dele, antes de passar ao ombro, visível através do rasgo na camisa ensanguentada – ... e aqui também.

– Marcus está pior – garantiu lorde Winstead.

– Sim – retrucou Anne, reprimindo um sorriso. – Já mencionou isso.

– É um detalhe importante.

O conde deu um sorriso torto, então se encolheu e levou a mão ao rosto.

– Seus dentes? – perguntou ela, preocupada.

– Parecem estar todos no lugar – murmurou ele. Então, abriu a boca, como se estivesse testando uma dobradiça, e fechou-a com um gemido. – Eu acho.

– Há alguém que eu possa chamar para ajudá-lo?

O conde ergueu as sobrancelhas.

– Quer que alguém saiba que a senhorita estava sozinha aqui comigo?

– Ah. É claro que não. Eu não estava pensando direito.

Lorde Winstead sorriu de novo, aquele meio sorriso seco que fazia parecer que estava se contorcendo por dentro.

– Tenho esse efeito nas mulheres.

Várias respostas passaram pela mente de Anne, mas ela as reprimiu.

– Eu poderia ajudá-lo a ficar de pé – sugeriu.

Ele inclinou a cabeça para o lado.

– Ou poderia se sentar e conversar comigo.

Anne o encarou.

Mais uma vez, aquele meio sorriso.

– Foi só uma ideia.

Uma ideia imprudente, pensou ela na mesma hora. Pelo amor de Deus, tinha praticamente acabado de beijá-lo. Não deveria chegar nem perto dele, quanto mais se sentar a seu lado no chão, onde seria muito fácil virar o corpo e inclinar o rosto na direção dele...

– Talvez eu pudesse pegar um pouco de água – disse Anne de súbito, as palavras saindo tão rápido que ela quase teve que tossir. – Tem um lenço? Imagino que vá querer limpar o rosto.

Ele enfiou a mão no bolso e pegou um lenço amarrotado.

– O mais fino linho italiano – respondeu em tom sarcástico, a voz cansada. Franziu a testa. – Ou ao menos foi, um dia.

– Tenho certeza de que servirá perfeitamente – garantiu Anne.

Pegou o lenço da mão dele e dobrou do modo que achou melhor. Então estendeu a mão e pressionou o pedaço de pano no rosto dele.

– Dói?

Ele balançou a cabeça.

– Gostaria de ter um pouco de água. O sangue já secou. – Foi a vez de Anne franzir a testa. – Tem um pouco de conhaque com o senhor? Em uma garrafinha, talvez?

Cavalheiros sempre levavam garrafinhas de conhaque. O pai dela levava. Raramente saía de casa sem uma.

Mas lorde Winstead respondeu:

– Não tomo bebidas alcoólicas.

Algo no tom dele impressionou Anne, e ela ergueu os olhos. Encontrou o olhar dele e perdeu o ar. Não tinha percebido como estavam próximos.

Anne entreabriu os olhos e desejou...

O que não poderia ter. Sempre desejara o que não poderia ter.

Anne recuou, perturbada com a facilidade com que se inclinara na direção dele. O conde era um homem que sorria com facilidade e com frequência. Não foram necessários mais do que poucos minutos na companhia dele para perceber isso. Assim, o tom sério e intenso dele a espantou.

– Mas provavelmente vai encontrar conhaque no fim do corredor – acrescentou lorde Winstead de repente, e o estranho e cativante feitiço foi quebrado. – Terceira porta à direita. Era o escritório do meu pai.

– Nos fundos da casa?

Parecia um lugar improvável.

– Há duas entradas. A outra porta dá para o salão principal. Não deve encontrar ninguém lá, mas é melhor ser cuidadosa ao entrar.

Anne se levantou e seguiu as instruções dele até chegar ao escritório. O luar entrava pela janela e a jovem logo encontrou o que procurava. Levou a garrafa inteira e fechou a porta com cuidado ao sair.

– Estava na prateleira perto da janela? – perguntou lorde Winstead.

– Sim.

Ele deu um sorrisinho.

– Certas coisas nunca mudam.

Anne tirou a tampa, encostou o lenço na boca da garrafa e virou uma boa dose de conhaque no tecido. O aroma da bebida era intenso e penetrante.

– O cheiro o incomoda? – perguntou ela, subitamente preocupada.

Em seu último emprego, antes de ir trabalhar para os Pleinsworths, o tio de seu jovem pupilo era um homem que bebia demais antes de conseguir parar totalmente. Era dificílimo ficar perto dele. Seu temperamento se tornava ainda mais irascível quando ele não bebia, e se sentisse o mínimo cheiro de álcool ficava quase louco.

Anne tivera que se demitir. Por essa e por outras razões.

Mas lorde Winstead apenas balançou a cabeça.

– Não é que eu *não possa* tomar bebidas alcoólicas. Escolhi não tomar.

O semblante de Anne deve ter deixado claro que ela ficara confusa, porque ele acrescentou:

– Não tenho anseio pelo álcool, mas desprezo.

– Entendo – murmurou ela.

Ao que parecia, o conde também tinha os próprios segredos.

– Provavelmente vai arder – alertou.

– *Com certeza* vai doe… ai!

– Sinto muito – falou Anne, esfregando o lenço com delicadeza no machucado.

– Espero que *derramem* essa maldita coisa em cima de Marcus – resmungou ele.

– Ora, ele está muito pior que o senhor – lembrou ela.

O conde ergueu o olhar, confuso, então um sorriso se abriu lentamente em seu rosto.

– Está mesmo.

Anne passou para os arranhões nos nós dos dedos dele.

– Eu soube pela fonte mais confiável – murmurou.

Ele deu uma risadinha, mas ela não olhou. Havia algo muito íntimo em estar debruçada sobre a mão dele, limpando os ferimentos. Anne não o conhecia bem, apenas sabia quem ele era, e ainda assim odiava a ideia de que aquele momento passaria. Não por causa *dele*, disse a si mesma. Era só que… fazia tanto tempo…

Sentia-se solitária. Sabia disso. Não era nenhuma surpresa.

Anne passou para o corte no ombro dele e estendeu o lenço. O rosto e as mãos tudo bem, mas não poderia de forma alguma tocar no *corpo* do conde.

– Talvez fosse melhor...

– Ah, não, não pare. Estou adorando seus cuidados tão ternos.

Anne o encarou.

– O sarcasmo não combina com o senhor.

– Não – concordou ele com um sorriso divertido. – Nunca combinou. – Lorde Winstead derramou mais conhaque no lenço. – E, de qualquer modo, eu não estava sendo sarcástico.

Aquela era uma declaração que ela não poderia se permitir analisar, portanto pressionou o pano molhado no ombro dele e disse em um tom brusco:

– Isso definitivamente vai doer.

– *Aaaaai-aaaaaaai* – cantarolou ele, e Anne teve que rir.

O conde soou como um péssimo cantor de ópera, ou como uma marionete desafinada.

– A senhorita deveria fazer isso com mais frequência – comentou ele. – Rir, quero dizer.

– Eu sei. – Mas isso soou triste e Anne não queria se sentir triste, então acrescentou: – Mas a verdade é que não tenho o hábito de torturar homens adultos.

– É mesmo? – murmurou o conde. – Poderia jurar que faz isso o tempo todo.

Ela o encarou.

– Quando a senhorita entra em um cômodo – comentou ele, baixinho –, o ar se altera.

A mão dela ficou imóvel, pairando a alguns centímetros da pele dele. Anne voltou a encará-lo – não conseguiu evitar – e viu o desejo em seus olhos. Ele a desejava. Queria se inclinar para a frente e beijá-la. Seria tão fácil, bastaria ela inclinar um pouco o corpo. Poderia até dizer a si mesma que não tivera a intenção, que perdera o equilíbrio, e pronto.

Mas sabia que não deveria fazer isso. Não era seu momento. E não era seu mundo. Ele era um conde e ela era... Bem, era a pessoa que se obrigara a ser. Ou seja, alguém que não dava intimidade a condes, ainda mais condes com escândalos em seu passado.

Todas as atenções em breve estariam concentradas nele, e Anne não queria estar nem perto quando isso acontecesse.

– Realmente preciso ir agora – falou.

– Para onde?

– Para casa. – Então, porque parecia que precisava dizer mais alguma coisa, Anne acrescentou: – Estou muito cansada. Foi um dia bastante longo.

– Eu a acompanharei.

– Não é necessário.

O conde levantou os olhos e apoiou o corpo na parede, o rosto franzido de dor enquanto se erguia.

– Como pretende chegar em casa?

Aquilo era um interrogatório?

– Caminhando.

– Até a Casa Pleinsworth?

– Não é longe.

Ele a encarou muito sério.

– É longe demais para uma dama desacompanhada.

– Sou uma *governanta*.

Aquilo pareceu diverti-lo.

– Uma governanta não é uma dama?

Anne não disfarçou um suspiro de frustração.

– Estarei em perfeita segurança – garantiu a ele. – O trajeto de volta é bem iluminado. Provavelmente haverá carruagens ao longo de todo o caminho.

– Isso não me deixa mais tranquilo.

Nossa, como ele era teimoso.

– Foi uma honra conhecê-lo – disse ela, com firmeza. – Tenho certeza de que sua família está muito ansiosa para vê-lo de novo.

A mão dele se fechou ao redor do pulso dela.

– Não posso permitir que volte para casa desacompanhada.

Anne entreabriu os lábios. A pele dele estava quente, e agora a dela também, onde ele a tocara. Uma sensação estranha, mas vagamente familiar, se acendeu dentro dela, e Anne ficou chocada ao reconhecer que era empolgação.

– Com certeza a senhorita compreende isso – murmurou o conde, e ela quase cedeu.

Queria ceder. A moça que costumava ser queria desesperadamente ceder, e já fazia tanto tempo que ela abrira o coração a alguém a ponto de revelar essa moça...

– Não pode ir a lugar nenhum com essa aparência – argumentou Anne.

E era verdade. Ele parecia ter fugido da prisão. Ou talvez do inferno.

Lorde Winstead deu de ombros.

– A melhor forma de não ser reconhecido.

– Milorde...

– Daniel – corrigiu ele.

Ela arregalou os olhos, chocada.

– O quê?

– Meu nome é Daniel.

– Eu *sei*. Mas não vou chamá-lo assim.

– Bem, é uma pena. Mas valeu a pena tentar. Vamos, então... – Ele estendeu o braço, e ela ficou impassível. – Vamos indo? – insistiu.

– Não irei com o senhor.

Ele deu um vago sorriso. Mesmo com um dos lados da boca vermelho e inchado, o homem parecia um demônio.

– Isso significa que vai *ficar* comigo?

– Acho que o senhor bateu com a cabeça – disse Anne. – É a única explicação.

Lorde Winstead riu ao ouvir isso, mas ignorou completamente.

– Trouxe um casaco?

– Sim, mas deixei na sala de ensaio. Eu... não tente mudar de assunto!

– Como?

– Vou embora – declarou ela, e levantou a mão. – O senhor fica.

Mas ele bloqueou o caminho de Anne, estendendo o braço na frente dela e apoiando a mão na parede.

– Talvez eu não tenha sido claro – falou.

Naquele momento, Anne percebeu que o havia subestimado. Lorde Winstead podia ser simpático, mas não era só isso. E agora estava incrivelmente sério. Com a voz baixa e determinada, ele disse:

– Há certas coisas sobre as quais não faço concessões. E a segurança de uma dama é uma delas.

Era isso. Ele não cederia. Assim, com um alerta de que os dois deviam permanecer nas sombras e em cantos onde não seriam vistos, Anne permitiu que o conde a acompanhasse até a entrada dos criados na Casa Pleinsworth. Ele beijou a mão dela, e Anne tentou fingir que não adorou o gesto.

Talvez tivesse conseguido enganá-lo. Mas não enganou a si mesma.

– Virei visitá-la amanhã – avisou o conde, ainda segurando a mão dela.

– O quê? Não! – Anne puxou a mão de volta. – Não pode fazer isso.

– Não?

– Não. Sou uma governanta. Não posso permitir que homens me procurem. Perderei meu emprego.

Ele sorriu, como se a solução não pudesse ser mais fácil.

– Virei visitar as minhas primas, então.

O conde não tinha a menor noção de comportamento apropriado? Ou era apenas egoísta?

– Não estarei em casa – retrucou ela, a voz firme.

– Farei uma nova visita.

– Não estarei em casa novamente.

– Que falta de responsabilidade. Quem dará aula às minhas primas?

– Não serei *eu*, se o senhor ficar aparecendo aqui. Sua tia com certeza me demitirá.

– Demitirá? – Ele riu. – Que coisa terrível.

– É terrível.

Santo Deus, ela precisava fazê-lo compreender. Não importava quem era ele, ou como a fazia se sentir. A empolgação da noite… o beijo que haviam trocado… aquilo era efêmero.

O que importava era que ela tivesse um teto sobre a cabeça. E comida. Pão, queijo, manteiga, açúcar e todas as coisas maravilhosas que tivera todos os dias durante a infância. E que tinha agora, com os Pleinsworths, além de estabilidade, um emprego e amor-próprio.

Anne não subestimava essas coisas.

Ergueu os olhos para lorde Winstead. Ele a examinava com atenção, como se achasse que poderia ler sua alma.

Mas o conde não a conhecia. Ninguém conhecia. Assim, recorrendo à formalidade como proteção, Anne retirou a mão da dele e fez uma reverência.

– Obrigada por me acompanhar, milorde. Agradeço sua preocupação com a minha segurança.

Então deu as costas e passou pelo portão dos fundos.

Depois que entrou, Anne levou algum tempo para se recompor. Os Pleinsworths chegaram poucos minutos depois dela, então Anne precisou se desculpar e, com a pena na mão, explicar que estava prestes a deixar um bilhete dizendo por que havia saído correndo depois do concerto. Harriet não conseguia parar de falar sobre a grande emoção da noite – ao que parecia, lorde Chatteris e lady Honoria haviam mesmo ficado noivos, e da maneira mais empolgante possível –, e logo Elizabeth e Frances desceram correndo as escadas, porque obviamente nenhuma das duas chegara a dormir.

Passaram-se duas horas antes que Anne enfim conseguisse ir para o próprio quarto, vestir a camisola e se deitar. E mais duas horas antes que tentasse dormir. Tudo o que conseguira fazer tinha sido ficar olhando para o teto. Pensando, divagando e sussurrando.

– Annelise Sophronia Shawcross – disse ela para si mesma, por fim –, no *que* você se meteu?

CAPÍTULO 3

Na tarde seguinte, apesar da insistência da nobre condessa de Winstead de que não queria deixar o filho recém-chegado fora de sua vista, Daniel foi até a Casa Pleinsworth. Não contou à mãe *aonde* estava indo, já que ela com certeza teria insistido em acompanhá-lo. Preferiu dizer que tinha alguns assuntos judiciais para resolver, o que era verdade. Um cavalheiro não podia voltar de uma viagem de três anos ao exterior sem ter que visitar pelo menos um advogado. Mas, por acaso, o escritório de advocacia dos senhores Streatham e Ponce ficava *apenas* 3 quilômetros na direção contrária à Casa Pleinsworth. Uma distância mínima, na verdade, e quem poderia estranhar se ele subitamente decidisse visitar as jovens primas? Era uma ideia que poderia muito bem ocorrer a qualquer homem tanto dentro de uma carruagem ao percorrer a cidade quanto em qualquer outro lugar.

Como, por exemplo, na entrada dos fundos da Casa Pleinsworth.

Ou durante o percurso inteiro de Daniel ao voltar para casa.

Ou na cama, onde ele passara metade da noite acordado, pensando na misteriosa Srta. Wynter – na curva do queixo dela, no perfume de sua pele. Estava declaradamente encantado, e disse a si mesmo que era por conta de sua felicidade por ter voltado para casa. Fazia todo o sentido que se visse fascinado por uma mulher inglesa tão encantadora.

E depois de uma exaustiva reunião de duas horas com os cavalheiros Streatham, Ponce *e* Beaufort-Graves (que aparentemente ainda não havia conseguido colocar seu nome na porta), Daniel orientou o cocheiro a seguir até a Casa Pleinsworth. Queria mesmo ver as primas.

Só que queria ainda mais ver a governanta delas.

A tia dele não estava em casa, mas Sarah, a prima, sim, e ela o cumprimentou com um gritinho de alegria e com um abraço caloroso.

– Por que ninguém me contou que você voltou? – perguntou ela. Então afastou-se para examinar melhor o rosto do primo. – E o que *aconteceu* com você?

Daniel abriu a boca para responder, mas, antes que ele começasse, ela o interrompeu:

– E não me diga que foi atacado por salteadores, porque já soube tudo sobre os olhos roxos de Marcus na noite passada.

– Ele está pior que eu – confirmou Daniel. – E quanto à sua família não ter lhe contado que eu voltei, eles não sabiam. Eu não quis que minha chegada interrompesse o concerto.

– Muito atencioso da sua parte – comentou Sarah, com ironia.

Ele olhou para ela com afeição. Sarah tinha a mesma idade que a irmã dele e, conforme as duas cresciam, muitas vezes pareceu que a prima passava tanto tempo na casa dele quanto na própria.

– É verdade – murmurou. – Eu assisti da sala de ensaios. Imagine a minha surpresa ao ver uma estranha ao piano.

Sarah levou a mão ao peito.

– Eu estava doente.

– Fico feliz em ver que se recuperou rapidamente da iminência da morte.

– Eu mal conseguia me manter de pé ontem – insistiu ela.

– É mesmo?

– Sim. Tonteiras, você entende. – Ela acenou com a mão no ar, como se afastando a sensação. – É um fardo terrível.

– Tenho certeza de que as pessoas que sofrem desse mal pensam assim.

Sarah cerrou os lábios por um momento, então disse:

– Mas chega de falar de mim. Imagino que já saiba da fantástica novidade de Honoria.

Ele a seguiu até a sala de visitas.

– Que ela logo será lady Chatteris? Sim, já sei.

– Ora, eu estou feliz por ela, mesmo que você não esteja – disse Sarah com uma fungadinha de desprezo. – E não diga que está feliz, porque seus machucados contam outra história.

– Estou felicíssimo pelos dois – retrucou Daniel, com firmeza. – Isto – ele indicou o rosto com a mão – foi apenas um mal-entendido.

Ela o encarou com desconfiança, mas disse apenas:

– Chá?

– Adoraria. – Daniel se levantou enquanto a prima tocava a campainha para solicitar o chá. – Agora me diga, suas irmãs estão em casa?

– Na sala de aula. Gostaria de vê-las?

– É claro – respondeu ele imediatamente. – Devem ter crescido muito enquanto eu estava fora.

– Elas logo estarão aqui embaixo – afirmou Sarah, voltando para o sofá. – Harriet tem espiões por toda a casa. Tenho certeza de que alguém vai avisá-la de sua chegada.

– Mas me conte uma coisa – disse Daniel, voltando a se sentar em uma postura relaxada. – Quem estava ao piano ontem à noite?

Ela o encarou com curiosidade.

– No seu lugar – acrescentou ele, sem necessidade. – Porque você estava doente.

– A Srta. Wynter – respondeu Sarah. Os olhos dela se estreitaram com desconfiança. – É a governanta das minhas irmãs.

– Que providencial ela saber tocar.

– Uma feliz coincidência, realmente – concordou ela. – Temi a possibilidade de o concerto ter que ser cancelado.

– Suas primas teriam ficado muito desapontadas – murmurou Daniel. – Mas essa… qual é mesmo o nome dela? Srta. Wynter?

– Sim.

– Ela conhecia a peça musical?

Sarah o encarou mais diretamente.

– Ao que parece, sim.

Ele assentiu.

– Acredito que a família deva os mais sinceros agradecimentos à talentosa Srta. Wynter.

– Ela com certeza conquistou a gratidão da minha mãe.

– É governanta das suas irmãs há muito tempo?

– Cerca de um ano. Por que quer saber?

– Por nada. Apenas curiosidade.

– Engraçado – comentou Sarah, falando devagar –, você nunca teve nenhuma curiosidade em relação às minhas irmãs antes.

– Não é verdade – retrucou Daniel, se fingindo de ofendido. – Elas são minhas primas.

– Você tem uma porção de primas.

– E senti falta de todas enquanto estava fora. Na verdade, a ausência me fez ter ainda mais carinho por elas.

– Ah, pare com isso – disse Sarah finalmente, parecendo prestes a jogar as mãos para o alto com enfado. – Você não está enganando ninguém.

– Não entendi – murmurou Daniel, embora tivesse a sensação de que havia sido desmascarado.

Sarah revirou os olhos.

– Você acha que é a primeira pessoa a notar que nossa governanta é incrivelmente bela?

Ele já se preparava para dar uma resposta seca, mas percebeu que Sarah estava prestes a dizer "E não diga que não percebeu…". Por isso, disse apenas:

– Não.

Porque não adiantaria dizer o contrário. A Srta. Wynter tinha o tipo de beleza que paralisava os homens. Não era uma beleza discreta como a da irmã dele, ou a da própria Sarah. Ambas eram lindas, mas não se percebia isso até conhecê-las melhor. A Srta. Wynter, por outro lado…

Um homem teria que estar morto para não notá-la. Mais do que morto, se é que isso era possível.

Sarah suspirou, ao mesmo tempo exasperada e resignada.

– Seria terrivelmente cansativo se ela não fosse tão agradável.

– Beleza não precisa vir acompanhada por um caráter ruim.

Sarah bufou.

– Alguém se tornou muito filosófico enquanto estava fora do país.

– Ah, você conhece aqueles gregos e romanos. Eles realmente acabam nos contaminando.

Sarah riu.

– Daniel, se quiser me perguntar sobre a Srta. Wynter, apenas pergunte.

Ele se inclinou para a frente.

– Fale-me sobre a Srta. Wynter.

– Bem… – Sarah também se inclinou para a frente. – Não há muito a dizer.

– Eu poderia esganá-la – ameaçou Daniel, em um tom delicado.

– Não, é verdade. Sei muito pouco sobre ela. Afinal, a Srta. Wynter não é a *minha* governanta. Acho que ela veio do norte, recomendada por uma família de Shropshire. E por outra da Ilha de Man.

– Da Ilha de Man? – repetiu Daniel, surpreso.

Achava que não conhecia ninguém que tivesse sequer *visto* a Ilha de Man. Era um lugar terrivelmente remoto, de difícil alcance e com um clima péssimo. Ou ao menos fora o que ouvira dizer.

– Perguntei isso a ela uma vez – disse Sarah, dando de ombros. – Ela me falou que é um lugar bastante lúgubre.

– Posso imaginar.

– A Srta. Wynter não fala sobre a família, embora eu ache que já a ouvi mencionar uma irmã, certa vez.

– Ela recebe correspondências?

Sarah balançou a cabeça.

– Não que eu saiba. E, se envia cartas a alguém, não o faz daqui.

Daniel a encarou com uma ponta de surpresa.

– Ora, eu teria percebido em algum momento – explicou ela, na defensiva. – E de forma alguma vou permitir que você importune a Srta. Wynter.

– Não vou importuná-la.

– Ah, vai. Posso ver em seus olhos.

Daniel voltou a se inclinar para a frente.

– Você está sendo dramática demais para alguém que inventou toda aquela história para não subir ao palco.

Sarah estreitou os olhos, desconfiada.

– O que quer dizer com isso?

– Simplesmente que você é a imagem da saúde.

Ela deu um risinho de desdém bem feminino.

– Está pensando em me chantagear? Desejo-lhe boa sorte. Ninguém acreditou mesmo que eu estivesse doente.

– Nem mesmo a sua mãe?

Sarah recuou.

Xeque-mate.

– O que você quer? – perguntou ela.

Daniel fez uma pausa, para valorizar o momento. Os dentes de Sarah estavam cerrados de um modo *esplêndido*, e ele pensou que, se esperasse um pouco mais, sairia fumaça dos ouvidos dela.

– Daniel... – disse Sarah, tentando manter a dignidade.

Ele inclinou a cabeça para o lado, como se refletisse.

– Tia Charlotte ficaria tão desapontada se achasse que a filha estava fugindo aos seus deveres musicais...

– Eu já lhe perguntei, o que você... Ah, não importa. – Sarah revirou os olhos e balançou a cabeça, como se estivesse lidando com uma criança de 3 anos. – Talvez eu tenha ouvido a Srta. Wynter hoje de manhã, planejando levar Harriet, Elizabeth e Frances para uma caminhada no Hyde Park.

Ele sorriu.

– Já lhe disse que você é uma das minhas primas favoritas?

– Agora estamos quites – alertou-o Sarah. – Se disser uma palavra à minha mãe...

– Eu nem sonharia em fazer isso.

– Ela já ameaçou me levar para o campo por uma semana. Para descansar e me recuperar.

Daniel abafou uma risada.

– Ela está preocupada com você.

– Acho que poderia ser pior – comentou Sarah com um suspiro. – Na verdade, prefiro o campo à cidade, mas mamãe quer ir para *Dorset*. Passarei tanto tempo dentro da carruagem que *realmente* ficarei doente.

Sarah não se sentia bem em viagens. Nunca havia se sentido.

– Qual é o primeiro nome da Srta. Wynter? – perguntou Daniel.

Parecia inacreditável que ele não soubesse isso.

– Você pode descobrir por si mesmo – retorquiu Sarah.

Ele resolveu permitir que a prima ganhasse aquela, mas, antes que pudesse dizer mais alguma coisa, Sarah virou a cabeça rapidamente na direção da porta.

– Ah, no momento certo – disse ela. – Acho que ouvi alguém descendo a escada. E me pergunto quem poderia ser...

Daniel se levantou.

– Minhas queridas priminhas, tenho certeza. – Esperou até ver a primeira delas passar direto pela porta aberta e falou alto: – Ah, Harriet! Elizabeth! Frances!

– Não se esqueça da Srta. Wynter – murmurou Sarah.

A jovem que passara direto pela porta voltou e espiou para dentro da sala. Era Frances, mas ela não reconheceu Daniel.

Ele sentiu uma pontada no peito. Não esperara aquilo. E, se houvesse esperado, não teria imaginado que o faria se sentir tão melancólico.

Mas Harriet era mais velha. Já tinha 11 anos quando Daniel saíra da

Inglaterra e, quando enfiou a cabeça na sala de visitas, gritou o nome dele e entrou correndo.

– Daniel! – exclamou. – Você voltou! Ah, você voltou, você voltou, você voltou.

– Eu voltei.

– É tão maravilhoso vê-lo! Frances, esse é o primo Daniel. Você se lembra dele.

Frances, que parecia ter cerca de 10 anos, pareceu começar a se recordar.

– Aaaaah. Você está tão diferente…

– Não, não está – declarou Elizabeth, entrando na sala atrás das outras.

– Estou tentando ser educada – disse Frances pelo canto da boca.

Daniel riu.

– Bem, *você* está diferente, com certeza. – Ele se inclinou para a frente e fez um afago rápido no queixo dela. – Está quase uma adulta.

– Ah, bem, eu não diria isso – retrucou a menina, com modéstia.

– Mas ela diria qualquer outra coisa – comentou Elizabeth.

Frances virou rapidamente a cabeça.

– Pare com isso!

– O que aconteceu com seu rosto? – perguntou Harriet.

– Foi um mal-entendido – respondeu Daniel com calma, enquanto se perguntava quanto tempo os hematomas levariam para desaparecer.

Ele não se considerava particularmente vaidoso, mas as perguntas estavam se tornando cansativas.

– Um mal-entendido? – repetiu Elizabeth. – Com uma bigorna?

– Ah, pare com isso – repreendeu Harriet. – Acho que ele está muito elegante.

– Sim, como se tivesse enfrentado uma bigorna.

– Não lhe dê atenção – disse Harriet a Daniel. – Ela não tem imaginação.

– Onde está a Srta. Wynter? – perguntou Sarah.

Daniel deu um sorrisinho na direção da prima. A boa e velha Sarah.

– Não sei – respondeu Harriet, olhando primeiro por cima de um ombro e depois por cima do outro. – Ela estava bem atrás de nós quando descemos.

– Alguma de vocês deveria ir chamá-la – disse Sarah. – Ela vai querer saber por que estão demorando.

– Vá você, Frances – falou Elizabeth.

– Por que eu?

– Porque *sim*.

Frances saiu pisando firme e resmungando.

– Quero saber tudo sobre a Itália – disse Harriet, os olhos cintilando com uma empolgação juvenil. – É incrivelmente romântica? Você viu a torre que todos dizem estar prestes a cair?

Daniel sorriu.

– Não, mas me contaram que ela é mais estável do que parece.

– E a França? Esteve em Paris? – Harriet deixou escapar um suspiro sonhador. – Adoraria conhecer Paris.

– Eu adoraria fazer compras em Paris – comentou Elizabeth.

– Ah, sim... – Harriet parecia prestes a desmaiar diante da perspectiva. – *Os vestidos*.

– Não fui a Paris – disse Daniel.

Não havia necessidade de acrescentar que ele não *poderia* ir a Paris. Lorde Ramsgate tinha muitos amigos lá.

– Talvez não precisemos sair para a nossa caminhada agora – comentou Harriet, esperançosa. – Eu gostaria muito mais de ficar aqui, com o primo Daniel.

– Ah, mas eu prefiro aproveitar o calor do sol – retrucou Daniel. – Talvez vá com vocês ao parque.

Sarah bufou.

Ele a encarou.

– Algum problema na garganta, Sarah?

A expressão nos olhos dela era de puro sarcasmo.

– Sem dúvida tem a ver com o que me abateu ontem.

– A Srta. Wynter disse que vai nos esperar perto dos estábulos – anunciou Frances, entrando correndo de volta na sala.

– Nos estábulos? – repetiu Elizabeth. – Não vamos cavalgar.

Frances deu de ombros.

– Ela disse nos estábulos.

Harriet deixou escapar um arquejo de prazer.

– Talvez a Srta. Wynter tenha um envolvimento romântico com um dos cavalariços.

– Ah, pelo amor de Deus – desdenhou Elizabeth. – Um dos cavalariços? Francamente.

– Ora, você tem que admitir que seria muito empolgante se isso acontecesse.

– Para quem? Não para ela. Acho que nenhum deles sequer sabe ler.

– O amor é cego – disse Harriet, com sarcasmo.

– Mas não analfabeto – retorquiu Elizabeth.

Daniel não conseguiu evitar uma risada abafada.

– Vamos indo? – perguntou, inclinando-se em uma cortesia elegante para as meninas.

Então estendeu o braço para Frances, que aceitou e arqueou as sobrancelhas na direção das irmãs.

– Façam um ótimo passeio! – disse Sarah, sem um pingo de sinceridade.

– O que há de errado com ela? – perguntou Elizabeth a Harriet, a caminho dos estábulos.

– Acho que ela ainda está aborrecida por ter perdido o concerto – sugeriu Harriet. Olhou para Daniel. – Soube que Sarah perdeu o concerto?

– Soube. Tonteira, não foi?

– Pensei que havia sido um resfriado – comentou Frances.

– Problemas no estômago – afirmou Harriet. – Mas não importa. A Srta. Wynter – virou-se para Daniel –, nossa governanta – tornou a se virar para as irmãs –, foi brilhante.

– Ela tocou no lugar de Sarah – explicou Frances.

– Acho que ela não queria tocar – acrescentou Elizabeth. – Mamãe teve que ser bastante incisiva.

– Tolice – interferiu Harriet. – A Srta. Wynter foi uma heroína desde o princípio. E fez um excelente trabalho. Perdeu uma das entradas, mas mesmo assim foi fantástica.

Fantástica? Daniel se permitiu um suspiro mental. Havia vários adjetivos para descrever a atuação da Srta. Wynter ao piano, mas *fantástica* não era um deles. E se Harriet pensava assim…

Bem, ela se adaptaria perfeitamente quando chegasse sua vez de tocar no quarteto.

– Eu me pergunto o que a Srta. Wynter está fazendo nos estábulos… – comentou Harriet, quando eles chegaram à parte de trás da casa. – Vá buscá-la, Frances.

Frances bufou, indignada.

– Por que eu?

– Porque *sim*.

Daniel soltou o braço de Frances. Ele não discutiria com Harriet; não tinha certeza se conseguiria falar com rapidez suficiente para vencer uma disputa com ela.

– Esperarei aqui, Frances – disse à menina.

Frances saiu mais uma vez pisando firme, e voltou um instante depois. Sozinha.

Daniel franziu a testa. Aquilo não estava funcionando.

– Ela disse que estará conosco em um instante – informou Frances.

– Você avisou à Srta. Wynter que o primo Daniel vai conosco? – perguntou Harriet.

– Não, esqueci. – A menina deu de ombros. – Ela não vai se importar.

Daniel não tinha tanta certeza disso. Estava quase certo de que a Srta. Wynter o vira na sala de visitas (daí sua fuga rápida para os estábulos), mas achava que ela não sabia que ele as acompanharia até o parque.

Seria um passeio adorável. Alegre de verdade.

– Por que acha que ela está demorando tanto? – perguntou Elizabeth.

– Só faz um minuto – retrucou Harriet.

– Ora, isso não é verdade. A Srta. Wynter já estava lá há cinco minutos antes de chegarmos.

– Dez – corrigiu Frances.

– Dez? – repetiu Daniel.

As meninas o estavam deixando zonzo.

– Minutos – explicou Frances.

– Não foram dez minutos.

Ele não sabia quem falara agora.

– Ora, não foram cinco.

Ou agora.

– Podemos concordar com oito, mas, para ser sincero, não acho um tempo preciso.

– Por que vocês falam tão rápido? – teve que perguntar Daniel.

As três pararam e o encararam com uma expressão solene idêntica.

– Não estamos falando rápido demais – disse Elizabeth.

– Sempre falamos assim – acrescentou Harriet.

– Todo mundo nos entende – informou-o Frances, por fim.

Era impressionante, pensou Daniel, como três meninas tão novas conseguiam deixá-lo sem palavras.

52

– Gostaria de saber o que está retendo a Srta. Wynter por tanto tempo – murmurou Harriet.

– Dessa vez eu irei chamá-la – declarou Elizabeth, lançando um olhar para Frances que dizia que achava a irmã terrivelmente incompetente.

Frances apenas deu de ombros.

Mas no momento em que Elizabeth chegou à entrada dos estábulos, a Srta. Wynter surgiu, parecendo mesmo uma governanta, com seu vestido cinza e a touca da mesma cor. Ela estava calçando as luvas, franzindo a testa para o que Daniel imaginou que só poderia ser um furo no tecido.

– Essa deve ser a Srta. Wynter – comentou ele em voz alta, antes que ela o visse.

A Srta. Wynter ergueu os olhos rapidamente, mas disfarçou o alarme.

– Ouvi coisas esplêndidas a seu respeito – disse Daniel, adiantando-se para oferecer o braço a ela. Quando ela aceitou, com relutância, ele tinha certeza, Daniel se abaixou e murmurou, de modo que só ela ouvisse:

– Surpresa?

CAPÍTULO 4

Ela não estava surpresa.

Por que estaria? Ele dissera que apareceria ali, mesmo ela tendo afirmado que não se encontraria em casa quando ele chegasse. Daniel dissera que voltaria, mesmo quando ela *repetira* que não estaria em casa.

Mais uma vez.

Ele era o conde de Winstead. Homens naquela posição faziam o que queriam. Aliás, no que dizia respeito às mulheres, pensou ela com irritação, homens em posições *abaixo* da dele faziam o que queriam.

O conde não era um homem maldoso, nem mesmo egoísta de fato. Anne gostava de pensar que havia se tornado uma boa juíza de caráter ao longo dos anos, com certeza melhor do que era aos 16 anos. Lorde Winstead não seduziria nenhuma mulher que não soubesse o que estava fazendo, e não arruinaria, ameaçaria ou chantagearia ninguém, pelo menos não de propósito.

Se a vida dela virasse de cabeça para baixo por causa daquele homem, não seria por má intenção dele. Simplesmente aconteceria, porque ele se interessara por ela, e queria que ela se interessasse por ele. Nunca ocorreria ao conde que ele não deveria se permitir persegui-la.

Todo o resto lhe era permitido. Por que isso não seria?

– Não deveria ter vindo – disse ela em voz baixa, enquanto eles caminhavam pelo parque, com as três meninas vários metros à frente deles.

– Quis ver minhas primas – retrucou ele, com inocência.

Anne olhou de relance para ele.

– Então por que está ficando para trás comigo?

– Olhe para elas – disse o conde, indicando as primas com a mão. – Iria querer que eu acabasse empurrando uma delas para a rua?

Era verdade. Harriet, Elizabeth e Frances estavam caminhando lado a lado na calçada, a mais velha na ponta, a mais nova mais para dentro, como a mãe gostava. Anne não conseguia acreditar que as meninas haviam escolhido exatamente aquele dia para enfim obedecerem às instruções.

– Como está seu olho? – perguntou ela.

Parecia pior à luz do dia, quase como se o hematoma estivesse se espalhando pela parte de cima do nariz dele. Mas pelo menos agora Anne sabia de que cor eram seus olhos: de um intenso azul-claro. Era quase absurdo quanto ela ficara curiosa com aquilo.

– Não está tão ruim, desde que eu não toque – respondeu Daniel. – Se pudesse fazer a gentileza de não jogar pedras no meu rosto, eu ficaria muito grato.

– Todos os meus planos para a tarde... arruinados – brincou ela. – Simples assim.

Ele riu e Anne foi tomada por uma lembrança. Não de algo específico, mas de si mesma, e de como já fora maravilhoso flertar, rir e se deleitar com o olhar de um cavalheiro.

O flerte havia sido ótimo. Mas não as consequências. Por essas, ela ainda estava pagando.

– O tempo está ótimo – comentou Anne depois de um momento.

– Já ficamos sem assunto?

A voz dele era leve e provocadora e, quando Anne se virou para olhá-lo de relance, o conde estava com o olhar fixo à frente, com um sorrisinho nos lábios.

– O tempo está *realmente* ótimo – voltou a dizer ela.

O sorriso dele se alargou. E o dela também.

– Vamos ao The Serpentine? – perguntou Harriet, lá da frente.

– Iremos aonde você quiser – concordou Daniel, indulgente.

– Vamos ao Rotten Row – corrigiu Anne. Quando ele a encarou com as sobrancelhas erguidas, ela disse: – Ainda estou no comando das meninas, não estou?

Ele assentiu e avisou às primas:

– Aonde a Srta. Wynter quiser.

– Não vamos estudar matemática de novo, não é? – lamentou-se Harriet.

Lorde Winstead olhou para Anne sem disfarçar a curiosidade.

– Matemática? No Rotten Row?

– Estávamos estudando medidas – explicou ela. – Elas já mediram o comprimento das próprias passadas. Agora vão contar os passos que cobrem a extensão do lugar para ter a medida exata.

– Muito bom – comentou o conde. – E elas se mantêm ocupadas e quietas enquanto contam.

– O senhor não as ouviu contar – retrucou Anne.

Ele se virou para ela com certa preocupação.

– Não diga que elas não sabem como fazer.

– É claro que sabem. – Anne não conseguiu evitar um sorriso. Ele estava muito engraçado com apenas um dos olhos arregalados de surpresa. O outro ainda estava inchado demais para registrar qualquer tipo de emoção. – Suas primas fazem tudo com grande talento – afirmou. – Inclusive contar.

Ele pensou a respeito.

– Então o que a senhorita está dizendo é que, em cerca de cinco anos, quando as Pleinsworths assumirem o Quarteto Smythe-Smith, devo me esforçar para estar muito, muito longe?

– Eu jamais diria uma coisa dessas – retrucou ela. – Mas devo lhe informar que Frances resolveu romper a tradição e tocar contrabaixo.

O conde se encolheu.

– Francamente...

Então eles começaram a rir. Juntos.

Era um som maravilhoso.

– Ah, meninas! – chamou Anne, porque não conseguiu resistir. – Lorde Winstead vai se juntar a vocês.

– Vou?

– Vai, sim – afirmou Anne, quando as três correram na direção deles. – Seu primo me disse que está muito interessado nos estudos de vocês.

– Mentirosa – murmurou ele.

Anne ignorou-o, mas, quando se permitiu um meio sorriso zombeteiro, fez questão de erguer o canto da boca que ele podia ver.

– Vamos fazer o seguinte – explicou ela. – Vocês devem medir o comprimento do caminho, como já aprendemos, e devem multiplicar o número de passos que derem pelo comprimento das passadas.

– Mas o primo Daniel não sabe a medida do passo dele.

– Exatamente. É isso que torna a aula ainda melhor. Quando vocês tiverem determinado o comprimento do caminho, devem fazer as contas inversas para descobrir a medida da passada dele.

– *De cabeça?*

Era como se Anne houvesse dito que elas deveriam aprender a lutar com um polvo.

– É a única maneira de vocês aprenderem – respondeu.

– Eu mesmo tenho um grande carinho pela pena e pela tinta – comentou lorde Winstead.

– Não deem ouvidos a ele, meninas. É extremamente útil saber fazer somas e multiplicações de cabeça. Apenas pensem no que conseguirão fazer sabendo isso.

Os quatro ficaram encarando a governanta, sem entender. Ao que parecia, nenhuma delas conseguia pensar em alguma utilidade.

– Para fazer compras – disse Anne, esperando convencê-las. – Saber fazer contas de cabeça é de grande ajuda quando fazemos compras. Vocês não vão levar papel e pena quando forem ao chapeleiro, não é verdade?

Os quatro continuaram a encará-la com a mesma expressão. Anne teve a sensação de que as meninas nunca haviam perguntado o preço de nada no chapeleiro, ou em qualquer outro estabelecimento, na verdade.

– E quanto aos jogos? – disse Anne, tentando outra abordagem. – Se afiarem seus conhecimentos de aritmética, isso fará uma enorme diferença em um jogo de cartas.

– Vocês não têm ideia… – murmurou lorde Winstead.

– Acho que nossa mãe não vai querer que a senhorita nos ensine a apostar – disse Elizabeth.

Ao lado dela, Anne ouviu o conde abafar uma risada divertida.

– Como pretende verificar nossos resultados? – quis saber Harriet.

– Essa é uma ótima pergunta – elogiou Anne –, e eu a responderei amanhã. – Ela fez uma pausa de precisamente um segundo. – Quando eu tiver descoberto como farei isso.

As três meninas riram, o que fora a intenção de Anne. Não havia nada como um pouco de humor autodepreciativo para recuperar o controle da conversa.

– Terei que voltar para saber os resultados – falou lorde Winstead.

– Não há necessidade – retrucou Anne rapidamente. – Podemos informá-los ao senhor por um mensageiro.

– Ou poderíamos fazer uma caminhada até a sua casa – sugeriu Frances. Ela se virou para lorde Winstead com esperança nos olhos. – Não moramos tão longe assim da Casa Winstead, e a Srta. Wynter adora nos fazer caminhar.

– Caminhar é saudável para o corpo e para a mente – lembrou Anne em um tom sério.

– Mas é muito mais agradável quando se tem companhia – comentou lorde Winstead.

Anne respirou fundo – essa era a melhor forma de conter uma resposta desagradável – e se virou para as meninas.

– Vamos começar – disse bruscamente, levando-as para o topo da trilha. – Comecem a descer daqui. Estarei esperando naquele banco.

– A senhorita não vem? – perguntou Frances.

Ela lançou a Anne o tipo de olhar em geral reservado aos culpados de alta traição.

– Não quero atrapalhar o caminho de vocês – retrucou Anne.

– Ah, mas a senhorita não atrapalharia em nada – intrometeu-se lorde Winstead. – A trilha é bem larga e há espaço para todos.

– Ainda assim.

– Ainda assim? – repetiu ele.

Ela assentiu rigidamente.

– Duvido que essa seja uma resposta digna de uma das melhores governantas de Londres – falou o conde.

– Sem dúvida um elogio adorável – retrucou ela –, mas que dificilmente me convencerá a entrar na batalha.

Ele se aproximou mais dela e murmurou:

– Covarde.

– Longe disso – disse Anne, sem sequer mover os lábios. Então, continuou com um sorriso animado: – Vamos, meninas, animem-se. Vou ficar aqui por um instante para ajudá-las no início.

– Não preciso de ajuda – resmungou Frances. – Só preciso não *ter* que fazer isso.

Anne apenas sorriu. Sabia que Frances estaria se gabando de seus passos e de seus cálculos mais tarde naquela noite.

– O senhor também, lorde Winstead. – Anne o encarou com sua expressão mais benevolente.

As meninas já estavam se adiantando, infelizmente em velocidades diferentes, o que significava uma cacofonia de números enchendo o ar.

– Ah, mas eu não posso – retrucou ele, levando uma das mãos ao peito.

– Por quê? – perguntou Harriet.

No mesmo instante, Anne dizia:

– É claro que pode.

– Estou tonto – disse o conde, e com um exagero tão óbvio que Anne não pôde evitar revirar os olhos. – É verdade – insistiu ele. – Estou com... hã, o que foi que abateu a pobre Sarah...? Sim, tonteira.

– Foi uma indisposição estomacal – corrigiu Harriet, e deu um discreto passo para trás.

– Você não pareceu tonto antes – comentou Frances.

– Ora, foi porque eu não estava com o olho fechado.

Isso silenciou todas elas.

Então, finalmente:

– Como assim? – perguntou Anne, que estava mesmo interessada em saber o que fechar os olhos tinha a ver com aquilo.

– Sempre fecho o olho quando conto – explicou ele, com uma expressão que esbanjava serenidade.

– O senhor sempre... Espere um instante – disse Anne, desconfiada. – O senhor sempre fecha *um* dos olhos quando conta?

– Ora, eu dificilmente poderia fechar os dois.

– Por quê? – perguntou Frances.

– Eu não conseguiria ver nada – respondeu ele, como se fosse óbvio.

– Não precisa *ver* para contar – retrucou Frances.

– Eu preciso.

Ele estava mentindo. Anne não conseguia acreditar que as meninas não iriam gritar em protesto. Mas não gritaram. Na verdade, Elizabeth parecia fascinada.

– Que olho? – perguntou.

Lorde Winstead pigarreou e então Anne teve quase certeza de que piscou, como se para lembrar qual de seus olhos estava realmente machucado.

– O direito – decidiu finalmente.

– É claro – concordou Harriet.

Anne a encarou.

– O quê?

– Ora, ele é destro, não é? – Harriet olhou para o primo. – Não é?

– Sou.

Anne olhou de lorde Winstead para Harriet e de volta para ele.

– E isso é relevante porque...?

Lorde Winstead deu de ombros ligeiramente e foi salvo de ter que responder por Harriet, que disse:

– Porque é.

– Tenho certeza de que poderei aceitar o desafio na semana que vem – falou lorde Winstead –, depois que o meu olho estiver curado. Não sei por que não me ocorreu que eu perderia meu senso de equilíbrio se pudesse manter apenas o olho inchado aberto.

Anne estreitou os olhos. Os dois.

– Achei que o senso de equilíbrio de uma pessoa estivesse relacionado à audição, não à visão.

Frances arquejou.

– Não me diga que ele vai ficar *surdo*.

– Ele não vai ficar surdo – respondeu Anne. – Embora *eu* possa acabar ficando, se você gritar desse jeito de novo. Agora, vocês três, andem logo. Vou me sentar.

– E eu também – acrescentou lorde Winstead, alegremente. – Mas estarei com vocês três em espírito.

As meninas começaram a contar e Anne se dirigiu ao banco. Lorde Winstead estava bem atrás dela e, quando os dois se sentaram, ela disse:

– Não posso crer que elas acreditaram naquela bobagem sobre o seu olho.

– Ah, elas não acreditaram – respondeu ele, despreocupado. – Mais cedo eu disse a elas que daria uma libra a cada uma se nos permitissem alguns momentos a sós.

– O quê? – perguntou Anne com um tom que mais pareceu um guincho. O conde chorou de tanto rir.

– É claro que não fiz isso. Santo Deus, a senhorita me acha mesmo um completo idiota? Não, não responda.

Ela balançou a cabeça, irritada consigo mesma por ter sido tão fácil de enganar. Mas não conseguia ficar zangada; o riso dele era muito contagiante.

– Estou surpresa por ninguém ter se aproximado para cumprimentá-lo – comentou Anne.

O parque não estava mais cheio do que o normal para aquela hora do dia, mas eles certamente não eram as únicas pessoas passeando ali. Anne sabia que lorde Winstead fora um cavalheiro muito popular quando morava em Londres, e era difícil acreditar que ninguém havia notado a presença dele no Hyde Park.

– Acho que não era de conhecimento geral minha intenção de retornar – respondeu o conde. – As pessoas veem o que esperam ver, e ninguém no parque espera me ver. – Ele deu um meio sorriso melancólico e indicou o olho inchado. – Ainda mais nestas condições.

– E comigo – acrescentou ela.

– Estou me perguntando *quem* é a senhorita.

Ela se virou rapidamente para ele.

– Essa foi uma reação bastante intensa para uma pergunta tão simples – murmurou o conde.

– Eu me chamo Anne Wynter – disse Anne em um tom firme. – E sou governanta de suas primas.

– Anne – repetiu lorde Winstead baixinho, e ela percebeu que ele saboreava seu nome como uma iguaria. O conde inclinou a cabeça para o lado. – Wynter com i ou com y?

– Com y. Por quê?

E ela não pôde evitar um risinho diante do que acabara de dizer.

– Por nenhuma razão especial – retrucou ele. – Apenas minha curiosidade natural. – Lorde Winstead ficou em silêncio por mais algum tempo e acrescentou: – Não combina com a senhorita.

– Como assim?

– Seu sobrenome. Wynter. Winter. Inverno. Não combina com a senhorita. Mesmo com y.

– Raramente temos a possibilidade de escolher nosso sobrenome – argumentou ela.

– Tem toda a razão, é claro, mas, ainda assim, já me peguei várias vezes achando interessante como o sobrenome de algumas pessoas combina com elas.

Anne não conseguiu conter um sorriso brincalhão.

– O que, então, significa ser um Smythe-Smith?

Ele suspirou, de um modo talvez um pouco dramático *demais*.

– Acho que estamos fadados a apresentar o mesmo concerto até a eternidade...

O conde pareceu tão desalentado que Anne teve que rir.

– Como assim?

– É um pouco repetitivo, não acha?

– Smythe-Smith? Acho um sobrenome bastante simpático, na verdade.

– Discordo. Seria de imaginar que se um Smythe se casasse com uma Smith, eles acertariam suas diferenças e escolheriam um único sobrenome, em vez de impingir os dois ao resto de nós.

Anne riu.

– Há quanto tempo o sobrenome foi hifenizado?

– Há muitos séculos.

Lorde Winstead se virou e, por um momento, Anne esqueceu os machucados e arranhões dele. Viu apenas o homem à sua frente, encarando-a como se ela fosse a única mulher do mundo.

Anne tossiu, tentando disfarçar enquanto recuava ligeiramente para longe dele no banco. Aquele homem era perigoso. Mesmo os dois estando sentados em um parque público, conversando sobre assuntos inocentes, ela conseguia *senti-lo*.

Algo dentro dela fora despertado, e Anne precisava desesperadamente voltar a trancar essa sensação.

– Ouvi histórias conflitantes – continuou ele, parecendo não perceber a agitação dela. – Os Smythes tinham o dinheiro, e os Smiths a posição social. Ou a versão romântica: os Smythes tinham o dinheiro *e* a posição social e os Smiths tinham a bela filha.

– Com cabelos dourados e olhos azul-celeste? Parece mais uma lenda arturiana.

– Longe disso. A bela filha acabou se transformando em uma mulher rabugenta. – Ele inclinou a cabeça na direção dela, com um sorriso sarcástico. – Que não envelheceu bem.

Anne não conseguiu evitar o riso.

– Por que a família não se livrou do sobrenome dela, então, e voltou a ser apenas Smythe?

– Não faço ideia. Talvez tenham assinado um contrato. Ou alguém achou que o sobrenome parecia mais digno com o acréscimo de outro. De qualquer modo, nem sei se essa história é verdadeira.

Anne riu de novo e olhou para o parque para ver como estavam as meninas. Harriet e Elizabeth discutiam por algum motivo, provavelmente nada mais sério do que uma folha de grama, e Frances dava passos gigantescos que arruinariam o resultado. Anne sabia que deveria corrigi-la, mas estava tão agradável ficar ali sentada com o conde...

– Gosta de ser governanta? – perguntou ele.

– Se eu gosto? – Ela o encarou com a testa franzida. – Que pergunta estranha.

– Não consigo imaginar por que seja estranha, considerando a sua profissão.

O que mostrava bem o conhecimento dele sobre ter um emprego.

– Ninguém pergunta a uma governanta se ela gosta do próprio trabalho – respondeu Anne. – Aliás, não se faz essa pergunta a ninguém.

Ela pensara que isso encerraria a questão, mas quando olhou de relance para o rosto dele, viu que o conde a observava com uma curiosidade sincera.

– Já perguntou a um criado se ele gosta de ser criado? – disse Anne. – Ou a uma camareira?

– Uma governanta dificilmente pode ser comparada a um criado ou a uma camareira.

– Somos mais próximos do que pensa. Recebemos uma remuneração, vivemos na casa de outra pessoa e estamos sempre sujeitos a sermos colocados na rua. – E enquanto ele pensava a respeito, Anne virou o jogo e perguntou: – O *senhor* gosta de ser um conde?

Ele pensou por um momento.

– Não tenho ideia. – Diante do olhar de surpresa dela, acrescentou: – Não tive muitas chances de saber o que significa. Herdei o título pouco mais de um ano antes de sair da Inglaterra, e me envergonho em dizer que não fiz muita coisa útil durante esse tempo. Se o condado está se desenvolvendo bem, é graças à excelente administração do meu pai e à sua capacidade de contratar inúmeros gerentes competentes.

Anne insistiu:

– Mesmo assim, o senhor *era* conde. Não importava em que país estava. Quando conhecia alguém, dizia "Sou o conde de Winstead", não "Sou o Sr. Winstead".

Ele a encarou.

– Conheci muito pouca gente enquanto estava fora do país.

– Ah. – Era sem dúvida uma declaração estranha, e Anne não soube o que responder. Lorde Winstead não disse mais nada, e ela achou que não conseguiria suportar o toque de melancolia que pairava sobre os dois, por isso acrescentou: – Eu gosto, *sim*, de ser governanta. Delas, ao menos – esclareceu, sorrindo e indicando as meninas.

– Presumo que não seja seu primeiro emprego – arriscou ele.

– Não. É o terceiro. E também já fui dama de companhia.

Anne não sabia muito bem por que estava contando aquilo a ele. Era mais do que costumava compartilhar a respeito de si mesma. Mas não era nada que o conde não pudesse descobrir caso perguntasse à tia. Todos os empregos anteriores de Anne haviam sido revelados quando ela se candidatara à vaga de governanta das meninas Pleinsworths, mesmo o que não havia terminado bem. Anne optava pela honestidade sempre que possível, provavelmente porque com frequência *não era* possível. E sentia-se muito grata por lady Pleinsworth não ter pensado mal dela por deixar um emprego em que todos os dias ela precisava fazer uma barricada na porta do próprio quarto para evitar a entrada do pai das pupilas.

Lorde Winstead a encarou com um olhar estranhamente penetrante, então enfim disse:

– Ainda acho que Wynter não combina com a senhorita.

Como era estranho ele se apegar tanto a essa ideia… Mas Anne deu de ombros.

– Não há muito que eu possa fazer a respeito, a não ser me casar.

O que, como ambos sabiam, era uma perspectiva improvável. Governantas raramente tinham a oportunidade de conhecer cavalheiros adequados de sua própria posição social. E, de qualquer modo, Anne não queria se casar. Era difícil se imaginar dando a um homem controle completo da vida e do corpo dela.

– Olhe para aquela dama, por exemplo – falou o conde, indicando com a cabeça uma mulher que lançava olhares furtivos e desdenhosos para Frances e Elizabeth, enquanto as duas pulavam pelo caminho. – Ela parece um inverno, uma Winter, com ou sem y. Loura, gelada, de temperamento frio.

– Como pode julgar o caráter da dama daqui de longe?

– Estou sendo um pouco dissimulado – admitiu ele. – Eu a conheço.

Anne não queria nem pensar no que aquilo significava.

– Acho que a senhorita é um outono.

– Eu preferiria ser primavera – comentou Anne baixinho.

Para si mesma, na verdade.

Ele não perguntou o motivo. E Anne nem sequer pensou no silêncio do conde até mais tarde, quando estava em seu quarto, relembrando os detalhes do dia. Era o tipo de declaração que implorava por uma explicação, mas ele não pedira. Sabia que não deveria.

Mas Anne gostaria que ele *tivesse* perguntado. Porque, se houvesse sido esse o caso, ela não gostaria tanto dele.

E Anne tinha a sensação de que gostar de Daniel Smythe-Smith, o famoso e infame conde de Winstead, só poderia levá-la à ruína.

Quando voltava para casa naquela noite, depois de ter parado na casa de Marcus para oferecer suas congratulações oficiais pelo noivado, Daniel se deu conta de que não se lembrava da última vez que aproveitara tanto uma tarde.

Imaginava que não fosse um feito tão difícil, afinal passara os últimos três anos no exílio, frequentemente fugindo dos bandidos contratados por lorde Ramsgate. Não era uma existência que permitisse passeios relaxantes e agradáveis, ou conversas descontraídas.

Mas fora isso que aquela tarde acabara sendo. Enquanto as meninas contavam os passos ao longo do Rotten Row, ele e a Srta. Wynter ficaram sentados conversando sobre nada em particular. E durante todo aquele tempo, Daniel não conseguia parar de pensar em como gostaria de pegar a mão dela.

Só isso. Apenas a mão dela.

Ele a levaria aos lábios e inclinaria a cabeça em uma saudação terna. E saberia que aquele beijo simples e cavalheiresco seria o começo de algo fantástico.

Por isso teria sido o bastante. Porque seria uma promessa.

Agora que ele estava sozinho com os próprios pensamentos, sua mente divagou por tudo o que aquela promessa significaria. A curva do pescoço dela, a intimidade sensual dos cabelos desgrenhados. Daniel não se lembrava de já ter desejado uma mulher daquele modo romântico. Ia além do mero desejo. A necessidade que sentia por ela era mais profunda do que o corpo dele. Queria venerá-la, queria…

O golpe surgiu do nada, acertou-o abaixo da orelha e o jogou contra o poste de luz.

– Que diabo…? – grunhiu Daniel, levantando os olhos bem a tempo de ver dois homens vindo em sua direção.

– Sim, esse foi bom, amigo – disse um deles enquanto se movia, serpenteando como uma cobra na neblina.

Daniel viu o lampejo da lâmina de uma faca brilhando à luz do poste.

Ramsgate.

Eram homens mandados por ele. Só podiam ser.

Maldição, Hugh havia prometido a ele que era seguro retornar. Teria sido um tolo por acreditar? Estaria tão desesperado para voltar para casa que não se permitira ver a verdade?

Daniel aprendera a lutar sujo nos últimos três anos e, enquanto o primeiro de seus agressores caiu na calçada depois de um chute entre as pernas, o outro foi obrigado a lutar pelo controle da faca.

– Quem os mandou? – grunhiu Daniel.

Eles estavam cara a cara, os narizes quase encostados, os braços esticados no alto enquanto ambos tentavam dominar a arma.

– Só quero dinheiro – disse o agressor, com um modo de falar informal. Ele sorriu, os olhos cintilando de pura crueldade. – Me dá o dinheiro e nós vamos embora.

Ele estava mentindo. Daniel tinha tanta certeza disso quanto sabia que ainda respirava. Se soltasse os pulsos do homem, mesmo que por um momento, aquela faca seria cravada entre suas costelas. Assim, tinha pouco tempo antes que o homem que estava no chão conseguisse se levantar.

– Ei, vocês! O que está acontecendo aqui?

Daniel olhou de relance para o outro lado da rua por tempo suficiente apenas para ver dois homens saindo de uma taberna. O bandido também os viu e, girando a mão, jogou a faca na rua. Ele se debateu e conseguiu se livrar de Daniel. Então, saiu em disparada, com o amigo claudicando atrás.

Daniel saiu correndo atrás deles, determinado a capturar pelo menos um. Seria o único modo de obter qualquer resposta. Mas antes que conseguisse fazer a curva, um dos homens da taberna o atacou, tomando-o por um dos criminosos.

– Maldição – grunhiu Daniel.

Mas não adiantava praguejar contra o sujeito que o derrubara na rua. Sabia que poderia muito bem estar morto se não fosse pela intervenção dele.

Se queria respostas, teria que encontrar Hugh Prentice.

Imediatamente.

CAPÍTULO 5

Hugh morava em um pequeno conjunto de apartamentos no The Albany, um prédio elegante muito procurado por cavalheiros de berço, mas com meios de sobrevivência modestos. Sem dúvida Hugh poderia ter permanecido na mansão do pai, e na verdade lorde Ramsgate tentara de tudo, à exceção de chantagem, para forçar o filho a ficar, mas, como Hugh contara a Daniel na longa jornada da Itália para casa, ele já não falava mais com o pai.

Mas o pai, infelizmente, ainda falava com ele.

Hugh não estava em casa quando Daniel chegou, mas seu valete abriu a porta e o conduziu até a sala de estar, garantindo que o patrão deveria voltar logo.

Daniel ficou andando de um lado para outro por quase uma hora, relembrando todos os detalhes do ataque. Não acontecera na rua mais bem iluminada de Londres, mas com certeza o lugar também não era considerado um dos mais perigosos da cidade. Ao mesmo tempo, se um ladrão quisesse roubar uma bolsa cheia de dinheiro, precisaria ir além dos antros que eram as regiões de St. Giles e Old Nichol. Daniel não teria sido o primeiro cavalheiro a ser roubado tão perto de Mayfair e de St. James.

Poderia ter sido um simples assalto. Não poderia? Os homens disseram que queriam o dinheiro dele. Talvez fosse verdade.

Mas Daniel passara muito tempo olhando por sobre o ombro para aceitar uma explicação simples para alguma coisa. Assim, quando Hugh enfim entrou em seus aposentos, Daniel ainda estava esperando.

– Winstead – disse Hugh imediatamente. Não parecia surpreso, mas a verdade era que Daniel achava que nunca o tinha visto surpreso com nada.

Hugh sempre tivera o rosto mais inexpressivo que ele já vira, e essa era uma das razões para ser tão imbatível nos jogos de cartas. Isso e o talento apaixonado para os números.

– O que está fazendo aqui? – perguntou ele.

Fechou a porta e entrou mancando, apoiando-se pesadamente na bengala. Quando os dois haviam se encontrado, ainda na Itália, fora difícil ver o modo de andar doloroso de Hugh e saber que ele, Daniel, fora a causa. Agora, Daniel tolerava a visão como uma espécie de penitência, embora, depois do que acontecera com ele naquela mesma noite, já não tivesse mais tanta certeza de que merecia essa penitência.

– Fui atacado – disse Daniel, objetivamente.

Hugh ficou imóvel. Então, virou-se devagar, avaliou Daniel de cima a baixo e voltou a olhar para seu rosto.

– Sente-se – falou abruptamente, e indicou uma cadeira.

O sangue de Daniel estava correndo rápido demais para que ele conseguisse se sentar.

– Estou bem em pé.

– Com licença, então, porque *eu* preciso me sentar – retrucou Hugh, torcendo os lábios de modo autodepreciativo.

Ele foi até uma cadeira com seu andar desajeitado e arriou o corpo nela. Quando enfim parou de se apoiar com a perna ruim, deixou escapar um suspiro de alívio.

Aquilo não era fingimento. Talvez ele estivesse mentindo sobre outras coisas, mas não sobre aquilo. Daniel vira a perna de Hugh. Estava retorcida e enrugada, e sua própria existência parecia um improvável feito da medicina. E ele ainda conseguir se apoiar com ela certamente era um milagre.

– Se importa se eu tomar um drinque? – perguntou Hugh. Ele apoiou a bengala sobre uma mesa e começou a massagear os músculos da perna com os nós dos dedos. E não se importou em esconder a expressão de dor. – Está ali – disse, gemendo e indicando um armário com a cabeça.

Daniel atravessou a sala e pegou uma garrafa de conhaque.

– Dois dedos? – perguntou.

– Três. Por favor. Foi um longo dia.

Daniel serviu o drinque e entregou a Hugh. Ele mesmo não bebera nem uma gota de álcool desde aquela fatídica noite de embriaguez, mas a verdade era que não tinha uma perna estraçalhada que, para não sentir, precisasse se entorpecer.

– Obrigado – disse Hugh, a voz uma mistura de gemido e sussurro. Deu um longo gole, então outro, e fechou os olhos enquanto a bebida descia queimando sua garganta. – Pronto – falou, assim que recuperou a compostura. Pousou o copo e olhou para Daniel. – Me disseram que seus machucados foram infligidos por lorde Chatteris.

– Isso foi outra coisa – retrucou Daniel, sem se estender no assunto. – Fui atacado por dois homens quando estava voltando para casa hoje à noite.

Hugh endireitou o corpo, os olhos atentos.

– Eles disseram alguma coisa?

– Exigiram dinheiro.

– Mas sabiam seu nome?

Daniel balançou a cabeça.

– Não me chamaram por ele.

Hugh ficou em silêncio por um longo momento, então disse:

– Talvez fossem assaltantes comuns.

Daniel cruzou os braços e o encarou.

– Eu lhe disse que consegui fazer meu pai prometer – lembrou Hugh em uma voz calma. – Ele não tocará em você.

Daniel queria acreditar nele. Na verdade, acreditava. Hugh nunca fora mentiroso, nem tinha uma natureza vingativa. Mas era possível que houvesse sido ludibriado pelo pai?

– Como posso saber que é possível confiar no seu pai? – perguntou Daniel. – Ele passou os últimos três anos tentando me matar.

– E eu passei os últimos três anos convencendo-o de que isto – Hugh torceu os lábios e indicou a perna arruinada com a mão – aconteceu tanto por culpa minha como sua.

– Ele nunca acreditaria nisso.

– Não – concordou Hugh. – É um grande teimoso. Sempre foi.

Não era a primeira vez que Daniel ouvia Hugh se referir ao pai em tais termos, mas ainda assim ficou espantado. Havia algo no tom direto de Hugh que era enervante.

– Como posso saber que estarei seguro? – disse Daniel, incisivo. – Voltei à Inglaterra confiando na sua palavra, já que você acreditava que seu pai honraria a promessa. Se algo acontecer comigo, ou, que Deus o ajude, com algum membro da minha família, irei atrás de você até o fim do mundo.

Hugh não precisava argumentar que, se Daniel fosse morto, não teria como ir atrás dele.

– Meu pai assinou um contrato – disse Hugh. – Você viu o documento.

Daniel tinha inclusive uma cópia, assim como Hugh, lorde Ramsgate e o advogado de Hugh, que tinha ordens estritas de manter o documento trancado a sete chaves. Mas ainda assim…

– Ele não seria o primeiro homem a descumprir os termos de um acordo assinado – retrucou Daniel em voz baixa.

– É verdade. – O rosto de Hugh estava contraído, e havia grandes olheiras sob seus olhos. – Mas ele não descumpriria esse contrato. Eu me certifiquei disso.

Daniel pensou na própria família, na mãe e na irmã, e nas primas Pleinsworths, tão alegres e risonhas, com quem ele tinha acabado de voltar a se relacionar. Pensou também na Srta. Wynter, e o rosto dela ocupou sua mente. Se algo acontecesse a ele antes que tivesse oportunidade de conhecê-la melhor…

Se alguma coisa acontecesse a *ela*…

– Preciso saber como você pode ter tanta certeza – exigiu, a voz agora baixa e furiosa.

– Bem… – Hugh levou o copo aos lábios e deu um longo gole. – Se quer mesmo saber, eu disse a ele que se algo acontecesse a você, eu me mataria.

Se Daniel estivesse segurando alguma coisa, qualquer coisa, ela certamente teria caído no chão. Na verdade, era impressionante que *ele* não tivesse caído.

– Meu pai me conhece bem o bastante para saber que eu não diria uma coisa dessas à toa – acrescentou Hugh em um tom leve.

Daniel não conseguiu responder nada.

– Então, se você… – Hugh tomou outro gole e dessa vez seus lábios mal tocaram o copo. – Eu agradeceria se você se esforçasse para não morrer em algum acidente infeliz. Eu com certeza culparia meu pai e, sinceramente, prefiro não me matar sem necessidade.

– Você é louco – sussurrou Daniel.

Hugh deu de ombros.

– Às vezes também acho que sou. Meu pai com certeza concordaria.

– Por que você faria uma coisa dessas?

Daniel não conseguia imaginar mais ninguém, nem mesmo Marcus, que era um verdadeiro irmão para ele, fazendo o mesmo tipo de ameaça.

Hugh ficou em silêncio por um longo tempo, com o olhar vazio. Finalmente, quando Daniel já estava certo de que ele não responderia, o homem se virou e disse:

– Fui um idiota quando o chamei de trapaceiro. Estava bêbado. Acredito que você também estava, e não acreditei que tivesse a capacidade de ganhar de mim.

– Não tenho – disse Daniel. – Foi sorte.

– Sim – concordou Hugh. – Mas não acredito em sorte. Nunca acreditei. Acredito em talento, e mais ainda em bom senso. Mas não tive bom senso naquela noite. Nem com as cartas, nem com as pessoas.

Hugh olhou para o próprio copo, agora vazio. Daniel pensou em se oferecer para servir mais uma dose, então decidiu que Hugh pediria se quisesse.

– Foi culpa minha você ter sido obrigado a deixar o país – disse Hugh, pousando o copo na mesa, perto dele. – Não conseguiria mais me olhar no espelho sabendo que havia arruinado a sua vida.

– Mas eu também arruinei a sua – retrucou Daniel, baixinho.

Hugh sorriu, mas um sorriso forçado que levantou apenas um dos lados de sua boca.

– É só uma perna.

Mas Daniel não acreditava nele. E achava que o próprio Hugh também não acreditava em si mesmo.

– Vou ver o meu pai – falou Hugh, com uma brusquidão que sinalizava que o encontro dos dois estava chegando ao fim. – Não acredito que ele seja tolo o bastante para ser responsável pelo que aconteceu com você hoje, mas, por via das dúvidas, lembrarei a ele a minha ameaça.

– E pode me informar sobre o resultado desse encontro?

– É claro.

Daniel foi até a porta e quando se virou para se despedir, viu que Hugh se esforçava para se levantar. Ele estava prestes a dizer que aquilo não era necessário, mas engoliu as palavras. Um homem precisava do seu orgulho.

Hugh esticou o braço e pegou a bengala. Então, atravessou a sala lenta e dolorosamente para cumprimentar Daniel.

– Obrigado por ter vindo – falou, então estendeu a mão e Daniel a apertou.

– Tenho orgulho de chamá-lo de amigo – afirmou Daniel.

Em seguida foi embora, mas não antes de ver Hugh se virar rapidamente, com os olhos marejados.

Na tarde seguinte, depois de ter passado a manhã no Hyde Park refazendo três vezes a medida do comprimento do Rotten Row, Anne se sentou diante da escrivaninha na sala de estar da Casa Pleinsworth e ficou batendo com a pena no queixo, enquanto considerava o que deveria colocar em sua lista de coisas a fazer. Era a tarde de folga dela, e esperara ansiosa a semana toda para resolver algumas pendências e fazer compras. Não que pudesse comprar muita coisa, mas gostava de espiar as lojas. Era ótimo ter alguns momentos só para si, sem ser responsável por ninguém a não ser ela mesma.

Seus preparativos, no entanto, foram interrompidos pela chegada de lady Pleinsworth, que entrou como um furacão na sala em um vestido de musselina verde-clara.

– Partimos amanhã! – anunciou.

Anne ergueu os olhos, muito confusa, e se levantou.

– Como assim?

– Não podemos permanecer em Londres – disse lady Pleinsworth. – Os boatos estão se espalhando.

– Boatos? Sobre o quê?

– Margaret me contou que ouviu falar que Sarah na verdade não estava doente na noite do concerto, que estava só tentando estragar a apresentação.

Anne não sabia quem era Margaret, mas não se podia negar que era uma dama bem informada.

– Como se Sarah fosse fazer uma coisa dessas... – continuou lady Pleinsworth. – Ela é uma musicista de alto nível. E uma filha dedicada. Anseia durante o ano todo pelo concerto.

Não havia nenhum comentário que Anne pudesse fazer sobre isso, mas, felizmente para ela, lady Pleinsworth não parecia mesmo esperar uma resposta.

– Só há um modo de combater essas mentiras cruéis – prosseguiu –, e é deixar a cidade.

– Deixar a cidade? – repetiu Anne.

Parecia tão extremo... Estavam em plena temporada e ela achara que o principal objetivo da família era encontrar um marido para Sarah. O que era improvável de acontecer em Dorset, onde os Pleinsworths haviam vivido por sete gerações.

– Exatamente. – Lady Pleinsworth deixou escapar um suspiro exagerado. – Sei que Sarah *parece* ter melhorado de saúde, e talvez tenha mesmo. Mas no que diz respeito ao resto do mundo, ela precisa estar às portas da morte.

Anne piscou, confusa, tentando seguir a lógica da condessa.

– Isso não exigiria os serviços de um médico?

Lady Pleinsworth afastou a ideia com um aceno de mão.

– Não, apenas do saudável ar do campo. Todos sabem que não se consegue convalescer de forma adequada na cidade.

Anne assentiu, intimamente aliviada. Preferia a vida no campo. Não conhecia ninguém no sudoeste da Inglaterra, e preferia assim. Além do mais, havia a complicação de seu interesse tolo por lorde Winstead. Cabia a ela cortar aquele mal pela raiz, e 300 quilômetros de distância entre os dois – ela no campo, ele em Londres – parecia a melhor maneira de fazer isso. Abaixou a pena e perguntou a lady Pleinsworth:

– Quanto tempo vamos ficar em Dorset?

– Ah, não iremos para Dorset. Graças a Deus. É uma viagem terrível. Se fôssemos para lá, teríamos que passar pelo menos duas semanas longe, para que as pessoas acreditassem que Sarah teve o mínimo de descanso e tranquilidade.

– Então, onde...

– Vamos para Whipple Hill – anunciou lady Pleinsworth. – Fica bem perto de Windsor. Não levaremos nem um dia inteiro para chegar lá.

Whipple Hill? Por que aquele nome soava familiar?

– Lorde Winstead sugeriu.

Anne subitamente começou a tossir.

Lady Pleinsworth a encarou com certa preocupação.

– Está bem, Srta. Wynter?

– É só... cof... uma... cof cof... poeira na minha garganta. Eu acho.

– Ora, sente-se, então, se acha que isso pode ajudar. Não há necessidade de ficar de pé, toda cerimoniosa comigo. Ao menos não no momento.

Anne assentiu, agradecida, e voltou a se sentar. Lorde Winstead. Ela deveria ter imaginado.

– É a solução ideal para todos nós – continuou a condessa. – Lorde Winstead também quer deixar Londres. A notoriedade, a senhorita entende. A notícia da volta dele está começando a se espalhar, e ele será inundado de visitas. Quem pode culpar o homem por desejar ficar em paz, apenas com a família?

– Então ele irá nos acompanhar? – perguntou Anne, com cautela.

– É claro. A propriedade é dele. Seria estranho viajarmos para lá sem ele, ainda que eu seja a tia favorita de Daniel. Acredito que a mãe e a irmã dele também irão, mas não tenho certeza. – Lady Pleinsworth parou para respirar, e parecia muito satisfeita com o recente rumo dos acontecimentos. – A babá Flanders vai cuidar da bagagem das meninas, já que esta é sua tarde de folga. Mas se puder checar tudo quando voltar, eu ficaria muito grata. A babá é um amor, mas a idade já começa a lhe pesar.

– É claro – murmurou Anne.

Ela adorava a babá das meninas, mas já havia algum tempo que a mulher estava um pouco surda. Anne sempre admirara lady Pleinsworth por continuar com Flanders, mas a verdade era que ela fora babá da própria lady Pleinsworth *e* da mãe de lady Pleinsworth.

– Vamos ficar fora uma semana – continuou a condessa. – Por favor, certifique-se de levar material de aula suficiente para manter as meninas ocupadas.

Uma semana? Na casa de lorde Winstead? Com o próprio lorde Winstead na residência?

O coração de Anne afundou no peito, mas ao mesmo tempo inflou de prazer.

– Tem certeza de que está se sentindo bem? – perguntou lady Pleinsworth. – Está terrivelmente pálida. Espero que não tenha sido contagiada pelo que abateu Sarah.

– Não, não – assegurou Anne. – Isso seria impossível.

Lady Pleinsworth a encarou.

– O que quero dizer é que não estive em contato com lady Sarah – apressou-se em explicar Anne. – Estou ótima. Só preciso de um pouco de ar fresco. É como a senhora disse. Cura tudo.

Se lady Pleinsworth achou todo aquele falatório pouco característico da governanta, não fez nenhum comentário.

– Ora, que bom então que você tem a tarde livre. Planeja sair?

– Sim. – Anne se levantou e se apressou em direção à porta. – Aliás, é melhor eu ir logo. Tenho várias coisas para resolver.

Ela se inclinou em uma cortesia rápida, então subiu correndo para o quarto a fim de pegar suas coisas e sair: um xale leve para o caso de esfriar, uma bolsinha com uma pequena quantia em dinheiro e – Anne abriu a gaveta de baixo da cômoda e enfiou a mão embaixo de uma pilha de roupas – lá estava. Cuidadosamente selada e pronta para ser postada. Anne havia incluído meia coroa em sua última carta, e acreditava que Charlotte fosse conseguir pagar a postagem quando aquela nova correspondência chegasse. A única questão era se certificar de que mais ninguém soubesse quem de fato mandara a carta.

Anne engoliu em seco, surpresa ao perceber a garganta apertada de emoção. Era de se imaginar que, àquela altura, já estivesse acostumada com a situação, com a necessidade de usar um nome falso nas cartas para a irmã, pois era a única maneira possível de se corresponder com ela. Um nome duplamente falso, na verdade. Ela nem assinava como Anne Wynter, que supostamente era seu nome tanto quanto Annelise Shawcross fora.

Anne colocou a carta com cuidado na bolsinha e desceu as escadas. Perguntou-se se o resto de sua família já vira uma de suas cartas e, em caso afirmativo, quem achariam que era Mary Philpott. Charlotte sem dúvida precisara inventar uma boa história para justificar aquela correspondência.

Era um belo dia de primavera, com uma brisa leve, mas que a fez desejar ter prendido melhor a touca. Anne passou pela Berkeley Square na direção de Piccadilly. Havia ali uma agência dos correios mais afastada da rua principal, onde ela gostava de postar suas cartas. Não era a mais próxima da Casa Pleinsworth, mas era uma região mais movimentada, e ela preferia aquela proteção que o anonimato oferecia. Além disso, Anne gostava de caminhar, e era sempre um prazer poder fazer isso em seu próprio passo.

Piccadilly estava cheia como sempre, e ela virou uma esquina na direção leste, passando por várias lojas antes de levantar a bainha da saia alguns centímetros para atravessar a rua. Meia dúzia de carruagens estavam passando, mas a uma velocidade baixa, e Anne conseguiu atravessar pelas pedras do calçamento, subir na outra calçada, e…

Ah, santo Deus.

Era mesmo…? Não, não podia ser. Ele nunca vinha a Londres. Ou pelo menos não costumava vir. Quer dizer…

O coração de Anne estava disparado e, por um instante, ela sentiu a visão escurecer um pouco. Precisou forçar o ar a entrar nos pulmões. *Pense.* Precisava pensar.

Os mesmos cabelos louro-avermelhados, o mesmo perfil devastadoramente belo. A aparência dele sempre fora única; era difícil imaginar que houvesse um gêmeo desconhecido na capital, andando à toa por Piccadilly.

Anne sentiu lágrimas quentes e furiosas arderem nos olhos. Não era justo. Fizera tudo o que se esperava dela. Cortara os laços com tudo e com todos que conhecera. Mudara de nome, arrumara um emprego e prometera nunca, jamais falar do que acontecera em Northumberland tanto tempo atrás.

Mas George Chervil não cumprira sua parte do trato. E se realmente fosse ele, parado do lado de fora do armarinho Burnell's...

Ela não podia ficar parada ali como um alvo, à espera de ser descoberta. Com um grito abafado de frustração, Anne se virou e correu... para dentro da primeira loja que viu.

CAPÍTULO 6

Oito anos antes...

*E*sta *noite*, pensou Annelise com uma empolgação crescente. Aquela noite seria *a* noite.

Seria certo escândalo ela ficar noiva antes de qualquer uma das irmãs mais velhas, mas não seria exatamente uma surpresa. Charlotte nunca mostrara grande interesse pela sociedade local, e Marabeth estava sempre tão irritada que era difícil imaginar alguém querendo se casar com ela.

Mas Marabeth daria um chilique, e os pais teriam que consolá-la. Porém, ao menos daquela vez, não forçariam a filha mais nova a desistir de algo especial por causa da mais velha. Quando Annelise se casasse com George Chervil, os Shawcrosses estariam para sempre ligados à família mais importante da região de Northumberland. Até mesmo Marabeth acabaria percebendo que o casamento de Annelise seria bom para ela também.

Afinal, a maré alta ergue todos os barcos, mesmo os irritadinhos como Marabeth.

– Você está parecendo satisfeita demais consigo mesma – comentou Charlotte, observando Annelise, que estava diante do espelho, experimentando brincos.

Não eram joias verdadeiras, é claro – as únicas joias verdadeiras da família Shawcross pertenciam à mãe delas, e tudo o que a Sra. Shawcross tinha além da aliança de casamento era um pequeno broche com três diamantes minúsculos e um topázio grande. E nem sequer era bonito.

– Acho que George vai me pedir em casamento – sussurrou Annelise.

Ela não conseguia guardar segredos da irmã. Ao menos não até recentemente. Charlotte sabia quase todos os detalhes do relacionamento secreto de um mês de Annelise, não *todos*.

– Não diga! – arquejou Charlotte, encantada, e segurou as mãos da irmã nas suas. – Estou tão feliz por você!

– Eu sei, eu sei.

Annelise não conseguiu evitar um sorriso. Suas maçãs do rosto ficariam doendo até o fim da noite, tinha certeza. Mas estava tão feliz... George era tudo o que sempre quisera em um marido. Tinha tudo o que *qualquer* moça desejaria – era bonito, forte e elegante. Sem contar que era muito bem-nascido. Como Sra. George Chervil, Annelise moraria na casa mais bela em quilômetros. Os convites para suas festas seriam cobiçados, e sua amizade, desejada. Talvez eles até fossem passar a temporada em Londres. Annelise sabia que essas viagens eram caras, mas George um dia seria um baronete. Em algum momento ele precisaria assumir seu devido lugar na sociedade, não era verdade?

– Ele deu alguma pista de que vai fazer isso? – quis saber Charlotte. – Está lhe dando presentes?

Annelise inclinou a cabeça para o lado. Gostava da própria aparência quando a luz se refletia sobre sua pele daquele jeito.

– Ele não fez nada tão óbvio. Mas há muita história por trás do Baile do Verão. Você sabia que os pais dele ficaram noivos em um desses bailes? E agora que George completou 25 anos... – Ela se virou para a irmã com os olhos arregalados de empolgação. – Ouvi o pai dele dizer que era a hora certa para George se casar.

– Ah, Annie... – suspirou Charlotte. – Que romântico...

O Baile do Verão da família Chervil era *o* baile do ano, todo ano. Se havia um momento em que o solteiro mais cobiçado do vilarejo anunciaria seu noivado, era aquele.

– Qual deles? – perguntou Annelise, levantando os dois pares de brincos.

– Ah, o azul, sem dúvida – disse Charlotte, sorrindo. – Porque eu preciso usar o verde, para combinar com os meus olhos.

Annelise riu e abraçou a irmã.

– Estou tão feliz... – falou.

Fechou os olhos com força, como se mal conseguisse conter os sentimentos. A felicidade parecia ter vida própria, borbulhando dentro dela. Conhecia George havia anos e, como qualquer moça do vilarejo, havia desejado secretamente que ele a notasse. E isso acontecera! Naquela primavera, ela percebera que George a olhava de um modo diferente e, no início do verão, ele começara a cortejá-la em segredo. Ela abriu os olhos, encarou a irmã e sorriu.

– Nunca imaginei que fosse possível ser tão feliz.

– E só ficará melhor – previu Charlotte. Elas se levantaram de mãos dadas e foram em direção à porta. – Depois que George a pedir em casamento, sua felicidade não conhecerá limites.

Annelise riu enquanto as duas saíam dançando pela porta. O futuro a aguardava, e ela mal podia esperar para alcançá-lo.

Annelise viu George no instante em que ele chegou. Era o tipo de homem que não passava despercebido – muito belo, com um sorriso que fazia qualquer moça se derreter. Todas as jovens eram apaixonadas por ele. Sempre tinham sido.

Annelise sorriu para si mesma enquanto entrava quase flutuando no salão de baile. As outras moças talvez estivessem apaixonadas por George, mas *ela* era a única que tinha esse amor retribuído.

George lhe dissera isso.

Mas depois de uma hora observando-o cumprimentar os convidados da família, Annelise estava ficando impaciente. Ela dançara com outros três cavalheiros – dois deles muito cobiçados –, e George não tentara interferir em nenhum momento. Não que Annelise tivesse feito aquilo para deixá-lo enciumado – bem, talvez um pouco. Mas ela sempre aceitava convites para dançar, de qualquer cavalheiro.

Sabia que era linda. Seria impossível crescer com tantas pessoas repetindo isso todo santo dia e não saber. Todos diziam que seus cachos escuros e brilhantes eram herança de algum ancestral galês invasor. Os cabelos do pai dela – quando ele ainda os tinha – também eram escuros, mas as pessoas afirmavam que não eram como os dela, com cachos tão delicados, reluzentes e com tanto movimento.

Marabeth sempre tivera inveja da irmã mais nova. Na verdade, ela era muito parecida com Annelise, mas não era tão… bela. A pele não era tão clara, os olhos não eram tão azuis. Marabeth sempre se referia a Annelise como uma menina chatinha e mimada, e talvez tivesse sido por isso que, já em sua estreia na sociedade local, Annelise decidira que dançaria com todos os homens que a convidassem. Ninguém a acusaria de ser esnobe; ela seria a beldade de bom coração, a moça que todos adoravam amar.

Agora, é claro, todos os homens a convidavam – que homem não iria querer dançar com a jovem mais linda do baile, e sobretudo sem correr o risco de ser rejeitado?

Provavelmente era por isso que George não estava mostrando nenhum sinal de ciúme, pensou Annelise. Ele sabia que ela tinha um bom coração. Sabia que as danças dela com outros homens não significavam nada. Que ninguém tocaria o coração dela como ele.

– Por que ele não me chamou para dançar? – sussurrou para Charlotte. – Vou morrer de tanta ansiedade, sei que vou.

– É o baile dos pais dele – disse Charlotte, em um tom tranquilizador. – Ele tem responsabilidades como anfitrião.

– Eu sei, eu sei. É só que… *eu o amo tanto!*

Annelise tossiu, sentindo o rosto quente de vergonha. A declaração saíra mais alto do que ela pretendera, mas felizmente ninguém parecera perceber.

– Venha – chamou Charlotte, com a súbita determinação de quem acabara de ter uma ideia. – Vamos dar uma volta pelo salão. Chegaremos tão perto do Sr. Chervil que ele não suportará o desejo de pegar sua mão.

Annelise riu e deu o braço à irmã.

– Você é a melhor irmã do mundo – disse, muito séria.

Charlotte deu um tapinha carinhoso na mão dela.

– Agora, sorria – sussurrou. – Ele já está vendo você.

Annelise olhou e, de fato, George a estava fitando, os olhos verde-acinzentados ardendo de desejo.

– Ai, meu Deus – falou Charlotte. – Veja como ele olha para você…

– Me faz até estremecer – admitiu Annelise.

– Vamos chegar mais perto – decidiu Charlotte.

E foi o que elas fizeram, até não haver mais como serem ignoradas por George e pelos pais dele.

– Boa noite – disse o pai de George, exalando jovialidade. – Ora, se não é a adorável Srta. Shawcross. E outra adorável Srta. Shawcross.

Ele inclinou levemente a cabeça na direção de cada uma delas, que retribuíram com uma reverência.

– Sir Charles – murmurou cordialmente Annelise, que estava ansiosa para que ele a visse como uma jovem dama educada e dócil, que daria uma excelente nora. Ela se virou para a mãe de George com a mesma deferência. – Lady Chervil.

– Onde está a *outra* adorável Srta. Shawcross? – perguntou sir Charles.

– Não vejo Marabeth há algum tempo – respondeu Charlotte.

Isso foi bem no instante em que George disse:

– Acho que está ali, perto das portas que dão para o jardim.

Para Annelise a oportunidade perfeita para cumprimentá-lo com uma cortesia e dizer:

– Sr. Chervil.

Ele lhe deu um beijo na mão, e Annelise achou que não era fruto de sua imaginação que ele tivesse demorado mais do que o necessário.

– Está encantadora como sempre, Srta. Shawcross. – Ele soltou a mão dela e endireitou o corpo. – Estou enfeitiçado.

Annelise tentou falar, mas não conseguiu. Sentia-se quente, trêmula, e seus pulmões estavam estranhos, como se não houvesse ar o bastante no mundo para enchê-los.

– Lady Chervil – disse Charlotte –, estou encantada com a decoração. Conte-me, como a senhora e sir Charles conseguiram encontrar o tom de amarelo exato para traduzir o verão?

Era a pergunta mais banal possível, mas Annelise amou a irmã por isso. Os pais de George começaram a conversar com Charlotte no mesmo instante, e Annelise e George puderam se afastar um pouco do grupo.

– Não o vi a noite toda – começou ela, sem ar.

Só estar perto dele já a fazia estremecer de expectativa. Quando eles se encontraram, três noites antes, ele a beijara apaixonadamente. O momento ardia na lembrança de Annelise e a fazia ansiar por mais.

O que ele fizera depois do beijo não fora tão prazeroso, mas fora empolgante mesmo assim. Saber que ela o afetava de forma tão profunda, que era capaz de fazê-lo perder o controle...

Era inebriante. Nunca imaginara ter tal poder.

– Estava ocupado com os meus pais – explicou George, mas os olhos dele diziam que preferia ter passado aquele tempo com ela.

– Senti saudades – ousou dizer Annelise.

O comportamento dela era escandaloso, mas ela se *sentia* escandalosa, como se pudesse tomar as rédeas da própria vida e guiar o próprio destino. Era maravilhoso ser jovem e estar apaixonada. O mundo seria deles. Só precisavam esticar a mão e agarrá-lo.

Os olhos de George ardiam de desejo, e ele olhou de relance furtivamente por sobre o ombro.

– A sala de visitas da minha mãe. Sabe onde é?

Annelise assentiu.

– Encontre-me lá em quinze minutos. Não deixe ninguém a ver.

Ele foi, então, convidar outra moça para dançar – a melhor forma de evitar qualquer especulação sobre a conversa sussurrada deles. Annelise encontrou Charlotte, que finalmente terminara sua conversa sobre todas as coisas amarelas, verdes e douradas do baile.

– Vou encontrá-lo em dez minutos – falou baixinho para a irmã. – Pode cuidar para que ninguém fique imaginando onde estou?

Charlotte assentiu, apertou a mão de Annelise em um gesto de apoio e indicou a porta com a cabeça. Ninguém estava olhando. Era o momento perfeito para deixar o salão.

Annelise demorou mais do que esperara para chegar à sala de visitas de lady Chervil. Era do outro lado da casa – e provavelmente por isso George a escolhera. Além disso, ela precisara fazer um caminho mais longo, para evitar outros convidados que também tivessem escolhido celebrar em particular. Quando enfim entrou no cômodo escuro, George já estava lá, esperando.

Ele a agarrou antes mesmo que ela pudesse falar e começou a beijá-la como um louco, as mãos no traseiro dela, apertando-a com a intimidade de um proprietário.

– Ah, Annie – gemeu –, você é maravilhosa. Vir aqui no meio da festa… Que mocinha levada!

– George – murmurou Annelise.

Os beijos dele eram deliciosos, e era emocionante que a desejasse com tamanho desespero, mas ela não sabia muito bem se gostava de ser chamada de levada. Não era isso que ela era, certo?

– George? – chamou de novo, dessa vez como uma pergunta.

Mas ele não respondeu. Estava ofegante, tentando levantar as saias dela enquanto a empurrava para um sofá próximo.

– George! – exclamou ela.

Foi difícil, porque Annelise também estava excitada, mas enfiou as mãos entre os dois e o afastou.

– O que foi? – quis saber ele, encarando-a com desconfiança.

E com mais alguma coisa. Raiva?

– Não vim aqui para isso – disse ela.

Ele deu uma gargalhada.

– O que você achou que fosse acontecer? – George deu um passo na direção dela, os olhos ferozes, com uma expressão predadora. – Estou duro por sua causa há dias.

Annelise sentiu que ruborizava terrivelmente, porque agora sabia o que aquilo significava. E por mais que fosse excitante saber que George a desejava tanto, aquilo também era constrangedor. Não sabia por quê, mas não estava mais tão certa se queria ficar ali com ele, naquela sala escura e isolada.

George a agarrou pela mão e puxou-a para si com força suficiente para que Annelise cambaleasse contra ele.

– Vamos, Annie, só um pouquinho – murmurou ele. – Você sabe que quer.

– Não, eu… eu só… – Ela tentou se soltar, mas George não deixou. – É o Baile de Verão. Eu pensei…

A voz dela falhou.

Não conseguiria dizer aquilo. Não conseguiria porque um único olhar para o rosto dele deixou claro que George nunca tivera a intenção de pedi-la em casamento. Ele a beijara, então a seduzira, tirando dela algo que deveria ser guardado para seu futuro marido, e achou que faria a mesma coisa outra vez?

– Ah, meu Deus – disse ele, parecendo prestes a cair na gargalhada. – Você achou que eu a pediria em casamento.

Então, George riu com vontade, e Annelise teve certeza de que algo dentro dela morria.

– Você é linda – falou ele, em um tom zombeteiro –, isso eu lhe garanto. E passei ótimos momentos no meio das suas pernas, mas por favor, Annie. Você não tem dinheiro algum, e sua família com certeza não acrescentaria nada à minha.

Annelise quis dizer alguma coisa. Quis bater em George. Mas só conseguiu ficar parada ali, em um horror crescente, incapaz de acreditar nas palavras que saíam dos lábios dele.

– Além do mais – acrescentou ele, com um sorriso cruel –, eu já tenho uma noiva.

Os joelhos de Annelise ameaçaram ceder, e ela se apoiou na escrivaninha da mãe dele.

– Quem? – conseguiu sussurrar.

– Fiona Beckwith. A filha de lorde Hanley. Eu a pedi em casamento ontem à noite.

– E ela aceitou? – sussurrou Annelise.

Ele riu. Alto.

– É claro que aceitou. E o pai dela, o *visconde*, se declarou encantado com a perspectiva. Fiona é a filha mais nova, mas é a favorita dele, e não tenho dúvidas de que o visconde será muito generoso conosco.

Annelise engoliu em seco. Estava ficando difícil respirar. Precisava sair daquela sala, daquela casa.

– Ela também é bastante atraente – comentou George, chegando mais perto. Ele sorriu e o estômago de Annelise se revirou quando ela percebeu que era o mesmo sorriso que usara quando a seduzira. Era um desgraçado bonito, e sabia disso. – Mas duvido – murmurou ele, passando um dos dedos por toda a extensão do rosto dela – que vá ser tão bem-disposta quanto *você* foi.

– Não – tentou dizer Annelise, mas a boca de George já capturara a dela de novo, e as mãos dele corriam por todo o seu corpo.

Ela tentou se desvencilhar, mas aquilo só pareceu diverti-lo.

– Ah, você gosta de lutar, não é? – disse George com uma risada.

Ele a beliscou com força, mas Annelise gostou da dor. Despertou-a do estado de estupor, de choque, que a dominara, e com um vigor que veio do mais íntimo do seu ser, ela rugiu e o empurrou para longe.

– Fique longe de mim! – gritou, mas ele apenas riu. Desesperada, Annelise agarrou a única arma que conseguiu encontrar: um antigo abridor de cartas que estava fora da bainha, sobre a escrivaninha de lady Chervil. Acenando com o objeto, ela ameaçou: – Não chegue perto de mim. Estou avisando!

– Ah, Annie… – disse George em um tom condescendente, e se adiantou, bem no momento em que ela agitou o abridor no ar.

– Sua bruxa! – gritou ele, levando a mão ao rosto. – Você me cortou.

– Ah, meu Deus. Ah, meu Deus. Eu não tive a intenção. – A arma caiu das mãos de Annelise, que recuou até a parede, quase como se estivesse tentando se afastar de si mesma. – Eu não tive a intenção – repetiu.

Mas talvez tivesse tido.

– Vou matá-la – sibilou ele. O sangue pingava por entre seus dedos, manchando o branco imaculado da camisa. – Está me ouvindo? – gritou. – Verei você no inferno!

Annelise empurrou-o para passar e saiu correndo.

Três dias depois, ela se viu parada na frente de seu pai e do pai de George, e escutou enquanto os dois concordavam em várias questões.

Ela era uma perdida.

Poderia ter arruinado a vida de George.

Ainda poderia muito bem arruinar a vida das irmãs.

Se aparecesse grávida, seria por culpa dela mesma, e era melhor não pensar que George tinha qualquer obrigação de se casar com ela.

Como se ele fosse se casar com a mulher que o marcara com uma cicatriz para o resto da vida.

Annelise ainda se sentia mal por causa daquilo. Mas não por se defender. Só que ninguém parecia concordar com ela. Todos pareciam achar que, se ela se entregara uma vez, George tinha todo o direito de acreditar que o faria de novo.

Mas Annelise ainda conseguia sentir o terrível movimento do abridor de cartas, a resistência macia da carne dele quando a lâmina o atingira. Não esperara aquilo. Só balançara o abridor de cartas no ar para assustá-lo e fazê-lo se afastar.

– Está combinado – disse o pai dela, tenso. – E você deveria agradecer de joelhos a sir Charles por ter sido tão generoso.

– Você deixará esta cidade – avisou sir Charles, ríspido –, e nunca mais voltará. Não fará contato com meu filho ou com qualquer membro da minha família. Não fará contato com a sua família. Será como se você nunca houvesse existido. Está entendendo?

Ela balançou a cabeça devagar, sem conseguir acreditar. Não compreendia. Jamais compreenderia aquilo. Sir Charles, talvez, mas a própria família dela? Desonrando-a completamente?

– Conseguimos um emprego para você – avisou o pai de Annelise, a voz baixa, cheia de desprezo. – A irmã da esposa do primo de sua mãe precisa de uma dama de companhia.

Quem? Annelise balançou a cabeça, tentando desesperadamente acompanhar o que estava sendo dito. De quem ele estava falando?

– Ele mora na Ilha de Man.

– O quê? Não! – Ela vacilou para a frente, e tentou segurar as mãos do pai. – É longe demais! Não quero ir!

– Silêncio! – rugiu o pai, e desferiu uma bofetada no rosto dela com as costas da mão.

Annelise cambaleou para trás, o choque pela agressão mais agudo do que a dor. O pai batera nela. Ele *batera* nela. Em todos os 16 anos da vida de Annelise, ele nunca levantara a mão para ela, e agora...

– Você já está arruinada aos olhos de todos que a conhecem – sibilou ele, sem um pingo de compaixão. – Se não fizer o que dissermos, cobrirá sua família de mais vergonha e destruirá qualquer chance que suas irmãs ainda tenham de se casar com quem quer que seja.

Annelise pensou em Charlotte, que ela adorava mais do que qualquer outra pessoa no mundo. E em Marabeth, de quem nunca fora próxima mas que, ainda assim, era irmã dela. Nada poderia ser mais importante.

– Eu irei – sussurrou.

E tocou o rosto. A bofetada do pai ainda ardia.

– Você partirá em dois dias – avisou ele. – Temos...

– *Onde está ela?*

Annelise arquejou quando George irrompeu na sala, os olhos alucinados e a pele coberta por uma camada de suor. Ele respirava com dificuldade; provavelmente atravessara a sala correndo quando soubera que ela estava lá. Um dos lados de seu rosto estava coberto de ataduras, cujas pontas já começavam a se soltar. Annelise ficou apavorada com a possibilidade de elas caírem. Não queria ver o que havia embaixo.

– Vou matar você – rugiu ele, partindo para cima dela.

Annelise deu um pulo para trás e correu instintivamente para o pai em busca de proteção. Era provável que ele ainda conservasse algum vestígio de amor pela filha, porque ficou parado diante dela quando George atacou, e levantou um braço para bloquear o avanço do rapaz, até sir Charles puxar o filho para trás.

– Você vai pagar por isso – esbravejou George. – Olhe o que fez comigo. Olhe para isto!

Ele arrancou as ataduras do rosto e Annelise se encolheu ao ver o ferimento, feio e vermelho, um rasgo longo e diagonal, da maçã do rosto até o queixo.

Aquilo deixaria marcas. Até mesmo ela conseguia ver isso.

– Pare – ordenou sir Charles. – Controle-se.

Mas George não estava disposto a ouvir.

– Será enforcada por isso. Está me ouvindo? Vou procurar o magistrado e...

– *Cale a boca* – ordenou o pai dele, rispidamente. – Você não fará nada disso. Se denunciá-la ao magistrado, a história se espalhará e a moça Hanley desistirá de você mais rápido do que um raio.

– Ah – começou George, virando-se para o pai, indicando o próprio rosto em um gesto de desprezo –, e o senhor acha que a história não vai se espalhar quando as pessoas virem *isto*?

– Haverá rumores. Sobretudo quando essa aqui deixar a cidade. – Sir Charles dirigiu outro olhar desdenhoso para Annelise. – Mas serão apenas rumores. Denunciá-la ao magistrado terá o mesmo efeito que colocar essa situação sórdida nos jornais.

Por um longo instante, Annelise pensou que George talvez não fosse recuar. Mas ele enfim desviou os olhos e virou a cabeça tão rápido que o ferimento começou a sangrar de novo. O rapaz tocou o rosto e olhou para o sangue em seus dedos.

– Você vai pagar por isto – disse, caminhando lentamente na direção de Annelise. – Talvez não hoje, mas vai pagar.

Correu os dedos pelo rosto dela, deixando uma trilha de sangue da bochecha ao queixo.

– Vou encontrá-la – garantiu George, e naquele momento ele parecia quase feliz. – E será um dia maravilhoso quando isso acontecer.

CAPÍTULO 7

Daniel não se considerava um dândi, nem mesmo um homem vaidoso, mas era preciso admitir: não havia nada como um par de botas bem-feito.

Recebera um recado de Hugh junto com a correspondência da tarde:

Winstead,

Como prometido, fui ver meu pai hoje de manhã. Na minha opinião, ele ficou sinceramente surpreso, tanto por me ver (não estamos nos falando), quanto ao saber sobre o infeliz episódio com você ontem à noite. Em resumo, não acredito que ele seja responsável pelo ataque.

Concluí o encontro com uma reiteração da minha ameaça. É sempre bom relembrar a alguém as consequências de suas ações, mas talvez o mais interessante tenha sido o meu prazer ao ver o sangue sumir do rosto dele.

Atenciosamente etc...
H. Prentice (vivo desde que você também esteja)

Então, sentindo-se o mais tranquilo possível em relação à própria segurança, Daniel seguiu para a loja do famoso sapateiro Hoby, em St. James, onde seus pés e suas pernas foram medidos com uma precisão que teria impressionado o próprio Galileu.

– Não se mexa – exigiu o Sr. Hoby.

– Não estou me mexendo.

– Está, sim.

Daniel olhou para os pés calçados apenas com meias, e eles não estavam se movendo.

A expressão no rosto do Sr. Hoby era de desdém.

– Sua Graça, o duque de Wellington, consegue ficar parado por horas, sem mover um só músculo.

– Mas ele respira? – murmurou Daniel.

O Sr. Hoby não se deu ao trabalho de olhar para ele ao falar:

– Não achamos engraçado.

Daniel não pôde deixar de se perguntar se o verbo no plural se referia ao Sr. Hoby e ao duque ou se a famosa vaidade do sapateiro finalmente se expandira a ponto de ele se ver forçado a falar de si mesmo no plural.

– Precisamos que o senhor fique imóvel – grunhiu o Sr. Hoby.

Era a segunda opção, então. Um hábito irritante, não importava quão grandioso o personagem fosse, mas Daniel estava inclinado a tolerar aquilo, dada a perfeição abençoada das botas do Sr. Hoby.

– Vou me empenhar em fazer a sua vontade – disse Daniel em sua voz mais alegre.

O Sr. Hoby não demonstrou qualquer sinal de bom humor. Ao contrário, bradou a um de seus assistentes que lhe entregasse um lápis com que pudesse traçar o pé de lorde Winstead.

Daniel se manteve completamente imóvel (superando o duque de Wellington, que ele tinha certeza de que respirava, *sim*, enquanto tiravam suas medidas), mas antes que o Sr. Hoby pudesse enfim terminar a medição, a porta da loja se abriu de repente e bateu na parede com tanta força que o vidro tilintou. Daniel deu um pulo, o Sr. Hoby praguejou, o assistente se encolheu e, quando Daniel olhou para baixo, viu que o desenho do seu pé tinha um dedo mínimo projetado para fora, como a garra de um réptil.

Impressionante.

O barulho da porta batendo já teria atraído bastante atenção, mas logo em seguida os três constataram que fora uma *mulher* que entrara no estabelecimento onde se faziam botas masculinas, uma mulher que parecia abalada, uma mulher que…

– Srta. Wynter?

Não poderia ser outra pessoa, não com aqueles cachos negros escapando da touca, ou com aquelas longas e incríveis pestanas. Mas havia mais… Era estranho, mas Daniel pensou tê-la reconhecido pelo modo como ela se movia.

A Srta. Wynter deu um salto de quase meio metro, provavelmente mais, só com o susto de ouvir a voz dele, e esbarrou nas prateleiras atrás dela,

89

o que teria provocado um desabamento de sapatos se o pobre assistente do Sr. Hoby não tivesse tido a presença de espírito de saltar atrás dela e salvar o dia.

– Srta. Wynter – repetiu Daniel, se apressando até ela –, vamos, qual é o problema? Parece que viu um fantasma.

Ela balançou a cabeça, mas o movimento foi abrupto demais, rápido demais.

– Não foi nada. Eu… hã… Havia… – A Srta. Wynter piscou muito rápido e olhou ao redor, como se só então tivesse percebido que entrara em uma loja de cavalheiros. – Ah… – falou, praticamente um murmúrio. – Sinto muito. E-eu… parece que entrei na loja errada. Hã… façam o favor de me desculpar… – Ela espiou pela vitrine antes de levar a mão à maçaneta da porta. – Eu estou indo – acrescentou, por fim.

Girou então a maçaneta, mas não chegou a abrir a porta. A loja ficou em silêncio, e todos pareciam esperar que ela fosse embora, ou que voltasse a falar, ou que fizesse *alguma* coisa. Mas ela só ficou paralisada.

Com muito cuidado, Daniel tomou-a pelo braço e afastou-a da vitrine.

– Posso ajudá-la?

A Srta. Wynter se virou e Daniel percebeu que era a primeira vez que olhava diretamente para ele desde que entrara na loja. Mas o contato visual foi rápido; ela logo voltou a atenção para a vitrine, mesmo que seu corpo parecesse estar instintivamente querendo fugir dali.

– Vamos ter que continuar em outro momento – disse Daniel ao Sr. Hoby. – Tenho que acompanhar a Srta. Wynter até em casa…

– Foi um rato – deixou escapar ela.

Alto demais.

– Um *rato*? – repetiu um dos outros clientes, quase em um gritinho agudo.

Daniel não conseguiu lembrar o nome do homem, mas estava vestido de modo pomposo, com um colete de brocado rosa, as fivelas do sapato combinando.

– Lá fora – acrescentou a Srta. Wynter, estendendo o braço na direção da porta da frente.

O indicador dela tremia, como se o espectro do roedor fosse tão grotesco que ela não conseguisse se obrigar a apontar para ele diretamente.

Daniel achou aquilo estranho, mas ninguém mais pareceu perceber que a história dela havia mudado. Como assim, ela tinha entrado na loja errada, se estava tentando escapar de um rato?

– Ele passou correndo por cima do meu sapato – continuou a Srta. Wynter, e aquilo foi o bastante para fazer o homem de fivelas cor-de-rosa cambalear.

– Permita-me acompanhá-la até em casa – ofereceu Daniel, e então acrescentou em um tom mais alto, já que todos os estavam observando. – A pobre dama levou um grande susto.

Daniel considerou que aquilo era explicação suficiente, ainda mais quando acrescentou que a jovem trabalhava para a tia dele. Então, calçou rapidamente as botas com que chegara e tentou levar a Srta. Wynter para fora. Mas os pés dela pareciam se arrastar e, quando eles chegaram à porta, Daniel se inclinou para a frente e disse bem baixinho, de modo que mais ninguém conseguisse ouvir:

– Tem certeza de que está tudo bem?

Ela engoliu em seco, o lindo rosto perturbado e pálido.

– O senhor está com uma carruagem?

Ele assentiu.

– Está ali mais à frente.

– É fechada?

Que pergunta estranha. Não chovia, e o céu nem sequer estava nublado.

– Pode ser.

– O senhor poderia pedir para trazerem o veículo até aqui? Não sei muito bem se consigo caminhar.

Ela ainda parecia muito trêmula. Daniel assentiu de novo e mandou um dos assistentes do Sr. Hoby buscar a carruagem. Poucos minutos depois, eles estavam acomodados lá dentro, com a capota levantada. Daniel esperou passar alguns minutos para que a Srta. Wynter se recompusesse, então perguntou em voz baixa:

– O que realmente aconteceu?

Ela o encarou com aqueles olhos de um incrível tom azul-escuro e Daniel viu um toque de surpresa neles.

– Deve ter sido um rato e tanto – murmurou ele. – Quase do tamanho da Austrália, imagino.

Ele não falara aquilo para fazê-la sorrir, mas foi o que aconteceu, um movimento muito discreto nos cantos dos lábios. O coração de Daniel deu um salto, e ele achou difícil entender como uma mudança tão mínima na expressão dela era capaz de causar um abalo emocional tão grande nele.

Não gostara de vê-la tão perturbada. Só agora se dava conta de quanto aquilo o aborrecera.

Ele a observou tentando decidir o que fazer. A Srta. Wynter claramente não sabia se poderia confiar nele – Daniel viu isso em seu rosto. Ela deu uma espiada rápida pela janela, então se recostou no assento, ainda olhando para a frente. Seus lábios tremiam e, enfim, em uma voz tão baixa e triste que quase partiu o coração dele, disse:

– Foi alguém... que eu não desejo ver.

Nada mais. Nenhuma explicação, nenhuma informação adicional, nada a não ser uma única frase que levantava mil outras perguntas. Mas Daniel não perguntou mais nada. Ele *faria* isso, só que não naquele momento. E, de qualquer modo, ela não responderia. Daniel já ficara surpreso por ela ter dito alguma coisa.

– Vamos sair daqui, então – retrucou ele, e ela assentiu, agradecida.

Eles seguiram para leste por Piccadilly, a direção contrária de onde ficava a Casa Pleinsworth, mas fora precisamente o que Daniel instruíra o cocheiro a fazer. A Srta. Wynter precisava de tempo para se recompor antes de voltar à casa.

E ele também não estava pronto para abdicar da companhia dela.

Anne olhou pela janela enquanto os minutos passavam. Ela não sabia bem a localização deles e, sinceramente, não se importava. Lorde Winstead poderia muito bem estar levando-a para Dover que ela não se importaria, desde que ficassem muito, muito longe de Piccadilly.

De Piccadilly e do homem que provavelmente era George Chervil.

Sir George Chervil, ela supunha que ele devia ser sir àquela altura. As cartas de Charlotte não chegavam com a regularidade por que Anne ansiava, mas eram animadas e cheias de novidades, e o único laço dela com sua antiga vida. O pai de George morrera no ano anterior, contara Charlotte em uma das cartas, e o filho herdara o título de baronete. A notícia fez o sangue de Anne gelar nas veias. Ela desprezava o falecido sir Charles, mas também precisava dele. O pai de George fora a única coisa que impedira que o filho manifestasse sua natureza vingativa. Sem sir Charles, não havia ninguém para incutir bom senso em George. Até mesmo Charlotte expressara preocupação – ao que parecia, George fizera uma visita aos Shawcrosses no dia seguinte ao funeral do pai. Tentara fingir que era uma visita social, mas fizera uma porção de perguntas sobre Anne.

Annelise.

Às vezes, ela precisava lembrar a si mesma da pessoa que já fora.

Soubera que havia a possibilidade de George estar em Londres. Quando aceitara o emprego na casa dos Pleinsworths, achara que passaria o ano todo em Dorset. Lady Pleinsworth levaria Sarah a Londres para a temporada, e as três meninas mais novas passariam o verão no campo, com a governanta e a babá. E com o pai, é claro. Lorde Pleinsworth nunca saía do campo. Interessava-se muito mais por seus cães de caça do que por qualquer pessoa, o que era perfeito para Anne. Quando ele não estava ausente, estava distraído, e era quase como se ela trabalhasse em uma casa só de mulheres.

O que era *maravilhoso.*

Mas então lady Pleinsworth decidira que não poderia ficar longe das outras filhas. Lorde Pleinsworth ficou com seus cães e todos os outros fizeram as malas e partiram para Londres. Anne passara a viagem inteira tentando se tranquilizar, dizendo a si mesma que, ainda que George estivesse na cidade, os caminhos dos dois jamais se cruzariam. Londres era uma cidade grande. A maior da Europa. Talvez do mundo. Ele provavelmente se casara com a filha de um visconde, mas os Chervils não frequentavam os mesmos altos círculos que os Pleinsworths ou os Smythe-Smiths. E mesmo que as famílias acabassem se encontrando em algum evento, Anne com certeza não estaria junto. Era apenas uma governanta. Com sorte, uma governanta invisível.

Ainda assim, havia perigo. Se a informação de Charlotte fosse verdadeira, George recebia uma generosa pensão do sogro, e tinha dinheiro mais do que necessário para financiar uma temporada na cidade. Talvez pudesse até mesmo comprar sua entrada em alguns círculos sociais elevados.

Ele sempre gostara da animação da cidade. Anne se lembrava disso a respeito de George. Conseguira esquecer muitas coisas, mas disso ela se recordava. E também do sonho que tivera de passear pelo Hyde Park de braços dados com seu belo marido.

Anne suspirou, com saudade da jovem que fora, mas *não* do sonho tolo. Que idiota ela tinha sido. Que terrível juíza de caráter.

93

– Há algo que eu possa fazer para deixá-la mais confortável? – perguntou lorde Winstead em voz baixa.

Ele permanecera em silêncio por algum tempo. Anne gostava dessa característica do conde. Era um homem simpático, de conversa fácil, mas parecia saber quando não falar.

Ela balançou a cabeça, sem olhar para ele. Não estava tentando evitá-lo. Bem, não a *ele* especificamente. Teria evitado qualquer um naquele momento. Mas então lorde Winstead se moveu. Foi um movimento discreto, mas Anne sentiu a almofada se ajustando embaixo dele e aquilo foi o bastante para lembrar-lhe de que ele a salvara naquela tarde. Percebera a perturbação dela e a ajudara sem fazer sequer uma pergunta, até chegarem à carruagem.

Ele merecia um agradecimento. Não importava que as mãos dela ainda tremessem, ou que sua mente estivesse em disparada, avaliando todas as possibilidades assustadoras. Lorde Winstead nunca saberia como a ajudara, ou como ela estava em dívida com ele, mas Anne sabia que podia, ao menos, agradecer-lhe.

Mas quando ela se virou para olhá-lo, algo inteiramente diferente saiu de sua boca. Anne pretendera dizer "obrigada". Mas em vez disso…

– Esse hematoma é novo?

Era. Anne tinha certeza. Bem ali, no rosto dele. Meio rosado, nem de longe escuro como os que estavam próximos ao olho.

– O senhor se machucou – afirmou ela. – O que aconteceu?

Ele a encarou, parecendo confuso, e levou uma das mãos ao rosto.

– Do outro lado – disse Anne, e, mesmo ciente do risco terrível, estendeu os dedos e tocou delicadamente a maçã do rosto dele. – Não estava aqui ontem.

– A senhorita notou – murmurou ele, e deu um sorriso experiente.

– Não é uma lisonja – retrucou Anne, tentando não pensar no que significava o fato de o rosto dele já ter se tornado tão familiar que ela percebera um novo machucado em meio aos tantos outros que haviam sido resultado da briga do conde com lorde Chatteris.

Era ridículo, na verdade. Ele *parecia* ridículo.

– Apesar de tudo, não posso evitar me sentir lisonjeado pelo fato de a senhorita ter reparado no último hematoma adicionado à minha coleção – comentou o conde.

Ela revirou os olhos.

– Porque machucados são mesmo algo muito digno para se colecionar…

– Todas as governantas são tão sarcásticas assim?

Se viesse de qualquer outra pessoa, Anne teria entendido a pergunta como uma repreensão, um lembrete de qual era o lugar dela. Mas não fora essa a intenção dele. E lorde Winstead estava sorrindo ao dizer aquilo.

Ela o encarou.

– O senhor está se esquivando da pergunta.

Anne achou que ele ficou um pouco envergonhado. Era difícil dizer, porque qualquer rubor em seu rosto teria sido obscurecido pelos hematomas.

O conde deu de ombros.

– Dois assaltantes tentaram roubar a minha bolsa ontem à noite.

– Ah, não! – exclamou Anne, surpreendendo-se com a força da própria reação. – O que aconteceu? O senhor está bem?

– Não foi tão ruim quanto poderia ter sido – afirmou ele. – Marcus causou mais danos na noite do concerto.

– Mas criminosos profissionais! O senhor poderia ter sido assassinado.

O conde se inclinou na direção dela. Só um pouco.

– A senhorita sentiria a minha falta?

Anne sentiu o rosto ficar quente e levou alguns instantes para conseguir assumir uma expressão devidamente grave.

– Muitas pessoas sentiriam – respondeu Anne com firmeza.

Incluindo ela.

– Onde o senhor estava na hora? – perguntou. *Detalhes*, lembrou a si mesma. Detalhes eram importantes, objetivos e não tinham nada a ver com emoções como saudade, preocupação ou qualquer outro sentimento. Tinha a ver apenas com saber os fatos. – Foi em Mayfair? Nunca imaginei que pudesse ser um lugar perigoso.

– Não foi em Mayfair – respondeu o conde. – Mas não era muito longe de lá. Eu estava voltando da Casa Chatteris. Não estava prestando atenção ao meu redor.

Anne não sabia onde o conde de Chatteris morava, mas sem dúvida não seria muito longe da Casa Winstead. Todas as famílias nobres residiam mais ou menos próximo umas das outras. E, mesmo que lorde Chatteris morasse numa região mais elegante, lorde Winstead dificilmente teria precisado passar por bairros pobres para chegar em casa.

95

– Não havia me dado conta de que a cidade se tornou tão perigosa – comentou Anne.

E ficou preocupada, pois se perguntou se o ataque a lorde Winstead poderia ter alguma coisa a ver com o fato de ela ter visto George Chervil em Piccadilly. Não... como isso seria possível? Ela e lorde Winstead só haviam aparecido juntos em público uma vez – na véspera, no Hyde Park –, e sem dúvida ficara claro para qualquer um que os tivesse visto que ela era a governanta das primas dele.

– Suponho que devo lhe agradecer por ter insistido em me acompanhar até em casa na outra noite.

Lorde Winstead se virou para ela e a intensidade de seu olhar a deixou sem fôlego.

– Eu não permitiria que a senhorita andasse sequer dois passos sozinha à noite, muito menos quase um quilômetro.

Anne entreabriu os lábios, e achou que tinha a intenção de falar, mas tudo o que conseguiu fazer foi encará-lo. Seu olhar ficou preso ao dele, e foi impressionante, porque não se dera conta da cor daqueles olhos, de um azul claro e intenso, perturbador. Mas Anne viu além, nas profundezas de... alguma coisa. Ou talvez não fosse nada disso. Talvez fosse apenas ela se expondo. Talvez ele visse todos os segredos dela, os medos.

Os desejos.

Anne voltou a respirar, então – finalmente –, e desviou o olhar do dele. O que era aquilo? Ou, mais precisamente, *quem* era ela? Porque Anne não conhecia a mulher que encarara o conde como se estivesse olhando para o próprio futuro. Ela não era dada a fantasias. Não acreditava em destino. E *jamais* acreditara que os olhos eram a janela da alma. Não depois do modo como George Chervil um dia olhara para ela.

Anne engoliu em seco e esperou um instante para recuperar o equilíbrio.

– O senhor fala como se esse cuidado fosse exclusivo para mim – disse ela, satisfeita com a relativa normalidade da própria voz –, mas sei que insistiria em fazer o mesmo por qualquer dama.

O conde a encarou com um sorriso tão sedutor que Anne se perguntou se a intensidade nos olhos dele apenas alguns segundos antes fora fruto de sua imaginação.

– A maioria das damas fingiria estar lisonjeada.

– Acho que este é o momento em que devo dizer que não sou como a maioria das damas – retrucou ela, em um tom sarcástico.

– Sem dúvida seria uma boa fala, se estivéssemos no palco.

– Vou informar isso a Harriet – falou Anne, com uma risada. – Ela gosta de se imaginar como dramaturga.

– É mesmo?

Anne assentiu.

– Acho até que começou uma nova obra. E parece ser terrivelmente depressiva. Algo sobre Henrique VIII.

Ele se encolheu.

– Que coisa sombria.

– Ela está tentando me convencer a fazer o papel de Ana Bolena.

Lorde Winstead abafou uma risada.

– Não existe possibilidade de minha tia estar lhe pagando o suficiente para se submeter a isso.

Em vez de comentar a respeito, Anne preferiu dizer:

– Agradeço sinceramente sua preocupação na outra noite. Mas quanto a me sentir lisonjeada, me impressiona muito mais um cavalheiro que valoriza a segurança e a proteção de *todas* as mulheres.

Ele demorou um instante para refletir sobre isso, então assentiu e inclinou um pouco a cabeça para o lado. Estava constrangido, percebeu Anne, surpresa. Não estava acostumado a ser elogiado por esse tipo de coisa.

Anne sorriu para si mesma. E não pôde evitar sentir certa ternura ao vê-lo se ajeitar, desconfortável, no assento. Supôs que ele estivesse acostumado a ser elogiado por seu charme, ou por sua boa aparência.

Mas por seu comportamento? Anne tinha a sensação de que havia muito isso não acontecia.

– Dói? – perguntou.

– Meu rosto? – Ele balançou a cabeça, então se contradisse: – Bem, um pouco.

– Mas os assaltantes estão bem piores? – brincou Anne com um sorriso.

– Ah, muito piores – retrucou o conde. – Muito, muito piores.

– É esse o objetivo das brigas? Fazer com que o oponente termine em pior estado?

– Sabe de uma coisa? Acho que deve ser. Uma tolice, não é mesmo?

– Ele a encarou com uma expressão estranha, pensativa. – Foi o que me obrigou a sair do país.

Anne não conhecia todos os detalhes do duelo dele, mas…

– O quê? – perguntou.

Porque, sinceramente, nem mesmo homens jovens demais poderiam ser tão tolos.

– Bem, não exatamente – falou lorde Winstead –, mas foi o mesmo tipo de tolice. Alguém me chamou de trapaceiro e eu quase o matei por isso. – Ele se virou para ela, o olhar penetrante. – Por quê? Por que eu faria isso?

Anne não respondeu.

– Não que eu tenha *tentado* matá-lo. – Lorde Winstead se recostou no assento, o movimento estranhamente forçado e repentino. – Foi um acidente. – Ficou em silêncio por um instante, e Anne observou sua expressão. O conde não olhou para ela ao acrescentar: – Achei que a senhorita deveria saber.

Na verdade, ela sabia. Ele jamais seria o tipo de homem que mataria de forma tão banal. Mas também percebeu que ele não queria falar mais sobre a questão. Assim, preferiu perguntar:

– Para onde estamos indo?

Ele não respondeu de imediato. Pareceu confuso, então olhou pela janela e admitiu:

– Não sei. Disse ao cocheiro para seguir sem rumo até eu lhe dar novas instruções. Achei que talvez a senhorita precisasse de uns minutos extras antes de retornar à Casa Pleinsworth.

Anne assentiu.

– É minha tarde de folga. Não estão me esperando tão cedo.

– Precisa resolver mais alguma coisa?

– Não, eu… Sim! – exclamou ela. Santo Deus, como podia ter esquecido? – Sim, preciso.

Ele inclinou a cabeça na direção dela.

– Ficarei feliz em levá-la aonde precisar.

Anne segurou a bolsa com força e se sentiu mais calma com o farfalhar baixo do envelope lá dentro.

– Não é nada, só uma carta que preciso postar.

– Posso colocar meu selo nela? Não cheguei a assumir meu assento na Câmara dos Lordes, mas presumo que tenha privilégios de isenção de porte postal. Meu pai certamente usava o privilégio dele.

– Não – respondeu ela com rapidez.

Isso lhe pouparia uma ida aos correios, sem mencionar a despesa, mas se os pais dela vissem a carta com o selo do conde de Winstead...

A curiosidade deles não teria limites.

– É muito gentil da sua parte – disse Anne –, mas não poderia de forma alguma aceitar sua generosidade.

– A generosidade não é minha. Pode agradecer ao Correio Real.

– Ainda assim, não poderia abusar de seus privilégios dessa forma. Se puder apenas me levar a uma agência dos correios... – Ela olhou pela janela, para localizar onde estavam. – Acho que há uma na Tottenham Court Road. Ou, se não for lá, então... Ah, eu não havia percebido que estávamos tão a leste. Talvez seja melhor irmos para High Holborn. Logo antes de Kingsway.

Houve uma pausa.

– A senhorita conhece bem a localização das agências de correios de Londres – comentou ele.

– Ah. Bem. Não exatamente. – Ela deu um pontapé imaginário em si mesma e tentou pensar em uma desculpa apropriada. – É só que sou fascinada pelo sistema postal. É realmente maravilhoso.

Ele a encarou com curiosidade e Anne percebeu que não acreditou em sua explicação. Para sorte dela, era verdade, ainda que tivesse dito aquilo para encobrir uma mentira. Achava mesmo o Correio Real bastante impressionante. Era incrível a rapidez com que uma pessoa podia mandar uma mensagem através do país. Três dias de Londres para Northumberland. Parecia um milagre.

– Eu gostaria de acompanhar a entrega de uma carta um dia – comentou Anne –, só para ver aonde vai.

– Para o endereço escrito na frente do envelope, eu imagino – disse o conde.

Ela cerrou os lábios, indicando que percebera a brincadeira, então retrucou:

– Mas *como*? Esse é o milagre.

Lorde Winstead deu um sorrisinho.

– Devo confessar que não havia pensado no sistema postal em termos tão bíblicos, mas fico sempre feliz em aprender coisas novas.

– É difícil imaginar uma carta sendo entregue mais rápido do que acontece atualmente – comentou Anne, animada –, a menos que aprendamos a voar.

– Sempre há os pombos – lembrou ele.

Ela riu.

– Pode imaginar um bando inteiro erguendo-se no céu para entregar nossa correspondência?

– É uma perspectiva aterradora. Sobretudo para os que estiverem caminhando abaixo deles.

Aquilo provocou mais risos. Anne não conseguia se lembrar da última vez que se sentira tão alegre.

– Para High Holborn, então – disse o conde –, já que eu jamais permitiria que a senhorita confiasse sua missiva aos pombos de Londres. – Ele se inclinou para a frente para abrir a aba que os separava do cocheiro e lhe passar instruções, e voltou a se sentar. – Há mais alguma coisa em que eu possa ajudá-la, Srta. Wynter? Estou inteiramente à sua disposição.

– Não, obrigada. Se pudesse apenas me levar de volta à Casa Pleinsworth…

– Tão cedo? No seu dia de folga?

– Há muito a ser feito hoje à noite – comentou ela. – Nós vamos para… Ah, mas é claro que o senhor sabe. Vamos para Berkshire amanhã, para…

– Whipple Hill – completou ele.

– Sim. Por sugestão sua, imagino.

– Pareceu mais sensato do que vocês fazerem o longo caminho até Dorset.

– Mas o senhor… – Ela se interrompeu e desviou o olhar. – Não importa.

– Está querendo perguntar se eu já pretendia ir para lá? – Lorde Winstead esperou um pouco, então disse: – Não.

Anne umedeceu os lábios com a ponta da língua, mas não olhou para ele. Seria perigoso demais. Não devia desejar coisas que estavam fora do seu alcance. Não *podia* fazer isso. Já tentara uma vez e ainda pagava o preço disso.

E lorde Winstead era possivelmente o sonho mais inalcançável de todos. Se ela se permitisse desejá-lo, isso a destruiria.

Mas, ah, como queria desejá-lo.

– Srta. Wynter?

A voz dele chegou até ela como uma brisa morna.

– Isso é… – Ela pigarreou, tentando reencontrar a própria voz, a voz que realmente soava como a dela. – É muita gentiliza da sua parte adaptar sua agenda pela sua tia.

– Não fiz isso pela minha tia – disse o conde em voz baixa. – Mas imagino que a senhorita saiba disso.

– Por quê? – perguntou ela, também em voz baixa.

Sabia que não precisaria explicar a pergunta, que ele saberia a que ela se referia.

Não por que ele tinha feito aquilo. Por que *ela*?

Mas ele não respondeu. Ao menos não de imediato. Então, finalmente, quando Anne pensou que teria que encará-lo, lorde Winstead disse:

– Não sei.

Nesse momento, ela o fitou. A resposta dele fora tão franca e inesperada que ela não conseguiria *não* olhar para ele. E, quando o fez, sentiu o estranho e intenso anseio de simplesmente estender a mão e tocar a dele. Para se *conectar* ao conde de algum modo.

Mas ela se conteve. Não podia fazer aquilo e sabia disso, ainda que ele não soubesse.

CAPÍTULO 8

Na noite seguinte, Anne desceu do coche de viagem dos Pleinsworths e ergueu os olhos para ver Whipple Hill pela primeira vez. Era uma casa adorável, sólida e imponente, situada entre colinas que desciam até um lago grande e cercado por árvores. Havia algo muito aconchegante no lugar, pensou Anne, o que lhe pareceu muito interessante, já que era a propriedade ancestral dos condes de Winstead. Não que ela estivesse tão familiarizada assim com grandes propriedades da aristocracia, mas as que já vira eram altivas e ornamentadas demais.

O sol já se pusera, mas o brilho alaranjado do crepúsculo ainda pairava no horizonte, emprestando um toque de calor à noite que caía rapidamente. Anne estava ansiosa para ver o quarto em que ficaria e, talvez, tomar uma tigela de sopa no jantar, mas na noite anterior à partida delas a babá Flanders tivera uma indisposição estomacal e acabara ficando em Londres. Com isso, Anne se vira obrigada a assumir a função dupla de babá e governanta, o que significava que teria que acomodar as meninas no quarto delas antes de poder cuidar das próprias necessidades. Lady Pleinsworth lhe prometera uma tarde extra de folga enquanto estavam no campo, mas não determinara uma data, e Anne temia que a ideia acabasse esquecida.

– Vamos, meninas – disse ela bruscamente.

Harriet tinha corrido para a carruagem que trouxera Sarah e lady Pleinsworth, e Elizabeth correra para outra, mas Anne não tinha ideia do que a menina poderia estar falando com as camareiras.

– Estou bem aqui – disse Frances, animada.

– É verdade – retrucou Anne. – Uma estrelinha dourada para você.

– É mesmo muito ruim que a senhorita não tenha estrelinhas douradas *de verdade*. Eu não precisaria economizar tanto o dinheiro que recebo para as minhas coisas.

– Se eu tivesse estrelas douradas de verdade – retrucou Anne, erguendo uma sobrancelha –, não precisaria ser sua governanta.

– *Touché* – disse Frances com admiração.

Anne piscou para ela. Havia uma estranha satisfação em receber um elogio de uma menina de 10 anos.

– Onde estão suas irmãs? – resmungou ela, então chamou: – Harriet! Elizabeth!

Harriet se aproximou, animada.

– Mamãe disse que posso comer com os adultos enquanto estivermos aqui.

– Aaaah, Elizabeth não vai ficar nada feliz com isso... – previu Frances.

– Não vou ficar feliz com o quê? – perguntou Elizabeth. – E vocês não vão acreditar no que Peggy acabou de me dizer.

Peggy era a camareira de Sarah. Anne gostava bastante da moça, embora ela fosse uma terrível fofoqueira.

– O que ela disse? – quis saber Frances. – E Harriet vai comer com os adultos enquanto estivermos aqui.

Elizabeth arquejou, ultrajada.

– Isso é terrivelmente injusto. E Peggy me contou que Sarah falou que Daniel disse que a Srta. Wynter também vai comer com a família.

– Não, não vou – intrometeu-se Anne, com veemência.

Seria algo muito fora do comum. Uma governanta em geral só acompanhava a família nas refeições quando havia a necessidade de aumentar o número de pessoas à mesa. E, além disso, Anne tinha trabalho a fazer. Ela pousou a mão levemente sobre a cabeça de Frances.

– Vou comer com vocês.

A bênção inesperada do mal-estar da babá Flanders. Anne não conseguia imaginar o que lorde Winstead estava pensando, ao sugerir que ela se juntasse a eles para o jantar. Se a intenção fosse colocá-la em uma posição constrangedora, havia conseguido. O dono da casa convidando a governanta para jantar com a família? Era quase o mesmo que assumir que estava tentando levá-la para a cama.

E Anne tinha a sensação de que isso era verdade. Não seria a primeira vez que precisaria repelir avanços indesejados de seus empregadores.

Mas seria a primeira vez que uma parte dela sentira vontade de ceder.

– Boa noite! – Era lorde Winstead, saindo pelo pórtico para recepcioná-las.

– Daniel! – exclamou Frances.

A menina deu um giro de 180 graus, erguendo uma nuvem de pó que quase cobriu as irmãs, e saiu correndo na direção do primo, por pouco não o fazendo cair ao se jogar em seus braços.

– Frances! – repreendeu lady Pleinsworth. – Você está grande demais para ficar pulando em cima do seu primo.

– Não me importo – falou lorde Winstead com uma risada.

Ele bagunçou os cabelos de Frances, que o brindou com um sorriso largo e depois virou a cabeça para trás para perguntar à mãe:

– Se estou crescida demais para pular em cima de Daniel, isso quer dizer que estou crescida o suficiente para comer com os adultos?

– Nem perto disso – retrucou lady Pleinsworth, em um tom enérgico.

– Mas Harriet…

– … é quatro anos mais velha que você.

– Vamos nos divertir muito no quarto das crianças – anunciou Anne, adiantando-se para tirar a menina de cima de lorde Winstead.

Ele se virou para encará-la, os olhos ardendo com uma familiaridade que aqueceu a pele dela. Anne percebeu que ele estava prestes a falar alguma coisa sobre ela se juntar à família para o jantar, por isso acrescentou rapidamente, em uma voz que todos podiam ouvir:

– Costumo jantar no quarto, mas como a babá Flanders está doente, ficarei feliz em assumir seu lugar com Elizabeth e Frances no quarto das crianças.

– Mais uma vez você é a nossa salvadora, Srta. Wynter – disse lady Pleinsworth, alegre. – Não sei o que faríamos sem a senhorita.

– Primeiro o concerto, e agora isso – comentou lorde Winstead, em um tom de aprovação.

Anne olhou de relance para ele, tentando descobrir o motivo para o conde apontar uma coisa daquelas, mas ele já voltara a atenção para Frances.

– Quem sabe podemos organizar um concerto enquanto estivermos aqui? – sugeriu Elizabeth. – Seria muito divertido.

Era difícil dizer sob a luz do crepúsculo, mas Anne pensou ter visto lorde Winstead empalidecer.

– Eu não trouxe a sua viola – disse Anne rapidamente. – Nem o violino de Harriet.

– E quanto…

– Nem o seu contrabaixo – informou a Frances, antes que a menina pudesse sequer perguntar.

– Ah, mas estamos em Whipple Hill – interveio lady Pleinsworth. – Nenhuma casa Smythe-Smith estaria completa sem uma generosa seleção de instrumentos musicais.

– Até um contrabaixo? – perguntou Frances, esperançosa.

Lorde Winstead pareceu em dúvida, mas disse:

– Acho que você pode dar uma olhada.

– Farei isso! Pode me ajudar, Srta. Wynter?

– É claro – murmurou Anne.

Parecia uma maneira tão boa quanto qualquer outra para tirá-la do caminho da família.

– E como Sarah já está se sentindo muito melhor, a senhorita não terá que tocar piano desta vez – comentou Elizabeth.

Era ótimo que lady Sarah já houvesse entrado na casa, pensou Anne, porque ela teria que encenar uma elaborada recaída ali mesmo.

– Vamos entrar todos, então – falou lorde Winstead. – Não há necessidade de trocarem suas roupas de viagem. A Sra. Barnaby vai servir uma refeição informal da qual todos poderemos participar, inclusive Elizabeth e Frances.

E a senhorita também, Srta. Wynter.

Ele não disse isso. Nem mesmo olhou para ela, mas Anne sentiu as palavras.

– Se vocês vão jantar em família – falou Anne, dirigindo-se a lady Pleinsworth –, ficarei grata se puder me recolher ao meu quarto. Estou bastante cansada da viagem.

– É claro, minha querida. Precisa guardar sua energia para a semana que virá. Temo que possamos acabar esgotando-a. Pobre babá.

– Não está querendo dizer pobre Srta. Wynter? – perguntou Frances.

Anne sorriu do comentário da menina. Era verdade.

– Não se preocupe, Srta. Wynter – disse Elizabeth. – Não vamos lhe dar muito trabalho.

– Ah, não vão, não é mesmo?

Elizabeth assumiu uma expressão da mais pura inocência.

– Estou disposta a esquecer qualquer coisa relacionada a matemática enquanto estivermos aqui.

Lorde Winstead riu e se virou para Anne.

105

– Devo pedir a alguém para lhe mostrar o seu quarto?

– Por favor, milorde.

– Venha comigo. Vou providenciar. – Ele se virou para a tia e as primas. – Quanto a vocês, podem ir seguindo para a sala de café da manhã. A Sra. Barnaby pedirá a um criado que sirva a refeição lá, já que teremos uma noite tão informal.

Anne não teve escolha a não ser segui-lo pelo saguão principal, então para dentro de uma longa galeria de retratos. Ao que parecia, tinham entrado pelo lado em que ficavam os quadros mais antigos, a julgar pelo babado elisabetano que enfeitava o homem corpulento que a encarava de um dos retratos.

Anne olhou ao redor, procurando uma criada, ou um criado, ou quem quer que fosse que o conde estivesse planejando que lhe mostrasse o quarto, mas os dois estavam completamente sozinhos.

A não ser por mais de vinte antepassados Winsteads observando-os das paredes.

Annie parou e juntou as mãos com recato à frente do corpo.

– Bem, tenho certeza de que o senhor deseja se juntar à sua família. Talvez uma criada…

– Que tipo de anfitrião eu seria entregando-a para ser levada como uma peça de bagagem? – perguntou ele em um tom suave.

– Como assim? – murmurou Anne, com certo alarme.

Com certeza ele não poderia estar querendo dizer…

O conde sorriu. Como um lobo.

– Eu mesmo a levarei ao seu quarto.

Daniel não sabia que diabo o possuíra, mas a Srta. Wynter parecera tão insuportavelmente atraente quando estreitou os olhos para o terceiro conde de Winstead (coxas de peru em excesso divididas com Henrique VIII, isso estava claro). Ele de fato tivera a intenção de chamar uma criada para mostrar o quarto a ela, mas ao que parecia não era capaz de resistir ao modo como ela franzia o nariz.

– Lorde Winstead – começou a dizer a Srta. Wynter –, com certeza sabe como é inadequado tal… tal…

106

– Ah, não se preocupe – retrucou ele, satisfeito em salvá-la das suas dificuldades de articulação. – Sua virtude está a salvo comigo.

– Mas não a minha reputação!

O argumento dela era bom.

– Serei rápido como… – Ele fez uma pausa. – Ora, qualquer coisa que seja rápida e não seja terrivelmente pouco atraente.

Ela o encarou como se houvessem brotado chifres na cabeça dele. E chifres nada atraentes.

O conde sorriu com entusiasmo.

– Preciso descer tão rápido para o jantar que ninguém jamais perceberá que fui com a senhorita.

– Não é essa a questão.

– Não? A senhorita disse que estava preocupada com a sua reputação.

– Estou, mas…

– Então vamos logo – interrompeu ele, dando um fim a qualquer forma de protesto que ela pudesse estar prestes a apresentar. – Eu dificilmente teria tempo para violentá-la, mesmo se *fosse* a minha intenção. E posso lhe garantir que não é.

A Srta. Wynter arquejou.

– Lorde Winstead!

Coisa errada a se dizer. Mas tão divertida…

– Era uma brincadeira – disse ele.

Ela o encarou em silêncio.

– O que eu disse foi uma brincadeira – explicou ele rapidamente. – Não o sentimento.

Anne continuou em silêncio. E então:

– Acho que o senhor enlouqueceu.

– Sem dúvida isso é possível – concordou Daniel em um tom jovial. Fez um gesto em direção a um corredor que levava às escadas da ala oeste. – Vamos, venha por aqui. – Ele esperou por um momento, então acrescentou: – A senhorita não tem escolha.

Ela enrijeceu o corpo e Daniel percebeu que dissera algo terrivelmente errado. Errado por conta de algo que acontecera a ela em outra época, em algum momento em que ela não tivera escolha.

Mas talvez também errado simplesmente por ser errado, não importava qual fosse o passado dela. Ele não beliscava criadas ou emboscava jovens nas festas. Sempre tentara tratar as mulheres com respeito. Não havia justificativa para oferecer menos que isso à Srta. Wynter.

– Peço que me perdoe – disse, inclinando a cabeça em um gesto de respeito. – Eu me comportei de uma forma terrível.

Anne entreabriu os lábios e piscou várias vezes. Não sabia se devia acreditar nele, e Daniel percebeu em um silêncio estupefato que a indecisão da Srta. Wynter estava partindo seu coração.

– Meu pedido de perdão é sincero – garantiu ele.

– É claro – retrucou ela rapidamente, e Daniel achou que estava falando sério.

Torceu para que estivesse. Sabia que ela diria a mesma coisa ainda que não acreditasse nele, só para ser educada.

– Mas devo explicar – acrescentou Daniel – que disse que a senhorita não tinha escolha não por causa de sua posição como empregada da minha tia, mas porque a senhorita simplesmente não saberia achar o caminho para o seu quarto sozinha.

– É claro – repetiu ela.

Mas Daniel se sentiu impelido a dizer mais, porque… porque… Ora, porque não conseguia suportar a ideia de a Srta. Wynter pensar mal dele.

– Qualquer hóspede estaria na mesma posição – continuou ele, esperando não soar defensivo.

Anne começou a dizer alguma coisa, mas se deteve, provavelmente porque seria outro "É claro". Daniel esperou pacientemente – ela ainda estava parada perto do quadro do terceiro conde –, satisfeito em apenas observá-la, até ouvir:

– Obrigada.

Ele assentiu. Foi um movimento gracioso, elegante e refinado, o mesmo gesto de reconhecimento que já fizera milhares de vezes. Mas, por dentro, Daniel foi varrido por uma onda de alívio. Foi humilhante. Ou melhor, enervante.

– O senhor não é o tipo de homem que se aproveita de uma mulher – disse ela.

E, naquele momento, Daniel *soube*.

Alguém a magoara. Anne Wynter sabia o que significava estar à mercê de alguém mais forte e mais poderoso.

Daniel sentiu algo dentro dele se enrijecer de fúria. Pela primeira vez na

108

vida, os pensamentos dele se chocavam, se reviravam e se sobrepunham, como uma história infinitamente editada. A única certeza que tinha era de que precisaria de todas as suas forças para não encurtar o espaço que os separava e puxar Anne para si. O corpo dele se lembrava do dela, do perfume, das curvas, até da temperatura exata da pele da Srta. Wynter junto à dele.

Ele a queria. E a queria por inteiro.

Mas a família dele o estava esperando para o jantar, e seus ancestrais o observavam daqueles quadros. E *ela* – a mulher em questão – o observava com uma cautela que mais uma vez partiu o coração dele.

– Se puder esperar bem aqui – disse ele baixinho –, vou chamar uma criada para lhe mostrar seu quarto.

– Obrigada.

Daniel começou a caminhar em direção ao outro extremo da galeria, mas parou depois de alguns passos. Quando se virou, a Srta. Wynter estava exatamente onde ele a deixara.

– Algum problema? – perguntou ela.

– Eu só queria que a senhorita soubesse… – começou Daniel abruptamente.

O quê? O que ele queria que ela soubesse? Nem mesmo ele sabia por que dissera aquilo.

Era um tolo. Mas já sabia disso. Tinha se transformado num tolo no instante em que a conhecera.

– Lorde Winstead – chamou ela, depois que um minuto inteiro se passou sem que ele completasse o raciocínio.

– Não é nada – murmurou Daniel, e virou-se de novo, desejando com todas as forças que seus pés o levassem para fora da galeria.

Mas não foi o que aconteceu. Ele ficou imóvel, ofegante, enquanto sua mente gritava para que apenas… se movesse. Desse um passo. *Vá!*

Só que, em vez de se virar, alguma parte traidora dele ainda estava desesperada para olhar uma última vez para ela.

– Como desejar – disse Anne em voz baixa.

Então, antes que ele tivesse a chance de pensar no que fazia, voltou para perto dela.

– Exatamente – falou.

– Como?

Ela o encarou confusa, parecendo desconfortável.

– Como eu desejar – repetiu ele. – Foi o que a senhorita disse.

– Lorde Winstead, eu não acho...

Ele parou a cerca de um metro dela, mas a uma distância maior do que o comprimento de seus braços. Confiava em si mesmo, mas não completamente.

– Não deve fazer isso – sussurrou a Srta. Wynter.

Mas ele já perdera o controle.

– *Desejo* beijar a senhorita. É isso que quero que saiba. Porque, se não vou beijá-la, e parece que não vou, porque não é o que a senhorita quer, ao menos não neste momento... se não vou fazer isso, a senhorita precisa saber que eu queria beijá-la. – Daniel fez uma pausa e fitou a boca de Anne, seus lábios carnudos e trêmulos. – Ainda quero.

Ele ouviu um sussurro sair pelos lábios dela, mas quando a olhou nos olhos, que eram de um azul tão escuro que poderiam muito bem ser negros, soube que ela o queria. Ele a deixara perplexa, isso era óbvio, mas ainda assim ela o desejava.

Daniel não iria beijá-la naquele momento – já se dera conta de que não era o momento certo. Mas precisara dizer a ela. A Srta. Wynter precisava *saber* exatamente o que ele queria.

E, se ela ao menos se permitisse ver, perceberia que também o queria.

– Esse beijo – continuou Daniel, a voz ardendo de desejo contido. – Esse beijo... Eu o desejo com um fervor que abala a minha alma. Não tenho ideia de por que o desejo, mas foi o que senti no instante em que a vi ao piano, e isso só aumentou desde então.

Anne engoliu em seco e a luz das velas bruxuleou em seu pescoço delicado. Mas não disse nada. Não havia problema – Daniel não esperara que ela dissesse alguma coisa.

– Quero o beijo – continuou ele, com a voz rouca – e quero mais. Quero coisas que a senhorita nem pode imaginar.

Eles permaneceram em silêncio, os olhos de um presos nos do outro.

– Mas, acima de tudo – sussurrou Daniel –, quero beijá-la.

Então, em uma voz tão baixa que era pouco mais do que um suspiro, ela disse:

– Eu também quero.

CAPÍTULO 9

*E*u também quero.

Ela enlouquecera.

Não podia haver outra explicação. Passara os dois últimos dias se convencendo de todas as razões pelas quais não podia se permitir querer aquele homem. E agora, naquele primeiro momento em que estavam realmente a sós e isolados, dizia *aquilo*?

Anne levou a mão à boca, sem saber se havia feito isso devido à perplexidade ou porque seus dedos tinham mais bom senso do que o restante de seu corpo e estavam tentando, a todo custo, evitar que cometesse um erro terrível.

– Anne – sussurrou o conde, encarando-a com uma intimidade intensa.

Não Srta. Wynter. *Anne*. Ele estava tomando liberdades. Ela não lhe dera permissão para chamá-la pelo primeiro nome. Mas, ao mesmo tempo, não conseguiria fingir o ultraje que sabia que deveria aparentar. Porque quando lorde Winstead a chamara de Anne, fora a primeira vez que ela sentira que aquele nome era realmente seu. Por oito anos, ela chamara a si mesma de Anne Wynter, mas para o resto do mundo era sempre Srta. Wynter. Não havia ninguém em sua vida íntimo o suficiente para chamá-la de Anne. Nem uma única pessoa.

Não sabia se havia se dado conta disso até aquele momento.

Sempre pensara que queria ser Annelise de novo, que queria voltar a uma vida em que sua maior preocupação era que vestido usar a cada manhã. Mas agora, quando ouviu lorde Winstead sussurrar seu nome, percebeu que gostava da mulher que se tornara. Podia não gostar dos acontecimentos que a haviam levado àquele ponto, ou do medo que ainda sentia de que George Chervil pudesse encontrá-la um dia e tentasse destruí-la, mas gostava de *si mesma*.

Era uma constatação maravilhosa.

– Pode me beijar apenas uma vez? – sussurrou ela. Porque *realmente* queria aquilo. Queria um sabor de perfeição, mesmo se soubesse que não poderia desejar mais. – Pode me beijar uma única vez, e nunca mais voltar a fazer isso?

Os olhos dele se enevoaram e, por um momento, Anne achou que ele talvez não fosse dizer nada. O conde estava se controlando com tanta dificuldade que seu maxilar tremia, e o único som era o ruído da respiração pesada dele.

O desapontamento a abateu. Não sabia o que estava pensando, para pedir uma coisa daquelas. Um beijo e nada mais? Um beijo, quando ela também sabia que queria muito mais? Estava...

– Eu não sei – respondeu ele, abruptamente.

Anne havia olhado para baixo, mas nesse instante ergueu os olhos rapidamente. O conde ainda a estava observando com uma intensidade inabalável, encarando-a como se ela pudesse ser sua salvação. O rosto dele ainda não estava curado – havia cortes e arranhões em sua pele, e o hematoma ao redor do olho –, mas naquele momento era a coisa mais linda que Anne já vira.

– Não acredito que uma vez vá ser o bastante – confessou lorde Winstead.

As palavras dele eram eletrizantes. Que mulher não queria ser tão desejada? Mas a parte cautelosa e sensata dela percebeu que seguia por um caminho perigoso. Já fizera isso antes, já se permitira se apaixonar por um homem que jamais se casaria com ela. A única diferença era que, desta vez, Anne compreendia isso. Lorde Winstead era um conde – que caíra recentemente em desgraça, era verdade, mas ainda assim um conde, e com sua aparência e seu charme, a sociedade logo reabriria os braços para ele.

E ela era... o quê? Uma governanta? Uma falsa governanta cuja história de vida começara em 1816, quando ela saíra da barca, nauseada e petrificada, e colocara os pés no solo rochoso da Ilha de Man.

Anne Wynter nascera naquele dia, e Annelise Shawcross...

Bem, ela desaparecera. Desaparecera de repente, como uma das ondas ao redor.

Mas na verdade não importava quem ela era. Anne Wynter... Annelise Shawcross... Nenhuma das duas era um par adequado para Daniel Smythe-Smith, conde de Winstead, visconde Streathermore e barão de Touchton de Stoke.

Ele tinha mais nomes do que ela precisara inventar para si. Era quase engraçado.

Mas, no fundo, não era. Os dele eram todos verdadeiros. Ele poderia manter todos. Além disso, eram um indicativo da posição de conde, de todos os motivos pelos quais ela não deveria estar ali em sua companhia, inclinando a cabeça na direção da dele.

Ainda assim, Anne desejava aquele momento. Queria beijá-lo, sentir os braços dele ao seu redor, se perder em seu abraço, se perder na noite que os cercava. Suave e misteriosa, ardendo de promessas.

Como uma noite podia parecer tão especial?

Lorde Winstead estendeu a mão para pegar a dela, e Anne permitiu. Os dedos dele envolveram os dela, e mesmo ele não a puxando em sua direção, Anne sentiu a tensão, quente e pulsante, atraindo-a. O corpo dela sabia o que fazer. Sabia o que queria.

Teria sido fácil negar isso se não fosse o que o coração dela também desejava.

– Não posso fazer aquela promessa – começou ele, baixinho –, mas vou lhe dizer uma coisa. Mesmo se eu não beijá-la agora, mesmo se eu me virar, me afastar e for jantar, fingindo que nada disso aconteceu, não posso prometer que jamais irei beijá-la de novo.

Ele levou a mão dela à boca. Anne descalçara as luvas na carruagem, e sua pele nua se arrepiou e pareceu queimar de desejo no ponto em que os lábios dele a tocaram.

Ela engoliu em seco. Não sabia o que dizer.

– Posso beijá-la agora – prosseguiu lorde Winstead –, sem a promessa. Ou podemos não fazer nada, também sem a promessa. A escolha é sua.

Se ele houvesse soado confiante demais, Anne teria encontrado forças para afastá-lo. Se houvesse arrogância na postura dele, ou se houvesse algo em sua voz que lembrasse sedução, teria sido diferente.

Mas lorde Winstead não estava fazendo ameaças. Nem promessas. Estava simplesmente dizendo a verdade.

E lhe dando uma escolha.

Anne respirou fundo. Ergueu a cabeça na direção dele e sussurrou:

– Beije-me.

Ela se arrependeria daquilo no dia seguinte. Ou talvez não. Mas naquele exato momento, não se importava. O espaço entre eles se dissolveu e os braços de lorde Winstead, tão fortes e seguros, a envolveram. E quando os lábios dele tocaram os dela, Anne pensou tê-lo ouvido dizer seu nome de novo.

– Anne...

Como um suspiro. Uma súplica. Uma bênção.

Sem hesitar, ela estendeu a mão e o tocou, os dedos afundando suavemente nos cabelos escuros. Agora que fizera aquilo, que pedira que ele a beijasse, Anne queria tudo. Queria assumir o controle da própria vida, ou ao menos daquele momento.

– Diga meu nome – murmurou ele, correndo os lábios do rosto dela até o lóbulo da orelha.

A voz dele era cálida, derramando-se sobre a pele de Anne como um bálsamo.

Mas ela não poderia. Era íntimo demais. Por que, Anne não fazia ideia, afinal já se encantara com o som do próprio nome nos lábios dele, e já estava nos braços dele, e queria desesperadamente ficar ali para sempre.

Mas não estava pronta para chamá-lo de Daniel.

Em vez disso, deixou escapar um suspiro baixo, ou talvez um gemido baixo, e se permitiu encostar ainda mais o corpo ao dele. O corpo do conde era cálido, e o dela estava tão quente que Anne achou que os dois poderiam entrar em combustão.

As mãos dele deslizaram pelas costas dela, uma parando na altura da lombar, a outra descendo para envolver seu traseiro. Anne se sentiu ser erguida, pressionada com força contra ele, contra a evidência do desejo dele por ela. E embora soubesse que deveria ficar chocada, ou ao menos se lembrar de que não deveria estar ali com ele, a única coisa que conseguiu fazer foi estremecer de desejo.

Era maravilhoso ser tão desesperadamente desejada. Ter alguém que queria a *ela*. Não que queria alguma governanta bonitinha que qualquer um poderia encostar em um canto e apalpar. Não alguma dama cujo sobrinho achava que ela devia ser grata pela atenção. Nem mesmo uma jovenzinha que na verdade era apenas uma presa fácil.

Era *ela* que lorde Winstead queria. E quisera antes mesmo de saber sua identidade. Naquela noite, na Casa Winstead, quando ele a beijara... Até onde o conde sabia, ela poderia ser a filha de um duque, com quem ele se veria obrigado a casar só por ter ficado sozinho com ela em um corredor escuro. E talvez isso não fosse tão significativo, porque na verdade eles não haviam trocado mais do que algumas frases, mas lorde Winstead ainda a queria ali, naquele momento, e Anne não achava que tivesse sido só por achar que poderia se aproveitar dela.

Mas a sanidade acabou voltando, ou talvez tivesse sido apenas o espectro da realidade, e ela se forçou a recuar.

– Precisa voltar – disse Anne, e desejou que a voz estivesse um pouco mais firme. – Estão esperando o senhor.

Ele assentiu, e seus olhos pareciam um tanto selvagens, como se o conde não soubesse exatamente o que acabara de acontecer com ele.

Anne compreendeu. Sentia-se da mesma forma.

– Fique aqui – disse ele por fim. – Mandarei uma criada lhe mostrar seu quarto.

Ela fez que sim com a cabeça e observou enquanto ele atravessava a galeria, o andar não tão decidido quanto ela estava acostumada a ver.

– Mas isto… – falou, virando-se com um dos braços estendido. – Isto não terminou. – Então, com a voz repleta de desejo, determinação e perplexidade, acrescentou: – Não pode ter terminado.

Dessa vez, Anne não assentiu. Um dos dois precisava ser sensato. A única coisa que *aquilo* podia estar era terminado.

⌣⌐

O clima inglês não tinha muitos admiradores, mas quando o sol e o clima estavam em uma boa fase, não havia lugar mais perfeito, sobretudo pela manhã, quando a luz rosada incidia suavemente e a grama molhada de orvalho cintilava com a brisa.

Daniel sentia-se particularmente bem enquanto descia para o café da manhã. O sol entrava por todas as janelas, banhando a casa com um brilho celestial, o aroma divino de bacon entrava pelas narinas dele e – não que tivesse havido qualquer motivo assim *tão* oculto para isso – na noite anterior ele sugerira que Elizabeth e Frances tomassem o café da manhã com o restante da família, e não no quarto das crianças.

Era tolice que elas tivessem que comer separadas dos outros pela manhã. Além de ser um trabalho a mais para todos os envolvidos. E claro que ele não queria ser privado da companhia das primas. Acabara de retornar ao país depois de três longos anos. Aquele, dissera a elas, era o momento de estar com a família, principalmente com as jovens primas, que haviam mudado tanto durante a ausência dele.

Sarah talvez tivesse lançado um olhar sarcástico na direção de Daniel quando ele disse isso, e a tia talvez houvesse se perguntado em voz alta por que, então, ele não ficara com a mãe e com a irmã. Mas Daniel era excelente em ignorar suas parentes do sexo feminino quando lhe convinha. E, além do mais, ele dificilmente conseguiria ter respondido em meio a todas as palmas e os gritos das duas Pleinsworths mais jovens.

Então ficou combinado. Elizabeth e Frances não tomariam o café da manhã no quarto das crianças, e sim com o resto da família. Dessa forma, a Srta. Wynter também estaria presente e o café da manhã seria realmente fantástico.

Com uma animação tola, Daniel atravessou o salão principal até o salão de café da manhã, parando por um instante para espiar através da sala de estar pela janela que algum criado dedicado deixara aberta para deixar entrar o ar cálido da primavera. Que dia, que dia. Os pássaros cantavam, o céu estava azul, a relva verde (como sempre, mas ainda assim era excelente), e ele beijara a Srta. Wynter.

Daniel quase começou a saltitar só de pensar a respeito.

Fora esplêndido. Maravilhoso. Um beijo que anulava todos os beijos que já tinha dado na vida. Na verdade, Daniel não tinha ideia do que estivera fazendo com todas as outras mulheres, porque fosse lá o que tivesse acontecido quando seus lábios tocaram os delas, *não* fora um beijo.

Não como o da noite anterior.

Quando chegou ao salão de café da manhã, Daniel ficou encantado ao ver a Srta. Wynter parada ao lado do aparador. Mas qualquer ideia de flerte foi afastada quando também viu Frances, que estava sendo orientada a colocar mais comida no prato.

– Mas eu não gosto de peixe defumado – disse a menina.

– Não precisa comer – retrucou a Srta. Wynter com enorme paciência. – Mas não vai sobreviver até a próxima refeição com apenas um pedaço de bacon no prato. Pegue alguns ovos.

– Não gosto deles desse jeito.

– Desde quando? – perguntou a Srta. Wynter, parecendo desconfiada.

Ou talvez apenas exasperada.

Frances torceu o nariz e se inclinou sobre a bandeja.

– Estão parecendo moles demais.

– O que pode ser corrigido imediatamente – anunciou Daniel, decidindo que aquele era um momento tão bom quanto outro qualquer para se fazer perceber.

– Daniel! – exclamou Frances, os olhos se iluminando de prazer.

Ele deu uma olhada rápida para a Srta. Wynter – ao que parecia, só conseguia pensar nela como Anne quando estava em seus braços. A reação dela não foi tão efusiva, mas seu rosto ficou encantadoramente ruborizado.

– Vou pedir à cozinheira que prepare uma porção fresca para você – disse ele a Frances, estendendo a mão para bagunçar os cabelos dela.

– Não vai, não – adiantou-se a Srta. Wynter com severidade. – Esses ovos estão ótimos. Seria um terrível desperdício de comida fazer outra porção.

Ele olhou para Frances e deu de ombros de forma compassiva.

– Acho que não vale a pena aborrecer a Srta. Wynter. Por que não procura alguma outra coisa de que goste?

– Não gosto de peixe defumado.

Daniel lançou um olhar para o prato rejeitado e fez uma careta.

– Eu também não. Não conheço ninguém que goste, para ser franco, a não ser minha irmã, e preciso lhe dizer que, sempre que come, ela passa o dia cheirando a peixe.

Frances arquejou com um horror exultante.

Daniel olhou para a Srta. Wynter.

– A senhorita gosta de peixe defumado?

Ela o encarou de volta.

– Muito.

– Uma pena. – Ele suspirou e se voltou para Frances. – Aliás, preciso alertar lorde Chatteris a esse respeito, agora que ele e Honoria vão se casar. Imagino que ele não vá querer beijar alguém com hálito de peixe.

Frances levou a mão à boca para abafar risadinhas extasiadas. A Srta. Wynter o fitou com uma expressão muito severa e disse:

– Não acho que esta seja uma conversa adequada para crianças.

Daniel não teve outra alternativa a não ser retrucar:

– Mas é para adultos?

A Srta. Wynter quase sorriu. Daniel percebeu que ela queria rir. Mas, por fim, respondeu:

– Não.

Ele acenou tristemente com a cabeça.

– Que pena.

– Acho que vou querer torrada – anunciou Frances. – Com um monte de geleia.

– Apenas uma colher, por favor – instruiu a Srta. Wynter.

– A babá Flanders me deixa colocar duas.

– Não sou a babá Flanders.

– Isso é verdade – declarou Daniel, baixinho.

A Srta. Wynter lhe dirigiu um olhar significativo.

– Na frente das crianças, francamente... – murmurou ele, fingindo serie-dade, enquanto passava por ela, de modo que Frances não pudesse ouvir. – Onde está todo mundo? – perguntou Daniel, agora em voz alta, pegando um prato e indo direto para o bacon.

Tudo ficava melhor com bacon.

A vida era melhor com bacon.

– Elizabeth e Harriet vão descer logo – respondeu a Srta. Wynter. – Não sei sobre lady Pleinsworth e lady Sarah. O quarto delas não é aqui perto.

– Sarah morre de preguiça de levantar de manhã – comentou Frances, olhando de relance para a Srta. Wynter enquanto se servia de geleia.

Anne a encarou de volta e a menina parou na primeira colher, parecendo um pouco decepcionada quando se sentou.

– Sua tia também não costuma acordar cedo – disse a Srta. Wynter para Daniel, enquanto se servia.

Bacon, ovos, torrada, geleia, pastelão... Ela gostava muito do café da ma-nhã, percebeu ele.

Uma grande porção de manteiga, outra porção mais moderada de geleia de laranja, e então...

Não o peixe defumado, mentalizou ele.

Mas ela pegou. Pelo menos três vezes mais do que um ser humano nor-mal deveria consumir.

– Peixe defumado? – perguntou ele. – Há mesmo necessidade disso?

– Eu lhe disse que gostava.

Ou, mais precisamente, ele dissera a ela como o peixe servia bem como escudo contra um beijo.

– É praticamente o prato nacional da Ilha de Man – comentou ela, colo-cando no prato uma última fatia fina do peixe.

– Estudamos a Ilha de Man na aula de geografia – informou Frances, com desânimo. – As pessoas que moram lá são chamadas manesas. Há gatos da raça manesa. É a única coisa boa sobre o lugar. A palavra *manês*.

Daniel não conseguiu nem pensar em um comentário. Em vez disso, pigarreou e seguiu a Srta. Wynter de volta à mesa.

– Não é uma ilha muito grande – comentou ele. – Eu não teria imaginado que houvesse o que estudar a respeito do lugar.

– Pelo contrário – argumentou ela, sentando-se na diagonal de Frances. – A ilha é muito rica em história.

– E em peixe, ao que parece.

– Sim – admitiu a Srta. Wynter, pegando um pedaço de peixe com o garfo –, é a única coisa de que sinto falta do tempo que passei lá.

Daniel a encarou com curiosidade enquanto se acomodava ao lado dela, bem em frente a Frances. Era uma declaração muito estranha, vinda de uma mulher tão discreta em relação ao próprio passado.

Mas a menina interpretou o comentário de um modo completamente diferente. Com a torrada meio comida pendendo dos dedos, ela ficou paralisada, encarando a governanta com absoluto espanto.

– Então por que está *nos* fazendo estudar o lugar? – perguntou, por fim.

A Srta. Wynter olhou para ela com uma tranquilidade impressionante.

– Ora, eu dificilmente conseguiria preparar uma aula sobre a Ilha de Wight. – Ela se virou para Daniel. – Sinceramente, não sei nada sobre o lugar.

– Ela tem um argumento muito bom – disse ele a Frances. – Vai ser difícil a Srta. Wynter ensinar o que não sabe.

– Mas não tem a menor utilidade – protestou a menina. – Pelo menos a Ilha de Wight é perto. Podemos até um dia *ir* lá. A Ilha de Man é no meio do *nada*.

– No mar da Irlanda, na verdade – comentou Daniel.

– Nunca sabemos onde a vida pode nos levar – disse a Srta. Wynter, baixinho. – Posso lhe assegurar que, na sua idade, tinha absoluta certeza de que nunca colocaria os pés na Ilha de Man.

Havia uma solenidade na voz dela que prendia a atenção e nem Daniel nem Frances disseram uma palavra. Por fim, a Srta. Wynter deu de ombros de leve, tornou a se concentrar na comida e espetou outro pedaço de peixe com o garfo.

– Acho que eu nem teria conseguido localizar a Ilha de Man no mapa – comentou.

Houve outro momento de silêncio, dessa vez mais constrangido do que o anterior. Daniel decidiu que era hora de quebrá-lo e disse:

– Bem… – O que, como sempre, lhe deu tempo suficiente para pensar em algo minimamente mais inteligente para dizer. – Tenho balas de hortelã no meu escritório.

A Srta. Wynter se virou para ele com uma expressão confusa.

– O que disse?

– Ótimo! – comemorou Frances, a Ilha de Man completamente esquecida. – Adoro balas de hortelã.

– E a senhorita? – perguntou ele.

– Ela gosta também – adiantou-se Frances.

– Talvez possamos caminhar até o vilarejo para comprar algumas – sugeriu Daniel.

– Achei que você tivesse dito que havia aqui – Frances lembrou a ele.

– E há. – Ele olhou de relance para as fatias de peixe no prato da Srta. Wynter, as sobrancelhas se erguendo em alarme. – Mas tenho a impressão de que não o bastante.

– Por favor – disse a Srta. Wynter, pegando outro pedaço de peixe com o garfo e parando no meio do caminho. – Não por minha causa.

– Ah, acho que pode ser por causa de todos.

Frances encarou o primo, então Anne e novamente o primo, franzindo a testa.

– Não estou entendendo do que estão falando – afirmou, por fim.

Daniel deu um sorriso plácido para a Srta. Wynter, que optou por não responder.

– Vamos ter aula ao ar livre hoje – comentou Frances com Daniel. – Gostaria de nos acompanhar?

– Frances – intrometeu-se a Srta. Wynter, com rapidez –, estou certa de que lorde…

– Eu *adoraria* acompanhá-las – respondeu Daniel com grande elegância. – Estava mesmo pensando como o dia está maravilhoso. Tão ensolarado e quente…

– Não era ensolarado e quente na Itália? – perguntou Frances.

– Era, mas não é a mesma coisa.

Ele comeu um pedaço grande de bacon, que também não era tão saboroso na Itália. Todos os outros alimentos podiam ser melhores, mas não o bacon.

– Como assim? – disse Frances.

Ele pensou a respeito por um instante.

– A resposta mais óbvia seria que estava sempre quente demais para uma pessoa aproveitar.

– E a resposta menos óbvia? – perguntou a Srta. Wynter.

Ele sorriu, absurdamente feliz por ela ter desejado entrar na conversa.

– Temo que seja menos óbvio para mim também, mas se eu tivesse que colocar em palavras, diria que tem algo a ver com sentirmos que pertencemos a algum lugar. Ou não pertencermos, suponho.

Frances assentiu com uma expressão inteligente.

– Os dias podiam ser adoráveis – continuou Daniel. – Perfeitos, na realidade, mas nunca seriam o mesmo que um dia adorável na Inglaterra. Os cheiros eram diferentes, o ar era mais seco. A paisagem era linda, é claro, principalmente perto do mar, mas...

– Estamos perto do mar – interrompeu Frances. – Fica a uns... 15 quilômetros de Whipple Hill?

– Bem mais que isso – disse Daniel –, mas jamais se poderia comparar o canal da Mancha com o mar Tirreno. Um é verde-acinzentado e amplo e o outro é de um azul plácido.

– Adoraria ver um mar azul plácido – comentou a Srta. Wynter com um suspiro.

– É espetacular – admitiu ele. – Mas não é como um verdadeiro lar.

– Ah, mas imagine como seria divino estar no meio do mar e não se sentir horrivelmente nauseado – continuou ela.

Ele não pôde evitar uma risada.

– A senhorita enjoa muito no mar, então?

– Terrivelmente.

– Nunca sinto enjoo no mar – disse Frances.

– Você nunca esteve em alto-mar – lembrou a Srta. Wynter em um tom brincalhão.

– E por isso, nunca sinto enjoo no mar – retrucou Frances, triunfante. – Ou talvez eu devesse dizer que nunca *senti* enjoo no mar.

– Sem dúvida seria mais preciso.

– A senhorita é uma governanta e tanto – comentou Daniel, afetuosamente.

Mas o rosto dela assumiu uma expressão esquisita, como se ela não quisesse ser lembrada desse fato. Era uma clara dica para mudar de assunto, então Daniel disse:

– Já não me lembro como nossa conversa chegou ao mar Tirreno. Eu ia...

– Foi porque eu estava perguntando sobre a Itália – falou Frances, prestativa.

– ... ia dizer – continuou Daniel tranquilamente, já que sabia muito bem por que haviam chegado àquele assunto – que adoraria me juntar a vocês em sua aula *en plein air*.

– Isso significa ao ar livre – disse Frances à Srta. Wynter.

– Eu sei – murmurou ela.

– Eu sei que sabe – retrucou Frances. – Só queria me certificar de que soubesse que *eu* sei.

Elizabeth apareceu, então, e, enquanto Frances se certificava de que *a irmã* sabia o significado de *en plein air*, Daniel se virou para a Srta. Wynter e comentou:

– Espero não ser invasivo se acompanhá-las na aula de hoje à tarde.

Ele sabia muito bem que ela não poderia dizer nada além de "É claro que não" (que foi exatamente o que disse). Mas parecia uma frase tão boa quanto qualquer outra para começar uma conversa. Daniel esperou até ela terminar de comer os ovos e acrescentou:

– Eu ficaria feliz em ajudar de qualquer modo que puder.

Ela limpou a boca delicadamente com o guardanapo e disse:

– Estou certa de que as meninas achariam muito mais interessante se o senhor participasse das lições.

– E a senhorita? – perguntou ele, com um sorriso caloroso.

– Eu também acharia interessante – respondeu ela, com um toque de malícia.

– Então, será isso que farei – disse Daniel. Em seguida franziu a testa. – Não planeja fazer nenhuma dissecção hoje, não é mesmo?

– Fazemos apenas vivissecções em minhas aulas – falou ela, com a expressão absolutamente séria.

Ele riu, alto o bastante para que Elizabeth, Frances e Harriet, que também descera, se virassem em sua direção. Foi impressionante, porque as

122

três não se pareciam muito fisicamente, mas naquele momento, com a mesma expressão de curiosidade, pareciam idênticas.

– Lorde Winstead estava perguntando sobre nosso plano de aula de hoje – explicou a Srta. Wynter.

Houve um momento de silêncio. Então as meninas devem ter decidido que o assunto não era animador o bastante e voltaram a atenção para a comida.

– O que vamos estudar esta tarde? – quis saber Daniel.

– Esta tarde? – ecoou a Srta. Wynter. – Espero que todos estejam prontos para a aula às dez e meia da manhã.

– Essa manhã, então – consertou ele, devidamente repreendido.

– Primeiro geografia... – disse ela, e quando as três cabecinhas se voltaram revoltadas em sua direção, acrescentou: – Não a Ilha de Man. Depois, um pouco de aritmética, e por fim vamos nos concentrar em literatura.

– Minha matéria favorita! – comemorou Harriet, enquanto se sentava perto de Frances.

– Eu sei – retrucou a Srta. Wynter, sorrindo com indulgência para a menina. – É por isso que vamos guardar para o final. É o único modo de eu conseguir garantir sua atenção durante o dia inteiro.

Harriet sorriu, envergonhada, então se animou subitamente.

– Podemos ler uma das minhas histórias?

– Você sabe que estamos estudando as histórias de Shakespeare – disse a Srta. Wynter em um tom de desculpas –, e... – Ela parou de repente. De repente demais.

– E o quê? – perguntou Frances.

A Srta. Wynter olhou para Harriet, depois para Daniel e, bem no momento em que ele começou a se sentir como um cordeiro indo para o sacrifício, ela se virou para Harriet e perguntou:

– Você trouxe as suas peças?

– É claro. Não vou a lugar nenhum sem elas.

– Porque nunca se sabe quando pode aparecer a oportunidade de encenarem uma delas? – comentou Elizabeth, com certa maldade.

– Ora, isso também – retrucou Harriet, ignorando a implicância da irmã, ou (e Daniel achava que essa era a hipótese mais provável) simplesmente não se dando conta. – Mas meu grande medo – continuou – é de um incêndio.

Ele *sabia* que não deveria perguntar, mas não conseguiu se controlar.

– Incêndio?

– Em casa – afirmou a menina. – E se a Casa Pleinsworth pegar fogo até não sobrar nada enquanto estivermos aqui em Berkshire? O trabalho da minha vida estará perdido.

Elizabeth bufou.

– Se a Casa Pleinsworth queimar até não sobrar nada, eu lhe asseguro de que haverá preocupações muito maiores do que a perda de seus rabiscos.

– Já eu tenho medo de chuva de granizo – anunciou Frances. – E de gafanhotos.

– Já leu alguma peça da sua prima? – perguntou a Srta. Wynter a Daniel, em um tom inocente.

Ele balançou a cabeça.

– São muito semelhantes a esta conversa, na verdade – comentou ela, então, enquanto Daniel ainda absorvia *aquela* informação, Anne mudou de assunto e anunciou: – Boas notícias, meninas! Hoje, em vez de *Henrique VI Parte II*, estudaremos uma das peças de Harriet.

– *Estudaremos*? – perguntou Elizabeth, horrorizada.

– Leremos – corrigiu a Srta. Wynter, e em seguida virou-se para Harriet. – Pode escolher qual delas.

– Ah, meu Deus, isso vai ser difícil – retrucou Harriet, pousando o garfo e levando a mão ao peito.

– *Não* a do sapo – exigiu Frances. – Porque você sabe que eu terei que ser o sapo.

– Você faz um sapo ótimo – comentou a Srta. Wynter, solidária.

Daniel se manteve quieto, observando a conversa com interesse. E pavor.

– Mesmo assim – retrucou Frances, dando uma fungadinha.

– Não se preocupe, Frances – disse Harriet, dando um tapinha carinhoso na mão da irmã –, não vamos encenar *O pântano dos sapos*. Escrevi essa peça há anos. Meu trabalho mais recente é muito mais sutil.

– Até que ponto já avançou na peça que estava escrevendo sobre Henrique VIII? – perguntou a Srta. Wynter.

– Algum desejo de ver sua cabeça cortada? – murmurou Daniel. – Ela quer escalá-la para viver Ana Bolena, não quer?

– Não está pronta – retrucou Harriet. – Preciso revisar o primeiro ato.

– Eu disse a ela que precisa de um unicórnio – comentou Frances.

Daniel manteve o olhar nas primas, mas inclinou-se na direção da Srta. Wynter.

– Terei que fazer o papel de um unicórnio?

– Se tiver sorte.

Ele se virou para encará-la.

– O que *isso* signifi...

– Harriet! – chamou Anne. – *Temos* que escolher uma peça.

– Muito bem – disse Harriet, sentando excepcionalmente ereta na cadeira. – Acho que deveríamos encenar...

CAPÍTULO 10

— *A* *triste e estranha tragédia de lorde Finstead*???????

A reação de Daniel poderia ser resumida em duas palavras: *Oh* e *não*.

– O final é realmente muito auspicioso – garantiu Harriet a ele.

A expressão do conde, que ele tinha certeza de que era algo entre *estupefata* e *horrorizada*, se tornou também *desconfiada*.

– Existe a palavra *tragédia* no título.

Harriet franziu a testa.

– Talvez eu tenha que mudar isso.

– Não acho que vá funcionar muito bem como *A triste e estranha comédia* – intrometeu-se Frances.

– Não, não – refletiu Harriet. – Eu teria que retrabalhá-la completamente.

– Mas *Finstead* – insistiu Daniel. – Tem certeza?

Harriet olhou para ele.

– Acha que lembra demais o nome de um peixe?

Nesse momento a Srta. Wynter não conseguiu mais segurar o riso, e ele escapou em um jato de ovos e bacon.

– Ah! – exclamou ela, mas foi difícil sentir qualquer empatia por seu constrangimento. – Desculpem, ah, meu Deus, isso foi tão grosseiro... Mas...

Ela talvez pretendesse dizer mais alguma coisa. Daniel não pôde saber, já que o riso dominou-a de novo, impossibilitando qualquer discurso inteligível.

– Ainda bem que você está usando amarelo – disse Elizabeth a Frances.

Frances olhou para o vestido, deu de ombros, então limpou-o ligeiramente com o guardanapo.

– É uma pena que o tecido não tenha raminhos de flores vermelhas – acrescentou Elizabeth. – Para fazer as vezes de bacon, você sabe.

Ela se virou para Daniel, como se esperasse algum tipo de confirmação, mas ele não queria fazer parte de nenhuma conversa que incluísse a origem de bacon parcialmente digerido, por isso virou-se para a Srta. Wynter e disse:

– Ajude-me. Por favor.

Ela assentiu com certo embaraço (mas nem perto do embaraço que deveria demonstrar) e se virou para Harriet.

– Acho que lorde Winstead está se referindo às rimas possíveis com o título.

Harriet piscou algumas vezes, confusa.

– Ah, pelo amor de Deus – impacientou-se Elizabeth. – *Finstead... Winstead...*

O arquejo de Harriet quase sugou todo o ar do cômodo.

– Ah! Eu não havia percebido! – exclamou ela.

– Obviamente – comentou a irmã com uma voz arrastada.

– Eu devia estar pensando em você quando escrevi a peça – disse Harriet para Daniel.

Pela expressão dela, ele percebeu que deveria se sentir lisonjeado, por isso tentou sorrir.

– O senhor estava sempre nos pensamentos delas – comentou a Srta. Wynter.

– Vamos precisar trocar o nome – afirmou Harriet com um suspiro exausto. – Vai dar um trabalho enorme. Terei que copiar novamente toda a peça. Lorde Finstead está em quase todas as cenas, sabe? – Ela se virou para Daniel. – Ele é o protagonista.

– Já havia imaginado – retrucou ele com certo sarcasmo.

– Terá que fazer o papel dele.

Daniel se virou para a Srta. Wynter.

– Não há como escapar disso, há?

Ela parecia estar se divertindo terrivelmente, a traidorazinha.

– Temo que não.

– Há um unicórnio na peça? – perguntou Frances. – Eu faço um excelente unicórnio.

– Acho que *eu* preferia ser o unicórnio – falou Daniel em um tom melancólico.

– Bobagem! – exclamou a Srta. Wynter em um tom animado. – O senhor tem que interpretar o nosso herói.

Ao que Frances naturalmente retrucou:

– Unicórnios podem ser heróis.

– Vamos parar de falar de unicórnios! – implorou Elizabeth.

Frances segurou a língua.

– Harriet – chamou a Srta. Wynter. – Como lorde Winstead ainda não leu a sua peça, talvez você possa contar a ele sobre o personagem que vai interpretar.

A menina virou-se ofegante de animação para o primo.

– Ah, você vai adorar ser lorde Finstead. Ele já foi muito belo.

Daniel pigarreou.

– Já foi?

– Houve um incêndio – explicou Harriet, terminando com um suspiro triste que Daniel presumiu ser normalmente reservado para vítimas de incêndios de verdade.

– Espere um momento – disse ele, virando-se para a Srta. Wynter com um alarme crescente. – O incêndio não ocorre no palco, não é?

– Ah, não – respondeu Harriet antes que Anne tivesse chance de falar. – Lorde Finstead já está gravemente desfigurado quando a peça começa. – Então, em um arrojo de prudência que foi ao mesmo tempo tranquilizador e surpreendente, acrescentou: – Seria perigoso demais criar um incêndio no palco.

– Bem, isso é...

– Além do mais – interrompeu Harriet –, isso dificilmente seria necessário para ajudá-lo com seu personagem. Você já está... – Ela indicou o próprio rosto com a mão, traçando um círculo.

Daniel não tinha ideia do que a prima estava fazendo.

– Seus machucados – disse Frances em um sussurro bem alto.

– Ah, sim – respondeu Daniel. – Sim, é claro. Infelizmente, sei mesmo um pouco sobre rostos desfigurados no momento.

– Pelo menos não vai precisar de maquiagem – comentou Elizabeth.

Daniel estava agradecendo a Deus pelas pequenas bênçãos, mas então Harriet disse:

– Bem, a não ser pela verruga.

A gratidão de Daniel desapareceu de imediato.

– Harriet – falou à prima, olhando-a nos olhos como faria com um adulto –, preciso lhe dizer que nunca tive qualquer talento dramático.

128

A menina descartou o comentário com um aceno da mão, como faria para espantar um mosquito.

– É isso que é tão maravilhoso em minhas peças. Qualquer um pode se divertir.

– Não sei – disse Frances. – Não gostei de fazer aquele sapo. Minhas pernas ficaram doendo no dia seguinte.

– Talvez *devêssemos* escolher *O pântano dos sapos* – comentou a Srta. Wynter em um tom inocente. – Aquele tom específico de verde é a última moda no guarda-roupa masculino este ano. Sem dúvida lorde Winstead deve ter algo dessa cor em seu guarda-roupa.

– *Não* vou interpretar um sapo. – Os olhos dele se estreitaram maldosamente. – A menos que a senhorita faça o mesmo.

– Há apenas um sapo na peça – esclareceu Harriet em um tom despreocupado.

– Mas o título não é *O pântano dos sapos*? – perguntou ele, embora devesse ter evitado. – No plural?

Santo Deus, toda aquela conversa o estava deixando zonzo.

– Essa é a ironia – explicou a menina, e Daniel conseguiu se conter antes de perguntar o que ela queria dizer com aquilo, porque não preenchia nenhum requisito de ironia que ele conhecesse.

O cérebro dele doía.

– Acho que seria melhor se o primo Daniel lesse a peça por si mesmo – sugeriu Harriet, e o encarou. – Vou pegá-la logo depois do café da manhã. Você pode ler enquanto assistimos às nossas aulas de geografia e aritmética.

Ele tinha a sensação de que teria preferido estudar geografia e aritmética. E nem sequer *gostava* de geografia. *Ou* de aritmética.

– Terei que pensar em um novo nome para lorde Finstead – continuou Harriet. – Se não, todos vão presumir que é mesmo você, Daniel. O que, é claro, não é verdade. A menos que...

Ela se interrompeu, muito possivelmente para garantir um efeito dramático.

– A menos que o quê? – perguntou ele, embora estivesse quase certo de que não queria ouvir a resposta.

– Bem, você nunca cavalgou um garanhão de costas, não é mesmo?

Ele abriu a boca, mas não saiu nem um som. Sem dúvida ele seria perdoado por isso, porque, sinceramente... Um garanhão? De costas?

– Daniel? – instou-o Elizabeth.

– Não – conseguiu enfim dizer ele. – Nunca.

Harriet balançou a cabeça, lamentando.

– Não achei mesmo que teria cavalgado.

E Daniel teve a sensação de não estar à altura, de certa forma. O que era ridículo. E incômodo.

– Tenho certeza de que não há um só homem neste mundo que consiga montar um garanhão de costas – disse ele.

– Bem, acho que isso depende – comentou a Srta. Wynter.

Daniel não podia acreditar que ela estava encorajando aquilo.

– Não consigo imaginar do quê.

Ela girou uma das mãos no ar, até a palma estar virada para cima, como se esperasse que uma resposta caísse do céu.

– O homem está sentado de costas no cavalo ou é o cavalo que está andando de costas?

– As duas coisas – retrucou Harriet.

– Bem, então não acho que seja possível – retrucou a Srta. Wynter, e Daniel quase achou que ela estava levando a conversa a sério.

No último momento, ela se virou e ele viu os cantos de sua boca rígidos na tentativa de não rir. A malvada estava zombando dele.

Ah, mas ela tinha escolhido o oponente errado. Ele era um homem com cinco irmãs. A Srta. Wynter não tinha chance.

Daniel virou-se para Harriet.

– Que papel a Srta. Wynter vai interpretar? – perguntou.

– Ah, não representarei nenhum papel – interveio Anne. – Nunca represento.

– E por quê?

– Eu supervisiono.

– Eu posso supervisionar – ofereceu-se Frances.

– Ah, não, você não pode – disse Elizabeth, com a velocidade e a veemência de uma verdadeira irmã mais velha.

– Se alguém vai supervisionar, deve ser eu – afirmou Harriet. – Eu escrevi a peça.

Daniel descansou o cotovelo sobre a mesa, apoiou o queixo na mão e examinou a Srta. Wynter de um modo cuidadosamente estudado por tempo o bastante para fazê-la se inquietar, nervosa, no assento. Por fim, incapaz de suportar o olhar dele por nem mais um segundo, ela falou:

130

– O que é?

– Ah, nada, nada – disse Daniel, suspirando. – Estava só pensando que a senhorita não parecia uma covarde.

As três meninas Pleinsworths arquejaram de forma idêntica e arregalaram os olhos, indo de Daniel para a Srta. Wynter e voltando, como se estivessem acompanhando uma partida de tênis.

O que, de certa forma, era o que estava acontecendo. E com certeza era a vez da Srta. Wynter de sacar.

– Não é covardia – retrucou ela. – Lady Pleinsworth me contratou para guiar essas três meninas até a idade adulta, de modo que sejam capazes de se juntar à companhia de mulheres educadas. – E enquanto Daniel tentava acompanhar aquele raciocínio incoerente, Anne acrescentou: – Estou apenas fazendo o trabalho para o qual fui contratada.

As três meninas demoraram o olhar por mais um instante na Srta. Wynter, então se voltaram para Daniel.

– Um nobre empreendimento, sem dúvida – disse ele –, mas com certeza o aprendizado das meninas só ganhará ao observarem seu ótimo exemplo.

E os olhos delas estavam de novo grudados na Srta. Wynter.

– Ah – disse ela, e Daniel teve certeza de que estava tentando ganhar tempo –, mas em meus muitos anos como governanta, aprendi que meus talentos não residem em atividades teatrais. Não gostaria de poluir a cabecinha delas com um talento tão deplorável quanto o meu.

– Seus talentos dramáticos dificilmente podem ser piores do que os meus.

A Srta. Wynter estreitou os olhos.

– Isso talvez seja verdade, mas o senhor não é a governanta delas.

Foi a vez dele de estreitar os olhos.

– Isso com certeza é verdade, mas nem um pouco relevante.

– *Au contraire* – disse ela, com um prazer óbvio. – Como primo delas, não é esperado que o senhor seja um exemplo de comportamento feminino.

Daniel se inclinou para a frente.

– Está se divertindo, não está?

Ela sorriu. Talvez um pouco.

– Muito.

– Acho que isso talvez seja melhor do que a peça de Harriet – comentou Frances, os olhos seguindo junto com os das irmãs de volta para Daniel.

– Estou anotando tudo – garantiu Harriet.

Daniel olhou para a prima. Não conseguiu evitar. Tinha certeza de que o único objeto que Harriet estava segurando era um garfo.

– Bem, estou guardando tudo de memória, para escrever em uma oportunidade futura – corrigiu ela.

Daniel virou-se mais uma vez para a Srta. Wynter. Ela parecia tão terrivelmente correta, sentada na cadeira em sua postura perfeita. Os cabelos escuros estavam presos para trás no coque obrigatório, todas as mechas firmes no lugar. Não havia nada nela que fosse nem de longe fora do comum, e ainda assim...

Ela era radiante.

Aos olhos dele, pelo menos. Provavelmente aos olhos de todos os homens da Inglaterra. Se Harriet, Elizabeth e Frances não conseguiam ver isso era por serem, ora, mulheres. E como ainda eram muito meninas, não a viam como rival. Intocadas pela inveja ou pelo preconceito, elas enxergavam a governanta do modo como Daniel achava que ela queria ser vista – como uma pessoa leal, inteligente, com uma personalidade firme e sagaz.

E bonita, é claro. Era estranho, e Daniel não sabia como lhe surgira a ideia, mas ele tinha a sensação de que a Srta. Wynter gostava de ser linda na mesma medida em que odiava.

E Daniel a achava ainda mais fascinante por isso.

– Diga-me, Srta. Wynter – falou ele, finalmente, escolhendo as palavras com lentidão deliberada –, já *tentou* atuar em uma das peças de Harriet?

Ela cerrou os lábios. Fora encurralada com uma pergunta de resposta sim ou não, e não estava satisfeita com isso.

– Não – retrucou.

– Não acha que está na hora?

– Na verdade, não.

Ele manteve os olhos fixos nos dela.

– Se eu participar da peça, a senhorita também participará.

– Seria muito útil – garantiu Harriet. – Há vinte personagens, Srta. Wynter, e sem a senhorita, cada uma de nós teria que fazer cinco papéis.

– Se a senhorita também participar – acrescentou Frances –, só teríamos que fazer quatro personagens cada.

– O que – concluiu Elizabeth, triunfante – é uma redução de vinte por cento!

Daniel ainda estava com o queixo pousado na mão, e inclinou a cabeça muito ligeiramente para o lado, para dar a impressão de uma admiração crescente.

– Nenhum elogio para a excelente aplicação dos talentos delas em aritmética, Srta. Wynter?

Ela olhou ao redor, pronta para entrar em combustão espontânea – não que Daniel pudesse culpá-la, já que todas estavam conspirando contra ela. Mas a governanta dentro dela foi incapaz de resistir e comentou:

– Eu disse a vocês que ainda achariam útil saber somar e multiplicar de cabeça.

Os olhos de Harriet brilharam de empolgação.

– Então isso significa que a senhorita vai se juntar a nós?

Daniel não sabia como ela reagiria a essa interpretação, mas não deixaria a oportunidade passar, por isso demonstrou seu apoio imediatamente:

– Muito bem, Srta. Wynter. Todos devemos nos aventurar fora de nossa zona de conforto uma vez ou outra. Estou muito orgulhoso da senhorita.

O olhar que ela lhe dirigiu dizia claramente: *Vou arrancar suas tripas, seu desgraçado pomposo.* Mas é claro que ela jamais diria uma coisa dessas na frente das crianças, o que significava que Daniel poderia observar feliz enquanto ela fervia de raiva.

Xeque-mate!

– Srta. Wynter, acho que deveria ser a rainha má – sugeriu Harriet.

– Há uma rainha má? – perguntou Daniel, obviamente encantado.

– É claro que há – retrucou Harriet. – Toda boa peça tem uma rainha má.

Frances chegou a erguer a mão.

– E um unic…

– Não diga isso – grunhiu Elizabeth.

Frances ficou vesga, colocou a faca diante da testa, imitando um chifre, e relinchou.

– Está combinado, então – disse Harriet, decidida. – Daniel será lorde Finstead – ela levantou a mão, detendo qualquer comentário –, que não será lorde Finstead, terá algum outro nome em que pensarei mais tarde. A Srta. Wynter será a rainha má, Elizabeth será… – A menina estreitou os olhos e encarou a irmã, que sustentou seu olhar com enorme desconfiança. – Elizabeth será a linda princesa – anunciou finalmente, para grande deleite da irmã.

– E quanto a mim? – perguntou Frances.

– O açougueiro – respondeu Harriet sem um segundo de hesitação.

Frances imediatamente abriu a boca para protestar.

– Não, não – interrompeu Harriet. – É o melhor papel, eu juro. Você consegue interpretar tudo.

– A não ser um unicórnio – murmurou Daniel.

Frances inclinou a cabeça para o lado com uma expressão resignada.

– Na próxima peça – cedeu Harriet, finalmente. – Vou encontrar um modo de incluir um unicórnio na peça em que estou trabalhando no momento.

Frances ergueu os dois punhos no ar.

– Viva!

– Mas só se você parar de falar sobre unicórnios agora.

– Eu apoio – disse Elizabeth para ninguém em particular.

– Muito bem – concordou Frances. – Chega de unicórnios. Pelo menos não onde vocês possam me ouvir.

Harriet e Elizabeth pareciam prestes a reclamar disso, mas a Srta. Wynter intercedeu e disse:

– Acho mais do que justo. Vocês não podem impedi-la totalmente de falar sobre eles.

– Então está combinado – disse Harriet. – Mais tarde precisaremos decidir os papéis secundários.

– E quanto a você? – quis saber Elizabeth.

– Ah, eu vou ser a deusa do sol e da lua.

– Essa história fica cada vez mais estranha – comentou Daniel.

– Espere só até o sétimo ato – disse a Srta. Wynter a ele.

– Sétimo? – Daniel levantou rapidamente a cabeça. – A peça tem sete atos?

– Doze – corrigiu Harriet. – Mas não se preocupe, você só aparecerá em onze deles. Agora, Srta. Wynter, quando propõe que comecemos os ensaios? Há uma clareira perto do coreto que seria o lugar ideal.

A Srta. Wynter se virou para Daniel esperando sua autorização. Ele apenas deu de ombros.

– Harriet é a dramaturga.

Ela assentiu e se voltou para as meninas.

– Eu ia dizer que poderíamos começar depois das outras aulas, mas como são doze atos para ensaiar, lhes darei um dia de folga de geografia e aritmética.

As meninas aplaudiram entusiasmadas e até mesmo Daniel se deixou contagiar pela alegria geral.

– Bem, não é todo dia que se consegue ser estranho *e* triste – comentou ele com a Srta. Wynter.

– Ou má.

Ele riu.

– Ou má. – Então algo lhe ocorreu. Um pensamento triste e estranho. – Eu não morro no fim, não é?

Ela balançou a cabeça.

– Devo dizer que isso é um alívio. Sou péssimo interpretando cadáveres.

A Srta. Wynter riu, ou melhor, manteve os lábios firmemente cerrados enquanto tentava não rir. As meninas não paravam de tagarelar enquanto acabavam de tomar o café da manhã, e logo saíram em disparada da sala. Restaram apenas ele e a Srta. Wynter, sentada a seu lado, os dois com o prato à frente, o sol quente entrando pelas janelas.

– Estou me perguntando se devemos ser atrevidos também – disse Daniel.

O garfo dela caiu sobre o prato.

– O que disse?

– Triste, estranho e mau são boas características, mas eu gostaria de ser atrevido. A senhorita não?

Anne entreabriu os lábios e ele ouviu o ar escapando em um arquejo baixo. O som fez a pele de Daniel se arrepiar, e o levou a querer beijá-la.

Mas tudo parecia levá-lo a querer beijá-la. Daniel se sentia como um adolescente de novo, sempre excitado – só que, no momento, o objeto do seu desejo era mais específico. Na época da universidade, ele flertara com todas as mulheres que conhecera, roubando beijos ou, melhor dizendo, aceitando-os quando eram livremente oferecidos.

Agora era diferente. Não queria uma mulher. Queria *aquela* mulher. E achou que se tivesse que passar a tarde sendo estranho, triste e desfigurado só para estar na companhia dela, valeria muito a pena.

Então Daniel se lembrou da verruga.

Ele se virou para a Srta. Wynter e disse com firmeza:

– Não vou colocar uma verruga.

Francamente, um homem precisava estabelecer limites em algum momento.

CAPÍTULO 11

Seis horas mais tarde, enquanto Anne ajustava a faixa negra que supostamente indicaria que ela era a rainha má, teve que admitir que não conseguia se lembrar de uma tarde mais agradável.

Absurda, sim. Sem nenhum valor acadêmico, com certeza. Mas, ainda assim, completa e absolutamente deliciosa.

Ela se divertira.

Não conseguia se lembrar da última vez que isso acontecera.

Eles passaram o dia todo ensaiando (não que planejassem realmente apresentar *A triste e estranha tragédia do lorde que não era Finstead* diante de uma plateia), e Anne não conseguiria nem começar a contar o número de vezes que tivera que parar, o corpo todo curvado de tanto rir.

– Tu jamais ferirás minha filha! – exclamou em uma voz impostada, acenando com um graveto no ar.

Elizabeth se abaixou.

– Ah! – Anne se encolheu. – Sinto muito. Você está bem?

– Estou ótima – garantiu Elizabeth. – Eu...

– Srta. Wynter, está saindo de novo do personagem! – repreendeu Harriet.

– Eu quase acertei Elizabeth – explicou Anne.

– Não importa.

Elizabeth bufou, indignada.

– *Eu* me importo.

– Talvez a senhorita não devesse usar um graveto – comentou Frances.

Harriet lançou um olhar de desdém para a irmã antes de se virar para o resto do grupo.

– Podemos retornar ao roteiro? – disse ela em uma voz tão empertigada que resvalou rapidamente no sarcasmo.

– É claro – disse Anne, olhando para o roteiro. – Onde estamos? Ah, sim, não ferir minha filha e tudo mais.

– *Srta. Wynter.*

– Ah, não, eu não estava dizendo a fala. Estava só tentando encontrá-la. – Ela pigarreou e acenou com o graveto no ar, a uma boa distância de Elizabeth. – Tu jamais ferirás minha filha!

Anne jamais saberia como conseguiu dizer isso sem rir.

– Não quero feri-la – disse lorde Winstead, em um tom dramático o bastante para fazer uma plateia do teatro Drury Lane chorar. – Quero me casar com ela.

– Nunca.

– Não, não, não, Srta. Wynter! – exclamou Harriet. – A senhorita não está parecendo nada aborrecida.

– Ora, não estou mesmo – admitiu Anne. – A filha é um tanto tola. Acho que a rainha má ficaria feliz por se ver livre dela.

Harriet deixou escapar um suspiro muito sofrido.

– Seja como for, a *rainha* má não acha a filha uma tola.

– Eu a acho tola – declarou Elizabeth.

– Mas você é a filha – apontou Harriet.

– Eu sei! Passei o dia lendo as falas dela. A moça é uma idiota.

Enquanto as duas discutiam, lorde Winstead se aproximou mais de Anne e disse:

– Sinceramente, sinto-me como um velho lascivo, tentando me casar com Elizabeth.

Ela riu.

– Acho que a senhorita não consideraria a hipótese de trocar de papéis.

– Com o senhor?

Ele fez uma careta.

– Com Elizabeth.

– Depois de o senhor ter dito que eu daria uma rainha má perfeita? Acho que não.

Ele se inclinou um pouco mais para perto.

– Não quero discutir por bobagens, mas acho que disse que a senhorita faria *perfeitamente* uma rainha má.

– Ah, sim. Isso é muito melhor. – Ela franziu a testa. – Viu Frances?

Ele inclinou a cabeça para a direita.

– Acho que ela está fuçando os arbustos.

Anne seguiu o olhar dele, inquieta.

– Fuçando?

– Ela me disse que estava treinando para a próxima peça.

Anne o encarou sem entender.

– Para quando conseguir ser um unicórnio.

– Ah, é claro. – Ela riu. – Ela é bastante tenaz, nossa Frances.

Lorde Winstead sorriu e Anne sentiu um frio na barriga. Ele tinha um sorriso tão encantador... Travesso e malicioso, mas com... Anne não tinha ideia de como descrever, a não ser dizendo que ele era um bom homem, um homem honrado que sabia discernir o certo do errado, e não importava quão travessos seus sorrisos fossem...

Ela sabia que ele não a magoaria.

Mesmo que o próprio pai dela não tivesse se provado tão confiável.

– A senhorita ficou muito séria de repente – comentou lorde Winstead.

Anne piscou várias vezes para sair do devaneio.

– Ah, não é nada – disse rapidamente, esperando não estar ruborizada.

Às vezes precisava lembrar a si mesma de que ele não tinha a capacidade de ler seus pensamentos. Ela olhou para Harriet e Elizabeth, que ainda discutiam, embora agora houvessem abandonado o assunto da inteligência (ou da ausência dela) da linda princesa e começado a falar de...

Santo Deus, elas estavam discutindo sobre javalis?

– Acho melhor fazermos um intervalo – sugeriu Anne.

– Vou lhe dizer uma coisa – falou lorde Winstead. – Eu *não* vou interpretar o javali.

– Acho que não precisa se preocupar com essa possibilidade – tranquilizou-o Anne. – Frances certamente agarrará esse papel com unhas e dentes.

O conde a encarou, ela devolveu o olhar e os dois caíram na gargalhada. Riram tanto que Harriet e Elizabeth até pararam de discutir.

– O que é tão engraçado? – perguntou Harriet.

Logo em seguida, Elizabeth acrescentou, extremamente desconfiada:

– Estão rindo de mim?

– Estamos rindo de todo mundo – esclareceu lorde Winstead, secando as lágrimas de riso. – Até de nós mesmos.

– Estou faminta – anunciou Frances, emergindo dos arbustos.

Havia algumas folhas presas ao vestido dela e um pequeno graveto projetando-se da lateral de sua cabeça. Anne não achava que aquilo servisse

138

como um chifre de unicórnio, mas, de qualquer modo, o efeito era absolutamente encantador.

– Também estou faminta – disse Harriet, com um suspiro.

– Por que uma de vocês não corre até a casa e pede uma cesta de piquenique na cozinha? – sugeriu Anne. – Todos estamos precisando de um pouco de sustância.

– Eu irei – ofereceu-se Frances.

– Irei com você – disse Harriet. – Minhas melhores ideias surgem quando estou caminhando.

Elizabeth olhou para as irmãs, então para os adultos.

– Bem, não vou ficar aqui sozinha – disse.

Ao que parecia, os adultos não contavam como uma companhia adequada. Assim, as três meninas seguiram em direção à casa, a princípio num passo rápido, então muito rápido, até se transformar em uma corrida.

Anne observou-as sumirem depois de uma elevação. Ela provavelmente não deveria estar ali sozinha com lorde Winstead, mas era difícil apresentar qualquer objeção. Estavam no meio do dia, ao ar livre e, além disso, ela se divertira tanto naquela tarde que achava que não conseguiria fazer qualquer objeção a nada naquele momento.

Anne estava sorrindo, e queria continuar com aquele sorriso no rosto.

– Acho que a senhorita poderia remover a faixa – sugeriu lorde Winstead. – Ninguém precisa ser mau o tempo todo.

Anne riu e deslizou os dedos pela fita negra.

– Não sei… Acho que estou até gostando de ser má.

– E com razão. Devo confessar que sinto bastante inveja de suas maldades. O pobre lorde Finstead, ou seja qual for o nome que ele venha a ter, poderia ser um pouco mais malévolo. Ele é um camarada bastante sem sorte.

– Ah, mas ele fica com a princesa no final – lembrou Anne –, e a rainha má terá que passar o resto da vida em um sótão.

– O que levanta uma questão – disse ele, virando-se na direção dela com a testa franzida. – Por que a história de lorde Finstead é triste? A parte do estranho está muito clara, mas se a rainha má termina em um sótão…

– No sótão *dele* – interrompeu Anne.

– Ah. – Ele parecia estar tentando não rir. – Ora, isso muda tudo.

Então eles não conseguiram mais se controlar e começaram a rir. Juntos. De novo.

– Nossa, também estou com fome – comentou Anne, depois que sua crise de riso passou. – Espero que as meninas não demorem.

Então ela sentiu lorde Winstead pegar sua mão.

– Espero que demorem bastante – murmurou ele.

O conde puxou-a para junto de si, e Anne deixou, feliz demais no momento para se lembrar de todos os motivos pelos quais ele certamente partiria seu coração.

– Eu lhe disse que a beijaria de novo – sussurrou ele.

– O senhor me disse que tentaria.

Os lábios dele tocaram os dela.

– Eu sabia que teria sucesso.

Ele a beijou de novo, e Anne o afastou, mas só alguns centímetros.

– O senhor é muito seguro de si.

– Aham...

Os lábios de lorde Winstead encontraram os cantos da boca de Anne, então deslizaram suavemente pela pele dela até que a jovem não conseguiu mais se conter e inclinou a cabeça para trás, para lhe dar acesso ao seu pescoço.

A peliça dela escorregou, expondo mais um pedaço da pele de Anne ao ar frio da tarde, e ele a beijou ao longo do decote do vestido, antes de voltar a capturar sua boca.

– Santo Deus, eu a quero tanto – disse ele, a voz muito rouca.

O conde a abraçou com mais força, com as mãos encaixadas no traseiro dela, puxando-a para si... até ela ser dominada por uma urgência desesperada de passar as pernas ao redor dele. Era o que ele queria e, que Deus a ajudasse, era o que Anne também queria.

Ela deu graças aos céus pela saia que usava, que provavelmente era a única coisa que a impedia de se comportar com a mais absoluta falta de decoro. Mas ainda assim, quando o conde enfiou uma das mãos em seu decote, ela não recuou. E quando a palma da mão dele roçou gentilmente o mamilo dela, tudo o que Anne fez foi gemer.

Aquilo precisava parar. Só que não naquele instante.

– Sonhei com a senhorita ontem à noite – sussurrou ele junto à pele dela. – Quer saber como foi?

Ela balançou a cabeça, embora quisesse, sim, desesperadamente. Mas conhecia seus limites. Não poderia ir mais além naquele caminho. Se ouvisse os sonhos dele, se ouvisse as palavras saírem de seus lábios como uma chuva morna e suave sobre ela, iria desejar tudo o que ele dissesse.

E doía demais querer algo que jamais poderia ter.

– Com o que a senhorita sonha? – perguntou ele.

– Não sonho – retrucou Anne.

Ele ficou imóvel, então se afastou para encará-la. Os olhos dele – daquele fantástico azul cintilante – estavam cheios de curiosidade. E talvez um toque de tristeza.

– Não sonho – repetiu ela. – Há anos.

Anne deu de ombros. Era uma coisa muito normal para ela agora, e até aquele momento nunca lhe ocorrera como poderia soar estranho para os outros.

– Mas sonhava quando era criança?

Ela assentiu. Não pensara realmente naquilo antes, ou talvez apenas nunca tivesse querido pensar. Mas se sonhara desde que deixara Northumberland, oito anos antes, não se lembrava. Toda manhã, antes de abrir os olhos, não havia nada além do negro da noite. Um espaço absolutamente vazio, preenchido com o mais absoluto nada. Nenhuma esperança. Nenhum sonho.

Mas também não havia pesadelos.

Parecia um pequeno preço a pagar por isso. Anne passava várias de suas horas despertas preocupando-se com George Chervil e com sua busca insana por vingança.

– Não acha isso estranho? – perguntou o conde.

– O fato de não sonhar?

Anne tinha entendido o que ele queria dizer, mas por alguma razão precisava declarar o fato em voz alta.

Lorde Winstead assentiu.

– Não – afirmou ela.

Sua voz saiu inexpressiva, mas firme. Talvez fosse estranho, mas também era seguro.

Daniel não disse nada, mas seus olhos buscaram os dela com uma intensidade penetrante até Anne ter que desviar o olhar. Ele estava vendo de mais dela. Em menos de uma semana aquele homem descobrira mais sobre Anne do que ela revelara a qualquer pessoa nos últimos oito anos. Era inquietante.

141

E perigoso.

Anne se afastou do abraço dele com relutância, mantendo-se a uma distância mínima em que o conde não conseguisse alcançá-la. Então, abaixou-se para pegar a peliça que continuava caída sobre a relva e, ainda em silêncio, voltou a colocá-la ao redor dos ombros.

– As meninas logo estarão de volta – disse, por fim, embora soubesse que aquilo não era verdade.

Elas não retornariam antes de pelo menos quinze minutos, provavelmente mais.

– Vamos dar um passeio, então – sugeriu ele, oferecendo o braço a ela.

Anne o encarou com desconfiança.

– Nem tudo o que eu faço tem uma intenção lasciva – disse ele com uma risada. – Pensei em lhe mostrar um dos meus lugares favoritos aqui em Whipple Hill. – Quando Anne pousou a mão sobre o braço dele, o conde acrescentou: – Estamos a apenas uns 400 metros do lago.

– O lago tem peixes? – perguntou ela.

Não conseguia se lembrar da última vez que pescara, mas, ah... como gostava de fazer isso quando criança. Ela e Charlotte haviam sido a cruz da mãe delas, que queria que as duas se dedicassem a atividades mais femininas – o que acabaram fazendo em algum momento. Mas mesmo depois de Anne se tornar obcecada com babados e vestidos e de computar cada vez que um cavalheiro qualificado olhava para uma jovem dama também qualificada... Ela continuara adorando pescar. Gostava até de eviscerar e limpar os peixes. E, é claro, de comer. Não se pode subestimar a satisfação de caçar a própria comida.

– Deve ter – respondeu lorde Winstead. – Sempre teve antes de eu partir, e não acho que meu capataz teria tido motivos para tirá-los de lá. – Os olhos dela deviam estar brilhando de prazer, pois ele sorriu com indulgência e perguntou: – Gosta de pescar, então?

– Ah, muito – disse Anne com um suspiro. – Quando eu era criança...

Mas ela não terminou a frase. Esquecera que não falava da própria infância.

No entanto, se o conde ficou curioso – e provavelmente ficara –, não demonstrou. Quando desciam a suave inclinação na direção de um conjunto de árvores, ele disse apenas:

– Eu também adorava pescar na infância. Vinha aqui o tempo todo com

Marcus... lorde Chatteris – acrescentou ele, já que, é claro, ela não conhecia o conde pelo primeiro nome.

Anne olhou para o cenário ao redor. Era um glorioso dia de primavera, e parecia haver uma centena de tons de verde ondulando ao longo das folhas e da relva. O mundo parecia totalmente novo e enganadoramente cheio de esperança.

– Lorde Chatteris o visitava com frequência quando criança? – perguntou ela, ansiosa para manter a conversa em assuntos neutros.

– Bastante – retrucou lorde Winstead. – Ou pelo menos em todas as férias escolares. Desde que tínhamos 13 anos, não me lembro de uma só vez em que tenha vindo para casa sem ele.

Eles caminharam um pouco mais, então ele levantou a mão para arrancar uma folha baixa. Depois ele ficou olhando para a folha, franziu a testa e, finalmente, jogou-a para o alto em um movimento rápido. A folha saiu espiralando pelo ar, e algo naquela flutuação deve ter sido fascinante, porque tanto Anne quanto o conde pararam de caminhar para observá-la pousar na relva.

Então, como se o momento nunca houvesse acontecido, lorde Winstead retomou tranquilamente a conversa de onde havia parado.

– Marcus não tem família. Não tem irmãos nem irmãs, e a mãe dele morreu quando ainda era muito jovem.

– E o pai?

– Ah, Marcus quase nunca falava com ele – respondeu lorde Winstead.

Mas ele disse isso com tanta naturalidade que era como se não houvesse nada peculiar no fato de um pai e um filho não se falarem. Não era do feitio do conde, pensou Anne. Não a indiferença exatamente, mas... Bem, ela não sabia por quê, mas a verdade é que ficara surpresa. E então Anne também ficou surpresa por conhecê-lo bem o bastante para perceber uma coisa dessas.

Surpresa e talvez um pouco alarmada, porque *não deveria* conhecê-lo tão bem. Não cabia a ela, e uma ligação daquele tipo só poderia levar a um coração partido. Anne sabia disso, e ele deveria saber também.

– Eles não se davam bem? – perguntou, ainda curiosa sobre lorde Chatteris.

Só estivera com o conde uma vez, muito brevemente, mas eles pareciam ter algo em comum.

Lorde Winstead balançou a cabeça.

143

– Não é isso. Acho que o antigo lorde Chatteris simplesmente não tinha nada a dizer.

– Ao próprio filho?

Ele deu de ombros.

– Na verdade, não é tão incomum. Metade dos meus colegas de escola provavelmente não saberia me dizer a cor dos olhos dos pais.

– Azuis – sussurrou Anne, tomada de repente por uma enorme saudade de casa. – E verdes.

Os olhos de suas irmãs também eram azuis e verdes, mas ela recuperou a compostura antes de deixar escapar mais essa informação.

Lorde Winstead inclinou a cabeça na direção dela, mas não fez nenhuma pergunta, e Anne ficou profundamente grata por isso.

– Meu pai tinha os olhos da mesma cor que os meus – disse ele, apenas.

– E sua mãe?

Anne conhecera a mãe dele, mas não tivera motivo para se deter nos olhos dela a ponto de lembrar a cor. E queria manter a conversa concentrada em lorde Winstead. Tudo era mais fácil dessa forma.

Sem falar que era um assunto no qual Anne parecia ter grande interesse.

– Os olhos da minha mãe também são azuis – respondeu ele –, mas de um tom mais escuro. Não tão escuro quanto o dos seus olhos… – O conde virou a cabeça e fitou-a com intensidade. – Mas preciso dizer que acho que jamais vi olhos como os seus. São quase violeta. – Ele inclinou a cabeça um pouco mais para o lado. – Mas não são. Ainda são azuis.

Anne sorriu e desviou o olhar. Sempre tivera orgulho dos próprios olhos. Era a única vaidade que se permitia.

– De longe eles parecem castanhos – disse ela.

– Mais uma razão para valorizar o tempo que se passa próximo a eles – murmurou o conde.

Anne prendeu a respiração e olhou de relance para ele, mas lorde Winstead não estava mais fitando-a. Ele agora apontava para a frente com o braço livre.

– Consegue ver o lago? Está logo depois daquelas árvores.

Anne esticou o pescoço apenas o necessário para distinguir uma cintilação prateada entre os troncos das árvores.

– No inverno é possível vê-lo muito bem, mas quando as árvores se enchem de folhas ele fica escondido.

– É lindo – comentou Anne, e estava sendo sincera. Mesmo naquele momento, quando não era possível ver quase nada da água, era idílico. – A água chega a esquentar o bastante para se poder nadar?

– Não muito, mas todos os membros da minha família acabaram caindo dentro do lago em um momento ou outro.

Anne sentiu um sorriso se insinuar em seus lábios.

– Ah, céus...

– Alguns de nós mais do que outros – confessou lorde Winstead com certa timidez.

Ela olhou para ele e o conde parecia tão adoravelmente travesso que Anne ficou sem fôlego. Como teria sido a vida dela se o houvesse conhecido aos 16 anos no lugar de George Chervil? Ou, se não ele – já que ela nunca poderia ter se casado com um conde, mesmo quando ainda atendia pelo nome de Annelise Shawcross –, então alguém exatamente como ele. Alguém chamado Daniel Smythe, ou Daniel Smith. Mas teria sido Daniel. O Daniel *dela*.

Ele seria herdeiro de um baronato, ou herdeiro de nada, ou então só um proprietário de terras, com uma casa confortável e de bom tamanho, com 4 hectares de terra e um bando de cães de caça preguiçosos.

E Anne teria adorado isso. Cada momento mundano.

Já ansiara mesmo por empolgação? Aos 16 anos, pensara que queria ir para Londres e frequentar o teatro, a ópera e todas as festas às quais fosse convidada. Uma jovem matrona elegante – fora isso que dissera a Charlotte que queria ser.

Mas aquilo fora tolice da juventude. Sem dúvida, mesmo se tivesse se casado com um homem que a levasse para a capital e a inserisse na vida glamorosa da aristocracia, ela teria acabado se cansando de tudo aquilo e iria querer retornar a Northumberland, onde o tempo parecia passar mais devagar e o ar se tornava cinza pela neblina, em vez de cheio de fuligem.

Todas as coisas que aprendera, o fizera tarde demais.

– Que tal pescarmos esta semana? – sugeriu lorde Winstead quando chegaram à beira do lago.

– Ah, nada me deixaria mais feliz. – As palavras saíram apressadas dos lábios dela, num fluxo feliz. – Vamos ter que trazer as meninas, é claro.

– É claro – murmurou ele, o perfeito cavalheiro.

Eles ficaram parados em silêncio por algum tempo. Anne poderia ter permanecido ali o dia todo, olhando para a água parada e tranquila. De vez em quando, um peixe saltava na superfície, espalhando minúsculos círculos, como marcas em um alvo.

– Se eu fosse criança – comentou Daniel, tão hipnotizado pela água quanto ela –, teria que jogar uma pedra na água. Teria.

Daniel. Quando ela começara a pensar nele assim?

– Se eu fosse uma criança – disse ela –, já teria tirado os sapatos e as meias.

Ele assentiu, então admitiu com um meio sorriso divertido:

– Eu provavelmente a teria empurrado para dentro do lago.

Anne manteve os olhos na água.

– Ah, eu o teria levado comigo.

Ele riu, então ficou em silêncio, satisfeito só em observar a água, e os peixes e algumas penugens de dentes-de-leão que flutuavam na superfície.

– O dia está sendo perfeito – comentou Anne, baixinho.

– Quase – sussurrou Daniel, e ela se viu de novo nos braços dele.

Ele a beijou, mas dessa vez foi diferente. Menos urgente. Menos exaltado. O toque dos lábios dele era dolorosamente delicado, e talvez não a tenha feito se sentir enlouquecida, com vontade de pressionar o corpo contra o dele, de recebê-lo dentro de si. Em vez disso, ele a fez se sentir muito leve, como se ela pudesse pegar a mão dele e flutuar, desde que ele nunca parasse de beijá-la. Anne sentiu todo o corpo vibrar quando ficou na ponta dos pés, quase esperando o momento em que se elevaria do chão.

Então, Daniel interrompeu o beijo e se afastou apenas o suficiente para encostar a testa na dela.

– Pronto – falou, segurando o rosto de Anne entre as mãos. – *Agora* o dia está perfeito.

CAPÍTULO 12

Quase 24 horas depois, Daniel estava sentado na biblioteca de Whipple Hill, uma sala forrada com painéis de madeira, perguntando-se como *aquele* dia acabara sendo tão menos perfeito do que o anterior.

Depois que beijara a Srta. Wynter perto do lago, os dois haviam retornado à clareira onde o pobre lorde Finstead estivera cortejando sua linda mas estúpida princesa. Chegaram apenas alguns instantes antes de Harriet, Elizabeth e Frances, acompanhadas por dois criados que traziam as cestas de piquenique. Depois da farta refeição, eles haviam continuado a ler *A triste e estranha tragédia de lorde Finstead* por várias horas, até Daniel ter implorado por compaixão, alegando que a lateral do seu corpo doía demais de tanto rir.

Nem mesmo Harriet, que passara o tempo todo tentando lembrá-los de que sua obra-prima não era uma comédia, se ofendeu.

Eles voltaram para casa e Daniel descobriu que a mãe e a irmã haviam chegado. Enquanto todos se cumprimentavam como se não tivessem se visto apenas dois dias antes, a Srta. Wynter se retirara disfarçadamente para seu quarto.

Ele não a vira desde então.

Nem mesmo no jantar – já que ela precisava fazer a refeição com Elizabeth e Frances no quarto das crianças – ou durante o café da manhã, porque... Bem, ele não sabia por que ela não descera para o café da manhã. Tudo o que sabia era que já passava do meio-dia e ele ainda se sentia bastante desconfortável por ter se demorado à mesa por duas horas esperando vê-la nem que fosse de relance.

Daniel estava no segundo café da manhã completo quando Sarah resolveu informá-lo de que lady Pleinsworth dera folga à Srta. Wynter pela maior parte do dia. Era compensação, ao que parecia, pelo trabalho extra que a moça vinha desempenhando. Primeiro, o concerto, e agora a dupla

147

função como governanta e babá. A Srta. Wynter mencionara que queria ir ao vilarejo, comentara Sarah, e com o sol brilhando tanto do lado de fora, parecia um dia ideal para um passeio.

E, assim, Daniel se conformara em fazer todas as tarefas que o dono da casa devia fazer quando não estava loucamente apaixonado pela governanta. Reuniu-se com o mordomo. Examinou os livros de contabilidade dos últimos três anos, lembrando-se tarde demais de que não gostava muito de fazer somas e que, de qualquer modo, nunca fora bom nisso.

Sem dúvida havia milhares de coisas a fazer, mas toda vez que se sentava para completar uma tarefa, sua mente divagava para *ela*. O sorriso dela. Sua boca quando sorria, os olhos quando estava triste.

Anne.

Gostava do nome dela. Combinava com a pessoa que ela era, simples e direta. Leal até o fim. Quem não a conhecia muito bem talvez pensasse que sua beleza pedia um nome mais dramático – talvez Esmeralda, ou Melissande.

Mas *ele* a conhecia. Não conhecia o passado dela, nem seus segredos, mas *a* conhecia. E ela era uma Anne sem tirar nem pôr.

Uma Anne que no momento se encontrava em um lugar distante dele.

Santo Deus, aquilo era ridículo. Era um homem adulto e ali estava, lastimando-se porque sentia falta da companhia da governanta na própria casa (grande como era). Não conseguia ficar sentado quieto, não parecia conseguir nem sentar direito, empertigado. Chegara a mudar de cadeira no salão sul, porque estava de frente para o espelho e, quando fitava seu reflexo, se via tão derrotado e patético que não conseguia tolerar.

Finalmente, Daniel saiu para tentar encontrar alguém que pudesse estar disposto a um jogo de cartas. Honoria gostava de jogar, Sarah também. E, se a infelicidade não gostava de companhia, ao menos poderia ser distraído por ela. Mas quando ele chegou à sala de visitas azul, todas as suas parentes do sexo feminino (até mesmo as crianças) estavam reunidas ao redor da mesa, envolvidas em uma profunda discussão sobre o iminente casamento de Honoria.

Daniel começou a voltar para a porta no maior silêncio possível.

– Ah, Daniel! – exclamou a mãe dele, antes que ele conseguisse fugir. – Venha se juntar a nós. Estamos tentando resolver se a cor do vestido de Honoria deve ser lavanda-azulada ou azul-lavanda.

Ele abriu a boca para perguntar qual era a diferença, mas achou melhor não fazer isso.

– Azul-lavanda – disse com firmeza, sem ter a menor ideia do que estava falando.

– Acha mesmo? – respondeu a mãe, franzindo a testa. – Acho sinceramente que lavanda-azulada seria melhor.

A pergunta óbvia seria por que, antes de mais nada, ela pedira a opinião dele. No entanto, mais uma vez, Daniel decidiu que um homem sábio não faz esse tipo de pergunta. Preferiu se inclinar na direção das damas em uma cortesia educada e informou-as de que iria catalogar as recentes aquisições para a biblioteca.

– A biblioteca? – disse Honoria. – É mesmo?

– Gosto de ler – retrucou ele.

– Eu também, mas o que isso tem a ver com catalogar?

Ele se abaixou e murmurou no ouvido da irmã:

– Eu deveria dizer em voz alta que estou tentando escapar de um bando de mulheres tagarelas?

Honoria sorriu, esperou até ele endireitar o corpo e falou:

– Acredito que agora é a hora que você diz que há muito tempo não lê um livro na sua língua.

– É verdade.

E, com isso, ele saiu.

Mas depois de cinco minutos na biblioteca, Daniel já não aguentava mais. Não era um homem que gostava de ficar sem fazer nada. Assim, finalmente, após perceber que passara pelo menos um minuto com a testa apoiada na mesa, ele se sentou, considerou todas as razões pelas quais talvez precisasse ir até o vilarejo (isso levou cerca de meio segundo) e decidiu sair.

Era o conde de Winstead. Aquela era a sua casa e ele passara três anos longe. Tinha o dever moral de visitar o vilarejo. Lá morava o povo dele.

Daniel lembrou a si mesmo para nunca pronunciar aquelas palavras em voz alta, para não correr o risco de fazer Honoria e Sarah morrerem de tanto rir. Vestiu o paletó e saiu em direção aos estábulos. O tempo não estava tão bom quanto no dia anterior, e o céu estava cheio de nuvens. Daniel achava que não choveria, pelo menos não nas próximas horas, por isso pediu para prepararem o cabriolé, que tinha apenas uma meia capota, para a jornada de cerca de 7 quilômetros. Uma carruagem seria grandiosa demais para uma ida ao vilarejo, e parecia não haver razão para que ele mesmo não conduzisse o veículo. Além do mais, gostava de sentir o vento no rosto.

E sentia falta de conduzir o cabriolé. Era pequeno, rápido – não tão vistoso como uma carruagem, mas também não tão instável. E, quando se vira forçado a deixar o país, ele o possuía havia apenas dois meses. Não era necessário dizer que cabriolés pequenos e elegantes não estavam disponíveis em grande quantidade para jovens ingleses exilados e em fuga.

Quando chegou ao vilarejo, Daniel entregou as rédeas a um menino na entrada da estalagem, que tinha um estacionamento para os veículos em passagem, e foi fazer as visitas necessárias. Ele precisaria visitar todos os estabelecimentos, para que ninguém se sentisse preterido, por isso começou na parte de baixo da rua alta, no fabricante de velas, e foi subindo. A notícia da presença dele na aldeia se espalhou rapidamente e, quando Daniel entrou no terceiro estabelecimento, a loja de chapéus e toucas Percy's, o Sr. e a Sra. Percy estavam esperando na porta com sorrisos largos e idênticos no rosto.

– Milorde – cumprimentou a Sra. Percy, inclinando-se na cortesia mais profunda que seu corpo robusto permitiu. – Posso ser uma das primeiras a lhe dar as boas-vindas? Estamos muito honrados por vê-lo de novo.

Ela pigarreou e o marido disse:

– Certamente.

Daniel dirigiu um gracioso aceno de cabeça a ambos, enquanto disfarçava para observar o estabelecimento em busca de outros clientes. Ou melhor, de *uma* outra cliente.

– Obrigado, Sra. Percy, Sr. Percy – disse ele. – É um prazer estar em casa.

A volumosa mulher assentiu com entusiasmo.

– Nunca acreditamos em nada que disseram a seu respeito. Nada.

O que levou Daniel a se perguntar que tipo de coisa havia sido dita. Até onde ele sabia, todas as histórias espalhadas sobre ele tinham sido verdadeiras. Ele *realmente* duelara com Hugh Prentice, e realmente o atingira com um tiro na perna. Quanto à sua fuga do país, Daniel não sabia que tipo de adornos aquela história poderia ter adquirido. Seria de imaginar que as juras violentas de vingança teriam sido empolgantes o suficiente.

Mas se Daniel não quisera debater os méritos do azul-lavanda e do lavanda-azulado com a mãe, *definitivamente* não desejava discutir a própria vida com a Sra. Percy.

150

O estranho e triste conto de lorde Winstead. Seria essa a história.

Por isso, ele disse apenas:

– Obrigado.

E se dirigiu em seguida à vitrine de chapéus, esperando que seu interesse pelas mercadorias da loja obscurecesse o interesse da Sra. Percy por sua vida.

O que aconteceu. Ela imediatamente começou a listar as qualidades da cartola mais nova de todas, assegurando-lhe que ela serviria à perfeição em sua cabeça.

– Certamente – disse o Sr. Percy.

– Gostaria de experimentar uma, milorde? – perguntou a Sra. Percy. – Acredito que vá achar a curva da aba muito lisonjeira.

Ele de fato precisava de uma cartola nova, por isso aceitou-a da mão dela, mas antes que pudesse colocá-la na cabeça, a porta da loja foi aberta, fazendo o sino soar alegremente. Daniel se virou, mas não precisou vê-la para saber quem era.

Anne.

O ar se alterou quando ela entrou na loja.

– Srta. Wynter – disse ele –, que adorável surpresa.

Ela pareceu perplexa, mas só por um momento, e, enquanto a Sra. Percy a encarava com óbvia curiosidade, Anne inclinou-se em uma cortesia e disse:

– Lorde Winstead.

– A Srta. Wynter é a governanta das minhas primas – explicou Daniel à dona da loja. – Elas estão passando uns dias na minha casa.

A Sra. Percy disse que era um prazer conhecer a Srta. Wynter e o Sr. Percy contribuiu com outro "Certamente". Anne foi arrastada para a parte da loja dedicada às damas, onde a Sra. Percy tinha uma touca azul-escura com fitas listradas que ficaria *perfeita* nela. Daniel seguiu-as, ainda segurando a cartola preta.

– Ah, Vossa Senhoria – exclamou a Sra. Percy, depois que percebeu que Daniel a seguira –, pode dizer à Srta. Wynter como ela está adorável?

Ele a preferia sem a touca, com os raios de sol reluzindo em seus cabelos. Mas quando Anne ergueu os olhos para ele, os cílios espessos emoldurando os olhos de um azul tão, tão escuro, Daniel achou que não haveria um só homem no mundo que discordaria dele ao dizer:

– Realmente adorável.

– Está vendo? – falou a Sra. Percy com um sorriso encorajador, dirigindo-se a Anne. – Parece uma bela paisagem.

– Gostei muito dela – falou Anne, com a voz melancólica. – Muito. Mas é muito cara.

Ela desamarrou as fitas com relutância, tirou-a da cabeça e olhou-a com anseio óbvio.

– Um trabalho dessa qualidade lhe custaria o dobro em Londres – observou a Sra. Percy.

– Eu sei – disse Anne com um sorriso triste –, mas governantas não são pagas em dobro em Londres. Assim, raramente me sobra o bastante para toucas, mesmo uma tão adorável quanto a sua.

Daniel de repente se sentiu um pouco grosseiro, parado ali com a cartola mais cara da loja na mão, uma cartola que todos sabiam que ele poderia comprar aos montes sem sequer sentir no bolso.

– Com licença – disse ele, pigarreando de modo constrangido.

Voltou à parte masculina da loja, entregou a cartola ao Sr. Percy, que disse "Certamente" de novo, e voltou à companhia das damas, que ainda tinham os olhos fixos na touca azul.

– Tome de volta, por favor – disse a Srta. Wynter, finalmente devolvendo-a à Sra. Percy. – Direi a lady Pleinsworth como suas toucas são adoráveis. Tenho certeza de que ela desejará trazer as filhas às compras enquanto estiver por aqui.

– Filhas? – ecoou a Sra. Percy, parecendo se iluminar diante da perspectiva.

– Quatro – comentou Daniel em um tom amável. – E minha mãe e minha irmã também estão em Whipple Hill.

Enquanto a Sra. Percy se abanava, ruborizada de animação diante da possibilidade de receber sete damas da aristocracia em sua loja, Daniel aproveitou a oportunidade para oferecer o braço a Anne.

– Posso acompanhá-la ao seu próximo compromisso? – perguntou a ela, sabendo muito bem como seria constrangedor que ela recusasse a oferta na frente da Sra. Percy.

– Já praticamente terminei o que precisava fazer no vilarejo – disse ela. – Falta apenas comprar um pouco de cera para lacre.

– Sorte a sua eu saber exatamente onde comprar.

– Na papelaria, imagino.

Santo Deus, ela estava tornando aquilo difícil.

– Sim, mas eu sei onde *fica* a papelaria – disse ele.

Ela apontou com o dedo algum lugar vagamente à esquerda.

– Do outro lado da rua, eu acho, mais acima.

Daniel mudou de posição de modo que o Sr. e a Sra. Percy não pudessem observar a conversa deles com facilidade.

– Vai parar de dificultar tanto as coisas e me deixar acompanhá-la para comprar cera de lacre? – sussurrou.

A Srta. Wynter fechou os lábios com força, o que significava que a risadinha que ele ouvira só podia ter saído pelo nariz. Ainda assim, ela ainda parecia muito digna quando disse:

– Ora, colocando dessa forma, não vejo como poderia recusar.

Daniel pensou em várias respostas, mas tinha a sensação de que nenhuma delas seria tão espirituosa em voz alta como eram em sua mente, por isso apenas assentiu e estendeu o braço, que ela aceitou com um sorriso.

Quando saíram da loja, no entanto, Anne se virou para ele com os olhos semicerrados.

– Está me seguindo? – perguntou, sem rodeios.

Ele tossiu.

– Ora, eu não diria exatamente *seguindo*.

– Não exatamente?

Os lábios dela estavam fazendo um bom trabalho em não sorrir, mas os olhos não.

– Ora – acrescentou ele, adotando sua expressão mais inocente –, eu estava na chapelaria *antes* de a senhorita entrar. Alguém até poderia dizer que a *senhorita* estava me seguindo.

– Sim, alguém – concordou ela. – Mas não eu. Ou o senhor.

– Não – retrucou Daniel, disfarçando um sorriso. – Com certeza, não.

Eles começaram a subir a ladeira na direção da papelaria, e mesmo a Srta. Wynter não tendo insistido no assunto, Daniel estava gostando demais da conversa para deixá-la morrer, por isso falou:

– Se quer mesmo saber, soube de sua possível presença no vilarejo.

– É claro que quero saber – murmurou ela.

– E também fui incumbido de resolver algumas pendências…

– O senhor? – interrompeu ela. – Incumbido?

Ele decidiu ignorar o comentário.

– E como me pareceu que talvez fosse chover, achei que meu dever como cavalheiro era vir ao vilarejo hoje, para o caso de a senhorita ser surpreendida por um clima inclemente, sem um meio adequado de voltar para casa.

A Srta. Wynter ficou em silêncio apenas por tempo suficiente para dirigir um olhar desconfiado na direção dele, então disse (não perguntou, *disse*):

– É mesmo.

– Não – admitiu Daniel com um sorriso –, eu basicamente estava procurando a senhorita. Mas precisava mesmo visitar alguns comerciantes em algum momento, e eu... – Ele parou e levantou os olhos. – Está chovendo.

Anne estendeu a mão e, de fato, uma pesada gota de chuva caiu na ponta de um de seus dedos.

– Bem, suponho que eu não deveria estar surpresa. As nuvens estiveram se juntando o dia todo.

– Podemos comprar sua cera para lacre, então? Vim em meu cabriolé e ficarei mais do que satisfeito em levá-la para casa.

– Seu cabriolé? – perguntou ela, erguendo as sobrancelhas.

– A senhorita ainda se molhará – revelou ele –, mas sem dúvida parecerá mais elegante. – Diante do sorriso que recebeu como resposta, Daniel acrescentou: – E chegará mais rápido em Whipple Hill.

Finalmente compraram a cera dela, que escolheu uma azul-escura do tom exato da touca que deixara para trás. Os pingos caíam leves, mas constantes. Daniel ofereceu-se para esperar com ela no vilarejo até a chuva passar, mas Anne lhe disse que a aguardavam para a hora do chá. Além disso, como saber se a chuva passaria? As nuvens cobriam o céu como um manto espesso, e poderia muito bem chover até a próxima terça-feira.

– E não está chovendo assim *tão* forte – disse ela, franzindo a testa ao olhar para fora pela vitrine da papelaria.

Era verdade, mas quando eles passaram na frente do Percy's, Daniel parou.

– A senhorita se lembra se eles vendem guarda-chuvas? – perguntou.

– Acho que sim.

Ele ergueu um dedo, sinalizando para que ela esperasse, e depois de um instante voltou com um guarda-chuva, ficando dentro da loja apenas o tempo necessário para pedir aos donos que mandassem a conta para Whipple Hill e para o Sr. Percy dizer: "Certamente."

– Milady – disse Daniel, de uma forma galante o suficiente para fazê-la sorrir.

Ele abriu o guarda-chuva e segurou-o acima da cabeça dela enquanto os dois seguiam em direção ao estacionamento da estalagem.

– O senhor deve se proteger da chuva também – falou a Srta. Wynter, saltando as poças com cuidado.

A bainha do vestido estava ficando molhada, mesmo que ela tentasse erguê-la.

– Estou fazendo isso – mentiu ele.

Mas Daniel não se importava de se molhar. E, de qualquer modo, o chapéu dele resistiria à chuva muito melhor do que a touca dela.

O estacionamento não era muito longe, mas, quando eles chegaram, a chuva estava um pouco mais forte, por isso Daniel voltou a sugerir que esperassem que estiasse.

– A comida aqui é bastante saborosa – disse ele. – Não há peixe defumado a esta hora do dia, mas estou certo de que podemos encontrar alguma coisa do seu gosto.

Ela riu e, para grande surpresa de Daniel, respondeu:

– Estou com certa fome.

Ele olhou de relance para o céu.

– Acho que não chegará em casa a tempo para o chá.

– Tudo bem. Não imagino que alguém vá esperar que eu volte a pé para casa com esse tempo.

– Devo ser completamente honesto – disse Daniel. – Estão todas imersas em conversas sobre o casamento iminente da minha irmã. Com toda a sinceridade, duvido que alguém sequer tenha se dado conta de que a senhorita saiu.

Anne sorriu enquanto eles entravam na sala de refeições da estalagem.

– É assim que deve ser. Sua irmã deve ter o casamento de seus sonhos.

E quanto aos sonhos *dela*?

A pergunta chegou à ponta da língua, mas Daniel se conteve. Ela teria se sentido desconfortável e arruinaria a convivência fácil e deliciosa que haviam estabelecido.

E, de qualquer forma, Daniel duvidava que ela fosse responder.

Ele passara a valorizar cada pequena informação do passado da Srta. Wynter que ela deixava escapar. A cor dos olhos dos pais, o fato de ter uma irmã, de ambas adorarem pescar... Essas tinham sido as poucas coisas que a jovem revelara e Daniel não saberia dizer se fizera isso de propósito ou por acidente.

155

A questão era que ele queria mais. Quando a fitou nos olhos, sentiu vontade de compreender tudo, cada momento que a levara *àquele* momento. Não queria chamar aquilo de obsessão – parecia um nome sombrio demais para o que ele sentia.

Uma paixão louca, era disso que se tratava. Uma fantasia estranha e vertiginosa. Com certeza não era o primeiro homem a se ver tão rapidamente arrebatado por uma linda mulher.

Mas enquanto se acomodavam em seus assentos, na sala de refeições cheia da estalagem, Daniel a fitou do outro lado da mesa e não foi sua beleza que viu. Foi seu coração. Sua alma. E teve a profunda sensação de que sua vida nunca mais seria a mesma.

CAPÍTULO 13

— Nossa – disse Anne, permitindo-se um ligeiro estremecimento quando se sentaram. Ela estava de casaco, mas os punhos não estavam bem ajustados, e a chuva entrara pelas mangas. – É difícil imaginar que estamos quase em maio.

– Chá? – ofereceu Daniel, sinalizando para chamar o estalajadeiro.

– Por favor. Ou qualquer outra coisa quente.

Ela descalçou as luvas, parando para franzir a testa diante de um pequeno furo que vinha aumentando na ponta do indicador direito. Aquilo tinha que ser resolvido. Anne precisava de toda a dignidade que pudesse reunir naquele dedo. Deus sabia que ela o balançava com muita frequência para as meninas.

– Algum problema? – perguntou Daniel.

– O quê? – Ela o olhou, distraída. Ah, ele devia tê-la visto encarando a luva. – É só a minha luva. – Anne ergueu-a. – Um furinho na costura. Preciso remendá-lo hoje à noite.

Ela examinou melhor a costura antes de deixar a luva a seu lado na mesa. Um par de luvas suportava certo limite de remendos, e Anne suspeitava que aquela estava chegando ao fim de sua vida útil.

Daniel pediu ao estalajadeiro duas xícaras de chá, então voltou-se de novo para ela.

– Correndo o risco de soar completamente ignorante da realidade de alguém que precisa trabalhar, devo dizer que acho difícil que minha tia não lhe pague o bastante para comprar um novo par de luvas.

Anne tinha certeza de que ele ignorava mesmo a realidade de quem precisava trabalhar para sobreviver, mas ficava grata por ele ao menos ser consciente e ter reconhecido isso. Ela também desconfiava de que ele ignorava por completo o *custo* de um par de luvas, ou de qualquer outra coisa, para falar a verdade. Anne fazia compras com as classes mais abastadas com frequência suficiente para saber que jamais perguntavam o preço de absolutamente nada. Se gostavam de alguma coisa, compravam e pediam que a conta fosse entregue em sua casa, onde outra pessoa se certificaria de que fosse paga.

– Sim – respondeu. – Ela me paga o bastante, é verdade. Mas a parcimônia é uma grande virtude, não concorda?

– Não se isso significar que seus dedos vão acabar congelando.

Ela sorriu, talvez de forma um tanto condescendente.

– Dificilmente chegaria a isso. Essas luvas ainda aguentam mais um ou dois remendos.

Ele ficou sério.

– Quantas vezes já as remendou?

– Ah, nossa… não sei. Cinco? Seis?

A expressão dele era de certo ultraje agora.

– Isso é totalmente inaceitável. Vou informar tia Charlotte de que ela deve providenciar um guarda-roupa decente para a senhorita.

– Não fará nada disso – apressou-se em dizer Anne.

Santo Deus, ele enlouquecera? Mais uma demonstração de atenção indevida da parte dele e ela estaria na rua. Já era ruim o bastante estar sentada com Daniel ali na estalagem, na frente de todo o vilarejo, mas ao menos tinha a desculpa da chuva. Dificilmente alguém poderia culpá-la por procurar abrigo em um tempo daquele.

– Eu lhe asseguro que elas estão em melhores condições do que as luvas da maioria das pessoas – disse ela. Anne olhou para a mesa, onde as luvas dele, lindas, feitas de um couro luxuoso, repousavam uma sobre a outra. Pigarreou. – A não ser as da minha presente companhia.

Daniel se remexeu no assento, desconfortável.

– É claro que é perfeitamente possível que as suas luvas já tenham sido remendadas várias vezes também – acrescentou ela, sem pensar. – A diferença é que seu valete as afasta de suas vistas antes mesmo que o senhor perceba que elas requerem atenção.

Ele não disse nada, e Anne no mesmo instante se sentiu envergonhada pelo comentário. Esnobismo reverso não era nem de perto tão ruim quanto esnobismo real, mas ainda assim ela devia ser melhor do que aquilo.

– Me desculpe – falou.

Ele a encarou por um longo momento.

– Por que estamos falando sobre luvas?

– Não tenho a menor ideia – respondeu Anne.

Mas aquilo não era exatamente verdade. Talvez tivesse sido ele a levantar o assunto, mas ela não precisaria ter seguido adiante. Anne se deu conta de que quisera lembrá-lo da diferença de suas posições sociais. Ou talvez tenha querido lembrar a si mesma.

– Chega desse assunto – disse bruscamente, dando um tapinha no acessório que gerara tanta discussão.

Em seguida olhou para ele de novo, prestes a fazer algum comentário inofensivo sobre o tempo, mas Daniel estava sorrindo para ela de um modo que criava ruguinhas nos cantos de seus olhos, e...

– Acho que o senhor está ficando curado – disse Anne.

Ela não percebera como o olho dele estivera inchado por causa do hematoma, mas, agora que tinha melhorado, o sorriso de Daniel estava diferente. Talvez ainda mais alegre.

Ele levou a mão à face.

– Minha bochecha?

– Não, seu olho. Ainda está um pouco escuro, mas não está mais tão inchado. – Ela o encarou com uma expressão de pesar. – Mas sua bochecha está a mesma coisa.

– É?

– Bem, na verdade está pior, sinto dizer, mas isso era de se esperar. Essas coisas costumam piorar antes de melhorar.

Ele ergueu a sobrancelha.

– E como tem tanta experiência em hematomas e ferimentos?

– Sou governanta – respondeu Anne.

Porque, sinceramente, aquilo era explicação suficiente.

– Sim, mas a senhorita é governanta de três meninas...

Ela riu ao ouvir isso, interrompendo-o com elegância.

– Acha que essas meninas nunca aprontam nenhuma travessura?

– Ah, sei que aprontam. – Ele bateu com uma das mãos no peito, na altura do coração. – Cinco irmãs. Sabia disso? Cinco.

– Sua intenção é inspirar pena?

– Com certeza *deveria* inspirar – disse ele. – Ainda assim, não me lembro de elas terem chegado aos socos.

– Frances passa metade do tempo achando que é um unicórnio – explicou Anne tranquilamente. – Acredite em mim quando digo que ela costuma aparecer com muito mais do que sua cota justa de hematomas e arranhões. E, além disso, também já fui governanta de dois meninos. Alguém precisava instruí-los antes de eles começarem a frequentar o colégio.

– Imagino que sim – disse ele, dando ligeiramente de ombros. Então, com um erguer de sobrancelhas atrevido, Daniel se inclinou para a frente e murmurou: – Seria impróprio da minha parte admitir que estou muito lisonjeado por sua atenção aos detalhes do meu rosto?

Anne abafou uma risada.

– Impróprio *e* absurdo.

– É verdade que nunca me senti tão colorido – disse ele, com um suspiro claramente fingido.

– O senhor está um verdadeiro arco-íris – concordou ela. – Vejo vermelho e… bem… não mais laranja e amarelo, mas com certeza verde, azul e violeta.

– Esqueceu-se do índigo.

– Não esqueci – disse Anne em sua melhor voz de governanta. – Sempre achei o índigo uma adição tola ao espectro. O senhor já olhou um arco-íris com atenção?

– Uma ou duas vezes – retrucou ele, parecendo achar o discurso inflamado dela bastante divertido.

– Já é bastante difícil perceber a diferença entre azul e violeta, pior ainda encontrar o índigo entre eles.

Daniel ficou em silêncio por um momento, tentando não rir, até que disse:

– A senhorita tem pensado bastante sobre isso…

Anne cerrou os lábios, também prendendo o riso.

– É verdade – respondeu, por fim, então caiu na risada.

Aquela era a mais absurda das conversas, e ao mesmo tempo tão deliciosa…

Daniel riu com ela e os dois se recostaram no assento enquanto a atendente se aproximava com duas xícaras fumegantes de chá. No mesmo instante, Anne passou as mãos ao redor da xícara e suspirou de prazer, enquanto sua pele absorvia o calor.

Daniel bebeu um gole do chá, estremeceu quando o líquido quente desceu por sua garganta e deu outro gole.

– Sei que pareço muito elegante – comentou ele –, todo cheio de feridas e hematomas. Talvez deva começar a inventar histórias sobre como me machuquei. Uma briga com Marcus não parece nem de longe empolgante o bastante.

– Não se esqueça dos assaltantes – lembrou Anne.

– E isso não parece nem de longe digno – retrucou ele em um tom sarcástico.

Ela sorriu. Era raro um homem que conseguia rir de si mesmo.

– O que acha? – perguntou Daniel, virando o rosto com vaidade fingida. – Devo dizer que enfrentei um javali? Ou que afugentei piratas com um facão?

– Ora, depende. Quem tinha o facão, o senhor ou os piratas?

– Ah, os piratas, imagino. É muito mais impressionante tê-los enfrentado desarmado.

Ele gesticulou com as mãos, como se praticasse alguma técnica oriental ancestral.

– Pare – pediu Anne, gargalhando. – Estão todos olhando para o senhor.

Ele deu de ombros.

– Olhariam de qualquer maneira. Não venho aqui há três anos.

– Sim, mas vão pensar que enlouqueceu.

– Ah, mas tenho permissão para ser excêntrico. – Ele deu um meio sorriso espirituoso e fez um ar engraçadinho levantando e abaixando as sobrancelhas. – É um dos bônus do título de nobreza.

– Não o dinheiro e o poder?

– Ora, isso também – admitiu Daniel –, mas neste momento estou apreciando mais a excentricidade. Os hematomas ajudam, não acha?

Ela revirou os olhos e deu outro gole no chá.

– Talvez uma cicatriz – refletiu ele, virando-se para mostrar um dos lados do rosto. – O que acha? Bem aqui. Eu poderia...

Mas Anne não ouviu o resto das palavras. Só viu a mão dele deslizando no ar, da têmpora ao queixo. Uma diagonal longa e furiosa, exatamente como...

Como o rosto de George quando ele arrancara as ataduras no escritório do pai.

E Anne também sentiu a terrível resistência da pele dele quando o abridor penetrara em seu rosto.

Ela virou rapidamente para o outro lado, tentando respirar. Mas não conseguiu. Era como se tivesse visgo ao redor dos pulmões, um grande peso no peito. Estava sufocando e se afogando ao mesmo tempo, desesperada por ar. Ah, Deus, por que aquilo estava acontecendo agora? Havia anos que ela não sentia aquele tipo de terror espontâneo. Pensara que havia ficado no passado.

– Anne – chamou Daniel, preocupado, estendendo a mão por cima da mesa para pegar a dela. – O que houve?

Foi como se o toque dele rompesse a faixa que a apertava, porque todo o corpo dela sofreu um súbito espasmo e Anne começou a respirar profunda e convulsivamente. As bordas negras que estreitavam sua visão estremeceram e se dissolveram e aos poucos, bem devagar, ela sentiu o corpo voltar ao normal.

– Anne – repetiu Daniel, mas ela não olhou para ele.

Não queria ver a preocupação em seu rosto. Fora uma brincadeira, Anne sabia. Como poderia explicar sua reação exagerada?

– O chá – disse ela, esperando que Daniel não lembrasse que ela já havia pousado a xícara quando ele fizera o comentário. – Acho... – Ela tossiu, e não estava fingindo. – Acho que não desceu bem.

Ele a observou com atenção.

– Tem certeza?

– Ou talvez ele esteja quente demais – arriscou ela, os ombros estremecendo ligeiramente de nervoso. – Mas posso lhe assegurar que já estou quase restabelecida. – Anne sorriu, ou ao menos tentou. – Na verdade, é muito constrangedor.

– Posso ajudá-la de algum modo?

– Não, é claro que não. – Ela se abanou. – Minha nossa, de repente fiquei com tanto calor... O senhor não?

Ele balançou a cabeça, os olhos fixos no rosto dela.

– O chá – disse Anne, tentando parecer animada. – Como eu disse, está muito quente.

– Está.

Ela engoliu em seco. Daniel estava percebendo a encenação, Anne tinha certeza. Não sabia qual era a verdade, mas sabia que não era o que ela estava dizendo. E, pela primeira vez desde que saíra de casa, oito anos antes, Anne sentiu uma pontada de remorso por seu silêncio. Não tinha a obrigação de compartilhar seus segredos com aquele homem, mas, ainda assim, ali estava, sentindo-se evasiva e culpada.

– Acha que o tempo já melhorou? – perguntou, virando-se para a janela.

Era difícil dizer – o vidro era antigo e ondulado, e a grande marquise da estalagem protegia o prédio do impacto direto da chuva.

– Não, ainda não – retrucou Daniel.

Ela se virou para ele e murmurou:

– Não, é claro que não. – Então se forçou a sorrir. – De qualquer modo, preciso terminar meu chá.

Ele a encarou com curiosidade.

– Não está mais tão quente?

Anne ficou confusa e precisou de um momento para se lembrar de que estava se abanando apenas alguns momentos antes.

– Não – respondeu. – Que engraçado...

Sorriu de novo e levou a xícara aos lábios. Mas foi salva de ter que descobrir um modo de retomar a conversa tranquila de antes por um barulho alto de algo se quebrando bem do lado de fora do salão.

– O que pode ser? – perguntou Anne, mas Daniel já tinha se levantado.

– Fique aqui – ordenou ele, e saiu rapidamente pela porta.

Parecia tenso, e Anne viu algo familiar em seu olhar. Algo que já vira em si mesma algumas vezes. Era quase como se estivesse esperando problemas. Mas aquilo não fazia sentido. Ela ouvira dizer que o homem que o obrigara a deixar o país havia abandonado sua ideia de vingança.

Mas Anne acreditava que velhos hábitos custavam a morrer, e se perguntou quanto tempo ela mesma levaria para parar de olhar por cima do ombro caso George Chervil engasgasse subitamente com um osso de galinha ou se mudasse para as Índias Orientais.

– Não foi nada – disse Daniel, voltando para a mesa. – Só um bêbado que conseguiu derrubar tudo no caminho entre a estalagem e os estábulos. – Ele pegou a xícara de chá, deu um longo gole e acrescentou: – Mas a chuva diminuiu. Ainda está chuviscando, mas acho que logo poderemos partir.

– É claro – disse Anne, ficando de pé.

– Já pedi para trazerem o cabriolé – disse Daniel, acompanhando-a até a porta.

Ela assentiu e saiu. O ar fresco era revigorante, e Anne não se importava com o frio. Havia uma sensação de limpeza na bruma fresca que a fez se sentir mais dona de si.

E, naquele momento, naquele exato instante, não era uma sensação ruim.

Daniel ainda não tinha ideia do que acontecera com Anne no restaurante da estalagem. Imaginou que poderia ser exatamente o que ela dissera, que se engasgara com o chá. Ele mesmo já passara por isso e, sem dúvida, era o suficiente para fazer alguém começar a tossir, ainda mais quando o chá estava quase fervendo.

Mas ela ficara terrivelmente pálida, e seus olhos – naquela fração de segundo antes que se virasse – pareceram assombrados. Aterrorizados.

Aquilo o fez lembrar da vez que a encontrara em Londres, quando Anne entrara cambaleando na loja do Sr. Hoby, apavorada. Ela dissera que vira alguém que não queria ver.

Mas aquilo fora em Londres. No novo ataque de pânico dela eles estavam em Berkshire, mais precisamente sentados em uma estalagem cheia de moradores da cidade que Daniel conhecia desde que nascera. Não havia uma alma naquele salão que fosse ser capaz de tocar em um só fio de cabelo dela.

Talvez tivesse sido mesmo o chá. Talvez ele tivesse imaginado todo o resto. Anne sem dúvida parecia normal agora, sorrindo para Daniel enquanto ele a ajudava a subir no cabriolé. A meia capota havia sido erguida contra a chuva, mas mesmo se o tempo se mantivesse como estava, os dois chegariam a Whipple Hill totalmente congelados.

Daniel pediria para que fosse providenciado um banho quente para ambos assim que entrasse em casa.

Embora, para sua tristeza, não fossem compartilhar o mesmo banho.

– Nunca andei em um cabriolé – comentou Anne, sorrindo enquanto apertava as fitas da touca.

– Nunca?

Daniel não sabia por que isso o surpreendia. Sem dúvida uma governanta não teria motivo para andar em um veículo daquele, mas tudo nela remetia a um nascimento abastado. Em algum momento da vida, Anne devia ter sido uma dama de boa família. E Daniel não conseguia acreditar que não tivesse havido filas de cavalheiros implorando por sua companhia em seus cabriolés.

– Bem, já andei em uma charrete pequena, para duas pessoas – contou ela. – Minha antiga patroa tinha uma, e tive que aprender a conduzi-la. Era uma senhora bastante idosa e ninguém confiava nela com as rédeas.

– Isso foi na Ilha de Man? – perguntou Daniel, mantendo a voz propositalmente leve.

Era tão raro ela oferecer pistas do próprio passado que ele teve medo de que Anne se retraísse caso ele perguntasse de modo muito afoito.

Mas ela não pareceu perturbada.

– Foi. Antes eu só havia conduzido uma carroça. Meu pai não teria uma carruagem onde só cabiam duas pessoas. Sempre foi um homem prático.

– A senhorita monta? – perguntou ele.

– Não – respondeu ela sucintamente.

Outra pista. Se os pais dela tivessem um título de nobreza, ela com certeza teria tido aulas de montaria antes mesmo que aprendesse a ler.

– Quanto tempo viveu lá? – quis saber Daniel, em um tom descontraído. – Na Ilha de Man?

Ela não respondeu logo, e ele já tinha desistido quando, em uma voz suave, carregada de lembranças, Anne disse:

– Três anos. Três anos e quatro meses.

– Não parece ter lembranças felizes – comentou ele, mantendo os olhos fixos na estrada à frente.

– Não tenho. – Ela voltou a ficar em silêncio por cerca de dez segundos, então acrescentou: – Não foi terrível. Foi só... não sei. Eu era jovem. E lá não era o meu lar.

Lar. Algo que Anne nunca mencionara. Um assunto em que Daniel sabia que não devia tocar, por isso preferiu perguntar:

– A senhorita era dama de companhia lá?

Ela assentiu. Ele mal viu o gesto pelo canto do olho – Anne parecia ter esquecido que ele estava olhando para a frente, não para ela.

– Não era um trabalho pesado – continuou Anne. – A dama a quem eu fazia companhia gostava que lessem para ela, e eu fazia muito isso. Também fazia pequenos reparos de costura e escrevia toda a correspondência dela. As mãos dela tremiam muito.

– Presumo que tenha partido quando ela faleceu.

– Sim. Tive muita sorte por ela ter uma sobrinha-neta em Birmingham que estava precisando de uma governanta. Acho que minha patroa sabia que sua hora estava chegando e, antes de falecer, deixou tudo arranjado para o meu novo emprego. – Anne ficou em silêncio por um instante, então Daniel percebeu que ela enrijeceu o corpo, quase como se estivesse afastando as brumas da memória. – Trabalho como governanta desde então.

– A senhorita parece gostar.

– Na maior parte das vezes, sim.

– Acho que…

Daniel parou de repente. Havia algo errado com os cavalos.

– O que foi? – perguntou Anne.

Ele balançou a cabeça. Não podia falar naquele momento. Precisava se concentrar. A parelha estava puxando para a direita, o que não fazia sentido. Algo se rompeu e os cavalos tomaram a rédea nos dentes e dispararam, puxando o cabriolé junto até…

– Santo Deus – sussurrou Daniel.

Enquanto observava horrorizado, ainda lutando para recuperar o controle da parelha, os arreios se soltaram do eixo e os cavalos viraram para a esquerda.

Sem o cabriolé.

Anne deixou escapar um gritinho de surpresa e horror quando o veículo ganhou velocidade colina abaixo, inclinando-se em duas rodas.

– Se curve para a frente! – gritou Daniel.

Se conseguissem manter o cabriolé equilibrado, conseguiriam terminar de descer a colina e então ir diminuindo a velocidade. Mas a capota fazia peso para trás, e os buracos e elevações na estrada tornavam quase impossível que mantivessem o corpo inclinado para a frente.

Então Daniel se lembrou da curva. A meio caminho da colina, a estrada fazia uma curva fechada para a esquerda. Se eles continuassem reto, seriam jogados para fora da colina, dentro de um bosque fechado.

– Escute – disse ele para Anne com urgência. – Quando chegarmos à base da colina, incline-se para a esquerda. Com todas as suas forças, incline-se para a esquerda.

Ela assentiu freneticamente. Seus olhos estavam apavorados, mas ela não estava histérica. Faria o que fosse preciso. Assim que…

– Agora! – gritou ele.

Os dois se jogaram para a esquerda e o corpo de Anne ficou colado ao de Daniel. O cabriolé inclinou-se sobre uma das rodas, a madeira rangendo em protesto, com um estalo terrível por causa do peso extra.

– Para a frente! – ordenou Daniel.

Os dois jogaram o peso do corpo nessa direção, fazendo a carruagem virar à esquerda e escapando por pouco de serem cuspidos para fora da estrada.

Mas, enquanto eles viravam, a roda da esquerda – a única em contato com o solo – prendeu em alguma coisa e o cabriolé foi jogado para a frente, elevando-se no ar antes de aterrissar de volta sobre as rodas com um estalo assustador. Daniel se agarrou ao veículo com todas as forças, e pensou que Anne estivesse fazendo o mesmo, mas viu horrorizado quando ela foi cuspida para fora, e a roda... Ah, santo Deus, a roda! Se passasse por cima dela...

Daniel não parou para pensar. Jogou-se para a direita, fazendo o cabriolé tombar antes que pudesse atingir Anne, que estava em algum lugar no chão, em algum ponto à esquerda.

O cabriolé bateu no solo e deslizou por vários metros antes de parar na lama. Por um instante Daniel não conseguiu se mover. Já fora nocauteado antes, já caíra de cavalos... diabos, já até levara um tiro. Mas nunca o ar fora tão completamente expulso de seus pulmões como quando o cabriolé acertou o chão.

Anne. Precisava ir até ela. Mas tinha que voltar a respirar primeiro, e no momento só conseguia arquejar. Finalmente, ainda ofegante, Daniel rastejou para fora do veículo virado.

– Anne! – tentou gritar, mas tudo o que conseguiu fazer foi sussurrar o nome dela.

Suas mãos afundaram na lama, depois seus joelhos e, então, usando a lateral quebrada do cabriolé como apoio, Daniel conseguiu ficar de pé, cambaleante.

– Anne! – chamou de novo, dessa vez mais alto. – Srta. Wynter!

Não houve resposta. Nenhum som, a não ser o da chuva caindo no chão alagado.

Ainda mal conseguindo se manter de pé, Daniel procurou freneticamente algum sinal de Anne, girando para um lado e para outro, ainda apoiado no cabriolé tombado. O que ela estava usando? Trajes marrons, do tom perfeito para se confundir com a lama.

Ela só podia estar atrás dele. O veículo rodara e derrapara por alguns metros depois que ela fora arremessada para fora. Daniel tentou chegar à parte de trás do cabriolé, com as botas escorregando na lama funda. Ele derrapou, perdeu o equilíbrio e se inclinou para a frente, as mãos tateando em busca de qualquer coisa que pudesse mantê-lo de pé. No último momento antes de cair, ele sentiu uma tira fina de couro.

A rédea.

Abaixou os olhos para o couro em suas mãos. Era o arreio que devia ligar o cavalo ao eixo do cabriolé. Fora cortado. Só a pontinha parecia desgastada, como se tivesse ficado pendurada por um fio, pronta para arrebentar à menor pressão.

Ramsgate.

Daniel sentiu o corpo se retesar de raiva e, enfim, encontrou energia para seguir além do cabriolé quebrado, em busca de Anne. Por Deus, se algo tivesse acontecido a ela... se estivesse gravemente ferida...

Ele mataria lorde Ramsgate. Arrancaria as entranhas dele com as próprias mãos.

– Anne! – gritou, girando como um louco na lama à procura dela.

Então... aquilo era uma bota? Ele correu adiante, na chuva, tropeçando, até vê-la claramente, caída no chão, metade do corpo na estrada, metade no bosque.

– Santo Deus – sussurrou Daniel, e correu, o horror esmagando seu coração. – Anne – chamou freneticamente. Chegou ao lado dela e tentou sentir sua pulsação. – Responda. Maldição, me responda agora.

Ela continuou em silêncio, mas a pulsação estável foi o bastante para dar esperança a ele. Estavam a menos de um quilômetro de Whipple Hill. Ele poderia carregá-la até lá. Estava tremendo, machucado, e provavelmente sangrando, mas conseguiria.

Com cuidado, ergueu-a nos braços e começou a traiçoeira caminhada para casa. A lama tornava cada passo um ato de equilibrista, e ele mal conseguia ver através dos cabelos colados a seu rosto pela chuva, tapando-lhe os olhos. Mas continuou a andar, o corpo exausto encontrando forças no terror que sentia.

E na fúria.

Ramsgate pagaria por aquilo, e talvez Hugh também. E, por Deus, o mundo todo pagaria se Anne nunca mais voltasse a abrir os olhos.

Um pé depois do outro. Foi o que ele fez, até que Whipple Hill surgiu à vista. Então, Daniel chegou à entrada da propriedade, ao caminho circular que levava à casa. Finalmente, quando seus músculos já tremiam e pareciam gritar, quando seus joelhos ameaçavam dobrar, ele conseguiu subir os três degraus da frente e chutou a porta com força.

E mais uma vez.

E outra.

E mais uma, e outra, e outra, até ouvir passos se apressando em direção à porta.

Então ela foi aberta e o mordomo apareceu.

– Milorde! – exclamou.

Logo três criados correram para aliviá-lo de seu fardo, e Daniel desabou no chão, exausto e apavorado.

– Cuide dela – arquejou. – Ela precisa ser aquecida.

– Agora mesmo, milorde – assegurou o mordomo –, mas o senhor...

– Não! – ordenou Daniel. – Cuide dela primeiro.

– É claro, milorde. – O mordomo se apressou na direção dos criados apavorados que seguravam Anne, ignorando a enxurrada que escorria pelas mangas de suas camisas. – Vão! – ordenou. – Vão! Levem-na para cima, e você – acrescentou, dirigindo-se a uma criada que aparecera no saguão para assistir à cena, aparvalhada –, comece a aquecer água para um banho. Agora!

Daniel fechou os olhos, tranquilizado pela agitação que se desenrolava ao seu redor. Fizera tudo o que precisava fazer. Fizera tudo o que podia fazer.

Por enquanto.

CAPÍTULO 14

Quando Anne enfim voltou a si, o breu em sua mente dando lugar aos poucos a nuvens cinzas ondulantes, a primeira coisa que sentiu foram mãos a pegando e puxando, tentando tirar suas roupas.

Ela quis gritar, mas sua voz não saiu. Anne tremia incontrolavelmente, os músculos doloridos e exaustos, e não tinha certeza se conseguiria abrir a boca, menos ainda emitir qualquer som.

Já fora encurralada antes, por rapazes autoconfiantes demais, que viam a governanta como uma presa a que tinham direito, por um patrão que achava que, afinal, estava pagando um salário a ela, e até mesmo por George Chervil, que aliás fora quem colocara a vida dela naquele rumo.

Mas Anne sempre fora capaz de se defender. Sempre tivera força, determinação e, no caso de George, até uma arma. Agora não tinha nenhuma dessas coisas. Não conseguia nem abrir os olhos.

– Não – gemeu, se contorcendo e tentando se desvencilhar no que pareceu ser um chão frio de madeira.

– Shhh – fez uma voz que não lhe era familiar. Mas era uma mulher, o que fez Anne se sentir mais tranquila. – Deixe-nos ajudá-la, Srta. Wynter.

Sabiam seu nome. Anne não conseguia decidir se isso era uma coisa boa ou não.

– Pobrezinha – falou a mulher. – Está gelada. Vamos colocá-la em um banho quente.

Um banho. Um banho soava como o paraíso. Ela estava com tanto frio… não conseguia se lembrar de já ter sentido tanto frio. Tudo parecia tão pesado… seus braços, suas pernas, até mesmo seu coração.

– Estamos aqui, querida – tranquilizou-a a mesma voz feminina. – Só me deixe abrir todos esses botões.

Anne se esforçou mais uma vez para abrir os olhos. A sensação era de que alguém estava colocando pesos sobre as pálpebras dela, ou que a haviam submergido em alguma gosma densa da qual ela não conseguia sair.

– Você está segura agora – disse a mulher.

A voz dela era gentil, e ela parecia querer ajudar.

– Onde estou? – sussurrou Anne, ainda tentando se forçar a abrir os olhos.

– Em Whipple Hill. Lorde Winstead trouxe-a no colo até aqui, na chuva.

– Lorde Winstead... Ele...

Anne arquejou e finalmente conseguiu abrir os olhos. Viu que estava em um banheiro, muito mais elegante e ornamentado do que o que usava no quarto das crianças. Havia duas criadas com ela, uma acrescentando água quente à banheira e outra tentando despir as roupas encharcadas de Anne.

– Ele está bem? – perguntou Anne, freneticamente. – Lorde Winstead?

Lampejos de memória a atingiram. A chuva. Os cavalos correndo soltos. O som horroroso da madeira se partindo. E então o cabriolé seguindo em frente em apenas uma roda. E logo... nada. Anne não conseguia se lembrar de mais nada. Eles deviam ter batido... por que ela não se lembrava disso?

Santo Deus, o que acontecera com eles?

– Sua Senhoria passa bem – assegurou a criada. – Está absolutamente exausto, mas só precisa descansar. – Os olhos dela reluziram de orgulho enquanto ela posicionava Anne de modo a tirar seu braço de dentro de uma manga. – Ele é um herói. Um verdadeiro herói.

Anne esfregou o rosto com a mão.

– Não consigo me lembrar do que aconteceu. Tenho algumas lembranças vagas, mas só isso.

– Sua Senhoria nos disse que a senhorita foi arremessada do cabriolé – informou a criada, passando para a outra manga. – Lady Winstead acredita que a senhorita provavelmente bateu com a cabeça.

– Lady Winstead?

Quando ela vira lady Winstead?

– A mãe de Sua Senhoria – explicou a criada, interpretando equivocadamente a pergunta de Anne. – Ela entende um pouco de ferimentos e tratamentos. E examinou a senhorita lá no saguão.

– Ah, santo Deus.

Anne não sabia por que aquilo era tão mortificante, mas era.

– Lady Winstead disse que a senhorita estava com um inchaço bem aqui

– acrescentou a criada, tocando a própria cabeça, uns 5 centímetros acima da orelha esquerda.

A mão de Anne, ainda esfregando a própria têmpora, moveu-se pelos cabelos. Ela encontrou o inchaço na mesma hora, protuberante e sensível.

– Ai – disse, afastando os dedos.

Ela olhou para a mão. Não havia sangue. Ou talvez tivesse sangrado e a chuva houvesse lavado.

– Lady Winstead disse que a senhorita poderia desejar alguma privacidade – continuou a criada, finalmente despindo o vestido de Anne. – Devemos aquecê-la, banhá-la e colocá-la na cama. Ela mandou chamar um médico.

– Ah, tenho certeza de que não preciso de um médico – apressou-se em afirmar Anne.

Ela ainda se sentia péssima – dolorida, com frio e um inchaço que explicava a terrível dor de cabeça. Mas eram desconfortos temporários, que ela sabia instintivamente que só precisavam de uma cama macia e uma sopa quente para melhorar.

Mas a criada apenas deu de ombros.

– Ela já mandou chamar o médico. Acho que a senhorita não tem muita escolha.

Anne assentiu.

– Todos estão muito preocupados com a senhorita. A pequena lady Frances estava chorando, e…

– Frances – interrompeu Anne. – Mas ela nunca chora.

– Dessa vez, chorou.

– Ah, por favor, *por favor*, peça para alguém avisar a ela que estou bem – implorou Anne, aflita de preocupação.

– Um criado logo aparecerá com mais água quente. Vamos pedir a ele que diga a lady…

– Um criado? – arquejou Anne, as mãos instintivamente cobrindo o corpo quase nu.

Ela ainda vestia a camisola, mas o tecido estava molhado e praticamente transparente.

– Não se preocupe – tranquilizou-a a criada com uma risadinha. – Ele deixa a água na porta. É só para que Peggy não tenha que subir as escadas com o peso.

Peggy, que estava derramando mais um balde de água na banheira, se virou e sorriu.

– Obrigada – disse Anne, baixinho. – Muito obrigada a vocês duas.

– Meu nome é Bess – apresentou-se a primeira criada. – Acha que consegue se levantar? Só por um instante? Essa roupa de baixo precisa sair pela sua cabeça.

Anne assentiu e, com a ajuda de Bess, ficou de pé, tentando se segurar na lateral da grande banheira de porcelana para se equilibrar. Depois que a roupa de baixo foi tirada, Bess ajudou-a a entrar na banheira e Anne afundou na água, agradecida. Estava quente demais, mas ela não se importou nem um pouco. Era muito bom sentir alguma outra coisa que não entorpecimento.

Anne ficou mergulhada na banheira até a água ficar morna, então Bess a ajudou a vestir a camisola de lã que fora buscar no quarto de Anne no aposento das crianças.

– Pronto – disse Bess, conduzindo Anne pelo carpete macio até uma linda cama de baldaquino.

– Que quarto é este? – perguntou Anne, reparando na elegância que a cercava.

O teto era ornado de arabescos e as paredes eram cobertas de tecido adamascado em um delicado tom de azul-prateado. Era de longe o maior cômodo em que já dormira.

– É o quarto de hóspedes azul – respondeu Bess, afofando os travesseiros. – É um dos mais elegantes de Whipple Hill. Fica no mesmo corredor dos aposentos da família.

Junto com a família? Anne olhou para Bess, surpresa.

A criada deu de ombros.

– Sua Senhoria insistiu nisso.

– Ah – retrucou Anne em um arquejo baixo, se perguntando o que o resto da família estaria pensando daquilo.

Bess observou Anne se acomodar sob as cobertas pesadas e perguntou:

– Devo dizer a todos que está bem para receber visitas? Sei que vão querer vê-la.

– Não lorde Winstead, não é? – disse Anne, horrorizada.

Com certeza não permitiriam que ele entrasse no quarto dela. Bem, o quarto não era *dela*, mas ainda assim era um quarto. Com ela dentro.

– Ah, não – tranquilizou-a Bess mais uma vez. – Ele está na própria cama, dormindo, eu espero. Não acho que iremos vê-lo por pelo menos um dia. O pobre coitado está exausto. Imagino que a senhorita pese um pouco mais com as roupas molhadas no corpo.

Bess riu da própria piada e saiu do quarto.

Menos de um minuto depois, lady Pleinsworth entrou.

– Ah, minha pobre, pobre moça! – exclamou. – Que susto nos deu. Mas, nossa, está com uma aparência muito melhor do que há uma hora.

– Obrigada – disse Anne, não se sentindo tão confortável assim com tamanha efusão da parte da patroa.

Lady Pleinsworth sempre fora gentil, mas nunca tentara fazer Anne se sentir um membro da família. Nem Anne contara com isso. Era a parte estranha de ser governanta – não era exatamente uma criada, mas sem dúvida não pertencia à família. A primeira patroa de Anne – a idosa na Ilha de Man – a alertara sobre isso. Trabalhar como governanta era estar eternamente presa entre os andares de cima e os de baixo, e era melhor que ela se acostumasse o mais rápido possível com essa realidade.

– A senhorita devia ter se visto quando Daniel chegou trazendo-a – disse lady Pleinsworth, enquanto se acomodava em uma cadeira perto da cama. – Pobre Frances, pensou que a senhorita estava morta.

– Ah, não, ela ainda está preocupada? Alguém…

– Ela está bem – tranquilizou-a lady Pleinsworth com um aceno brusco de mão. – No entanto, insiste em ver a senhorita com os próprios olhos.

– Isso seria muito agradável – disse Anne, tentando abafar um bocejo. – Eu adoraria a companhia dela.

– A senhorita precisa descansar primeiro – falou lady Pleinsworth com firmeza.

Anne assentiu e afundou um pouco mais nos travesseiros.

– Estou certa de que a senhorita deseja saber como está lorde Winstead – continuou lady Pleinsworth.

Anne assentiu de novo. Queria desesperadamente saber como ele estava, mas vinha se forçando a não perguntar.

Lady Pleinsworth se inclinou para a frente, e havia algo na expressão dela que Anne não conseguiu decifrar por completo.

– A senhorita precisa saber que ele quase teve um colapso depois de carregá-la até em casa.

– Sinto muito – sussurrou Anne.

Mas, se lady Pleinsworth a ouviu, não deu indicação.

– Na verdade, acho que ele *realmente* teve um colapso. Dois criados precisaram ajudá-lo a se levantar e quase o carregaram até o quarto. Juro que nunca vi nada igual.

Anne sentiu as lágrimas ardendo em seus olhos.

– Ah, sinto muito. Sinto tanto...

Então lady Pleinsworth a encarou com uma expressão realmente estranha, quase como se tivesse se esquecido por completo de com quem estava falando.

– Não há necessidade disso. Não é sua culpa.

– Eu sei, mas...

Anne balançou a cabeça. Ela não tinha certeza do que sabia. Não sabia de mais nada.

– Mas a senhorita deveria se sentir grata – prosseguiu lady Pleinsworth com um aceno de mão. – Ele a carregou por cerca de um quilômetro, sabia? E também estava machucado.

– Sou grata – garantiu Anne em voz baixa. – Muito mesmo.

– As rédeas arrebentaram – informou lady Pleinsworth. – Devo dizer que estou estarrecida. É um absurdo que equipamentos em estado tão ruim sejam liberados para sair dos estábulos. Alguém vai perder o emprego por causa disso, tenho certeza.

As rédeas, pensou Anne. Aquilo fazia sentido. Tudo acontecera tão de repente...

– De qualquer modo, dada a gravidade do acidente, devemos ser gratos por nenhum de vocês dois ter se ferido mais seriamente – continuou lady Pleinsworth. – Embora tenham me dito que devemos observar com atenção esse inchaço em sua cabeça.

Anne tocou de novo o inchaço e se encolheu.

– Dói?

– Um pouco – admitiu Anne.

Lady Pleinsworth pareceu não saber o que fazer com aquela informação. Ela se remexeu um pouco no assento, inquieta, então endireitou os ombros, até finalmente dizer:

– Bem...

Anne forçou um sorriso. Era um absurdo, mas de certa forma achava

175

que era papel *dela* tentar fazer lady Pleinsworth se sentir melhor. Provavelmente era resultado de todos aqueles anos de trabalho, sempre querendo agradar aos patrões.

– O médico logo estará aqui – continuou lady Pleinsworth –, mas nesse meio tempo mandarei alguém avisar a lorde Winstead que a senhorita acordou. Ele estava muito preocupado.

– Obrigada… – começou a dizer Anne, mas ao que parecia lady Pleinsworth não havia terminado.

– Mas é curioso – seguiu ela, cerrando os lábios por um instante. – Como a senhorita acabou no cabriolé dele? Na última vez em que o vi, ele estava aqui em Whipple Hill.

Anne engoliu em seco. Aquele era o tipo de conversa com o qual se precisava ter o máximo de cuidado.

– Eu o vi no vilarejo – disse Anne. – Começou a chover e ele se ofereceu para me trazer de volta a Whipple Hill. – Ela esperou por um instante, mas lady Pleinsworth não disse nada, por isso acrescentou: – Fiquei imensamente grata.

Lady Pleinsworth demorou algum tempo considerando a resposta de Anne, então falou:

– Sim, bem, ele é mesmo muito generoso. Embora, considerando o modo como as coisas terminaram, teria sido melhor vir andando. – Ela se levantou de repente e ajeitou a cama. – Agora a senhorita precisa descansar. Mas não durma. Me disseram que não deve dormir até o médico chegar e examiná-la. – Lady Pleinsworth franziu a testa. – Acho que vou mandar Frances vir lhe visitar, afinal. No mínimo, ela a manterá acordada.

Anne sorriu.

– Talvez ela possa ler para mim. Frances já não pratica leitura em voz alta há algum tempo, e vou gostar de ver o progresso dela com a dicção.

– Sempre pensando como uma professora – comentou lady Pleinsworth. – Mas é isso que esperamos de uma governanta, não é?

Anne assentiu, sem saber se aquilo fora um elogio ou um recado para que se lembrasse do seu lugar.

Lady Pleinsworth foi até a porta, então se virou.

– Ah, não precisa se preocupar com os estudos das meninas. Lady Sarah e lady Honoria vão dividir suas funções até a senhorita estar recuperada. Estou certa de que, entre elas, conseguirão chegar a um plano de aula.

– Aritmética – avisou Anne com um bocejo. – Elas precisam ter aula de aritmética.

– Aritmética, claro. – Lady Pleinsworth abriu a porta e saiu para o corredor. – Tente descansar um pouco. Mas não durma.

Anne assentiu e fechou os olhos, embora soubesse que não devia. Mas não achava que conseguiria dormir. Seu corpo estava exausto, mas seus pensamentos corriam soltos. Todos lhe diziam que Daniel estava bem, mas ela ainda continuaria preocupada até vê-lo por si mesma. No entanto, não havia nada que pudesse fazer a respeito naquele momento, não quando mal conseguia andar.

Então Frances entrou animada, subiu na cama ao lado de Anne e começou a tagarelar. O que era, como Anne percebeu depois, exatamente do que precisava.

⌒

O resto do dia transcorreu tranquilamente. Frances ficou no quarto até o médico chegar. Ele orientou Anne a permanecer acordada até a noite cair. Então chegou Elizabeth, com uma bandeja de bolos e doces, e enfim Harriet, trazendo uma pequena pilha de papéis – sua obra em andamento, *Henrique VIII e o unicórnio do mal*.

– Não sei se Frances vai ficar satisfeita com um unicórnio malvado – disse Anne à menina.

Harriet a olhou com uma das sobrancelhas arqueadas.

– Ela não especificou que deveria ser um unicórnio *bom*.

Anne fez uma careta.

– Você terá uma batalha nas mãos, isso é tudo o que vou dizer sobre o assunto.

Harriet deu de ombros.

– Vou começar o segundo ato. O primeiro ato está um desastre completo. Tive que rasgar tudo.

– Por causa do unicórnio?

– Não – falou Harriet com uma careta. – Coloquei as esposas na ordem errada. É divorciada, degolada, morta, divorciada, degolada, viúva.

– Que alegre.

Harriet a encarou com certo ultraje, então disse:

– Troquei uma das divorciadas por uma degolada.

– Posso lhe dar um conselho? – perguntou Anne.

Harriet a encarou.

– Nunca deixe ninguém ouvi-la dizer isso fora de contexto.

A menina deu uma gargalhada, então sacudiu os papéis na mão, indicando que estava pronta para começar.

– Segundo ato – falou, com um floreio. – E não se preocupe, a senhorita não vai ficar confusa, ainda mais agora que revisamos todas as esposas mortas.

Mas antes que Harriet chegasse ao terceiro ato, lady Pleinsworth entrou no quarto, a expressão grave e urgente.

– Preciso falar com a Srta. Wynter – disse para Harriet. – Por favor, deixe-nos a sós.

– Mas nós nem sequer...

– *Agora*, Harriet.

A menina encarou Anne com uma expressão de *o-que-ela-pode-querer*, à qual a governanta não reagiu. Não com lady Pleinsworth parada diante dela, parecendo tão tensa.

Harriet reuniu seus papéis e saiu do quarto. Lady Pleinsworth foi até a porta e, quando se certificou de que Harriet não estava escondida, ouvindo, se virou para Anne e disse:

– As rédeas foram cortadas.

Anne arquejou.

– O quê?

– As rédeas. Do cabriolé de lorde Winstead. Foram cortadas.

– Não. Isso é impossível. Por que...

Mas ela sabia o motivo. E sabia quem fizera aquilo.

George Chervil.

Anne sentiu que empalidecia. Como ele a havia encontrado ali? E como teria descoberto...

A estalagem. Ela e lorde Winstead ficaram lá dentro por pelo menos meia hora. Qualquer um que a estivesse observando teria percebido que ela voltaria para casa no veículo do conde.

Anne já aceitara que o tempo não diminuiria o ardor de George Chervil por vingança, mas nunca pensara que ele seria tão inconsequente a ponto de ameaçar a vida de outra pessoa, ainda mais alguém na posição de Daniel. Pelo amor de Deus, o homem era o conde de Winstead. A morte de uma governanta provavelmente nem seria investigada, mas a de um conde?

George estava louco. Mais louco do que já era. Não podia haver outra explicação.

– Os cavalos voltaram há horas – continuou lady Pleinsworth. – Os cavalariços foram mandados para recuperar o cabriolé, e foi então que viram. Foi um ato claro de sabotagem. O couro, quando gasto, não arrebenta em uma linha reta e uniforme.

– Não – concordou Anne, tentando assimilar tudo.

– Não imagino que a senhorita tenha algum inimigo nefasto em seu passado sobre o qual não tenha nos informado – disse lady Pleinsworth.

Anne sentiu a garganta seca. Teria que mentir. Não havia outra...

Mas lady Pleinsworth provavelmente estivera apenas gracejando, porque não esperou uma resposta.

– Foi Ramsgate – declarou ela. – Santo Deus, *maldito seja*, o homem perdeu o juízo.

Anne ficou apenas encarando a patroa, sem saber se estava aliviada por ter sido poupada do pecado da mentira, ou chocada por lady Pleinsworth ter invocado tão furiosamente o nome do Senhor em vão.

E talvez lady Pleinsworth estivesse certa. Talvez aquilo não tivesse nada a ver com ela, Anne, e o vilão de fato fosse o marquês de Ramsgate. Ele expulsara Daniel do país três anos antes, e não seria de espantar que tentasse matá-lo agora. E sem dúvida o homem não se importaria de levar junto a vida de uma governanta.

– Ele prometeu a Daniel que o deixaria em paz – falou lady Pleinsworth, furiosa, andando de um lado para outro no quarto. – Essa é a única razão para meu sobrinho ter voltado, a senhorita sabe. Daniel pensou que estaria seguro. Lorde Hugh foi até a Itália para dizer a ele que o pai prometera colocar um fim em toda essa sandice. – Ela deixou escapar um arquejo frustrado, as mãos cerradas com firmeza ao lado do corpo. – Foram três anos. Três anos no exílio. Não é o suficiente? Daniel nem sequer matou o filho dele. Foi apenas um ferimento.

Anne se manteve em silêncio, já que não sabia se deveria fazer parte daquela conversa.

Mas então a patroa se virou e encarou-a diretamente.

– Presumo que conheça a história.

– A maior parte dela, acredito.

– Sim, é claro. As meninas devem ter lhe contado tudo. – Ela cruzou os braços, então descruzou-os, e ocorreu a Anne que nunca a vira tão perturbada. Lady Pleinsworth balançou a cabeça e disse: – Não sei como Virginia vai suportar isso. Ela quase morreu ao ver o filho deixar o país.

Virginia devia ser lady Winstead, mãe de Daniel. Anne não sabia o primeiro nome dela.

– Bem – falou lady Pleinsworth –, suponho que possa dormir agora. O sol já se pôs.

– Obrigada – disse Anne. – Por favor, dê...

Mas ela parou no meio da frase.

– Disse alguma coisa? – perguntou lady Pleinsworth.

Anne balançou a cabeça. Teria sido inapropriado pedir a lady Pleinsworth que enviasse seus cumprimentos a lorde Winstead. Se não fosse inapropriado, teria sido pouco inteligente.

Lady Pleinsworth deu um passo na direção da porta, então parou.

– Srta. Wynter.

– Sim?

Lady Pleinsworth virou-se lentamente.

– Há mais uma coisa.

Anne esperou. Não era típico da patroa deixar aqueles silêncios no meio da conversa. Não era um bom presságio.

– Não me escapou o fato de que meu sobrinho...

Ela parou de falar mais uma vez, provavelmente procurando as palavras certas.

– Por favor – disse Anne em um rompante, certa de que seu emprego atual estava por um fio. – Lady Pleinsworth, eu lhe asseguro...

– Não me interrompa – disparou lady Pleinsworth, embora em um tom ainda gentil. Ergueu a mão, indicando que Anne deveria esperar até que ela organizasse as ideias. Por fim, quando a jovem teve certeza de que não conseguiria suportar por mais tempo, ela voltou a se manifestar: – Lorde Winstead parece muito empolgado com a senhorita.

Anne torceu para que a patroa não esperasse uma resposta.

– Posso confiar em seu bom senso, certo? – acrescentou lady Pleinsworth.

– É claro, milady.

180

– Há momentos em que uma mulher precisa mostrar uma sensatez que falta aos homens. Acredito que esse é um desses momentos.

Ela parou e encarou Anne diretamente, indicando que dessa vez esperava, *sim*, uma resposta. Então Anne disse:

– Sim, milady.

E rezou para que fosse o bastante.

– A verdade, Srta. Wynter, é que sei muito pouco a seu respeito.

Anne arregalou os olhos.

– Suas referências são impecáveis e, é claro, seu comportamento desde que se juntou a nós tem sido acima de qualquer crítica. A senhorita é, com certeza, a melhor governanta que já contratamos.

– Obrigada, milady.

– Mas não sei nada sobre a sua família. Não sei quem é seu pai, ou sua mãe, ou que tipo de vínculos possui. A senhorita teve boa criação, isso está bem claro, mas além disso… – Ela levantou as mãos, então olhou Anne nos olhos mais uma vez. – Meu sobrinho deve se casar com alguém com uma posição social clara e imaculada.

– Eu compreendo – retrucou Anne em voz baixa.

– Essa moça quase com certeza virá de uma família nobre.

Anne engoliu em seco, tentando não deixar qualquer emoção transparecer em seu rosto.

– Isso não é estritamente necessário, é claro. É possível que ele venha a se casar com uma moça apenas bem-nascida. Mas isso seria muito fora do comum. – Lady Pleinsworth deu um passo na direção de Anne e inclinou a cabeça de leve para o lado, como se tentasse ver no íntimo dela. – Gosto da senhorita – falou devagar –, mas não a conheço. Compreende?

Anne assentiu.

Lady Pleinsworth voltou a caminhar até a porta e pousou a mão na maçaneta.

– Suspeito que a senhorita não quer que eu a conheça – disse em voz baixa.

Em seguida, se retirou, deixando Anne sozinha com a vela bruxuleante e seus pensamentos tortuosos.

Não havia como interpretar errado o significado dos comentários de lady Pleinsworth. Ela fora avisada de que deveria se manter longe de lorde Winstead, ou melhor, de que deveria se certificar de que *ele* se mantivesse longe *dela*. Mas fora uma conversa amarga e doce ao mesmo tempo. Lady Pleinsworth deixara uma pequena e triste porta aberta, dando a dica de que Anne *talvez* pudesse ser considerada uma esposa adequada se revelasse mais sobre seu passado.

Mas é claro que aquilo era impossível.

Como dizer a lady Pleinsworth a verdade sobre seu passado?

Bem, a questão é que não sou virgem.

E meu nome na verdade não é Anne Wynter.

Ah, e apunhalei um homem que agora está me caçando como um louco, para me matar.

Uma risada desesperada e horrorizada escapou da garganta de Anne. Que histórico aquele...

– Sou mesmo um ótimo partido... – disse a si mesma no escuro, então riu um pouco mais.

Ou talvez tenha chorado. Depois de algum tempo, foi difícil diferenciar uma coisa e outra.

CAPÍTULO 15

Na manhã seguinte, antes que qualquer membro feminino de sua família pudesse deter o que Daniel sabia ser um comportamento impróprio, ele desceu o corredor pisando firme e bateu com força na porta do quarto de hóspedes azul. Já estava com seus trajes de viagem, pois planejava partir para Londres dali a uma hora.

Não escutou nenhum som dentro do quarto, por isso bateu de novo. Dessa vez, ouviu um farfalhar, seguido de uma voz grogue.

– Pode entrar.

Ele o fez, fechando a porta atrás de si bem a tempo de ouvir Anne arquejar:

– Milorde!

– Preciso falar com a senhorita – disse ele, sucintamente.

Ela assentiu, puxando as cobertas até o queixo, o que ele achou um absurdo, considerando o saco nada atraente que ela parecia usar no lugar de uma camisola.

– O que está fazendo aqui? – perguntou ela, agitada.

Sem preâmbulos, Daniel falou:

– Estou partindo para Londres agora de manhã.

Anne não disse nada.

– A esta altura a senhorita já sabe que as rédeas foram cortadas.

Ela assentiu.

– Foi lorde Ramsgate – disse ele. – Um de seus homens. Provavelmente o mesmo de quem fui atrás, para investigar, na estalagem. O que eu lhe disse que estava embriagado.

– O senhor falou que ele quebrou tudo, dos estábulos até a estalagem – sussurrou ela.

– Exatamente – concordou ele, todos os músculos do corpo tensos.

Se ele se movesse um milímetro que fosse, caso baixasse a guarda por um

183

momento sequer, não sabia o que aconteceria. Talvez gritasse. Talvez socasse as paredes. Tudo o que sabia era que uma fúria incontrolável vinha crescendo dentro dele, e toda vez que achava que havia chegado a um limite, que aquela raiva não poderia crescer mais, algo dentro dele estalava e rangia. A pele ficava muito rígida, e o ódio, a fúria... lutavam para se libertar.

Era algo quente. Algo escuro. Espremendo a alma dele.

– Lorde Winstead? – chamou Anne em voz baixa, e Daniel não conseguia imaginar até que ponto a raiva que sentia aparecera em seu rosto, porque os olhos dela estavam arregalados, com uma expressão alarmada. Então, em um sussurro quase inaudível, ela disse: – Daniel?

Era a primeira vez que ela o chamava pelo primeiro nome.

Ele engoliu em seco e cerrou os dentes enquanto se esforçava para manter o controle.

– Essa não seria a primeira vez que ele tentou me matar – disse, por fim. – Mas é a primeira vez que quase mata outra pessoa em sua tentativa.

Daniel a observou com atenção. Ela ainda estava com as cobertas sob o queixo, os dedos apertando as bordas. A boca de Anne se moveu, como se ela quisesse dizer alguma coisa. Ele esperou.

Ela continuou em silêncio.

Daniel permaneceu na mesma posição, perto da cama, o corpo rígido, as mãos juntas nas costas. Havia algo tão insuportavelmente formal naquela cena, apesar de Anne estar na cama, com os cabelos desalinhados pelo sono, uma única trança grossa caindo pelo ombro direito.

Eles não costumavam conversar com tanta formalidade. Talvez devesse ter sido assim, talvez isso o tivesse poupado de tamanha paixão, o que por sua vez a teria poupado de estar na companhia dele no dia em que Ramsgate escolhera agir.

Com certeza, teria sido melhor para ela se os dois nunca tivessem se conhecido.

– O que o senhor fará? – perguntou ela, por fim.

– Quando encontrá-lo?

Ela assentiu.

– Não sei. Se ele tiver sorte, não o estrangularei imediatamente. É provável que o marquês também esteja por trás do ataque de Londres. O ataque que todos nós pensamos que houvesse sido apenas má sorte, dois ladrõezinhos em busca de uma bolsa cheia de dinheiro.

– Pode ter sido – argumentou Anne. – O senhor não tem como saber. Pessoas são assaltadas o tempo todo em Londres. É...

– A senhorita o está defendendo? – perguntou ele, incrédulo.

– Não! É claro que não. É só que... Bem... – Ela engoliu em seco. Quando voltou a falar, sua voz era muito baixa. – O senhor não tem todas as informações.

Por um momento, Daniel apenas encarou-a, não confiando em si mesmo para falar.

– Passei os últimos três anos fugindo dos homens dele na Europa – disse finalmente. – Sabia disso? Não? Pois foi o que aconteceu. E estou cansado disso. Se Ramsgate queria se vingar de mim, com certeza conseguiu. Três anos da minha vida roubados. Tem ideia do que é isso? Três anos de sua vida lhe sendo arrancados?

Anne entreabriu os lábios e, por um momento, Daniel achou que ela talvez fosse dizer que sim. Anne parecia zonza, quase hipnotizada, até que enfim respondeu:

– Lamento. Continue.

– Falarei com o filho dele primeiro. Posso confiar em lorde Hugh. Ou ao menos sempre achei que podia. – Daniel fechou os olhos e apenas respirou, tentando, com dificuldade, manter o equilíbrio. – Não sei mais em quem ainda posso confiar.

– O senhor pode... – Ela parou. Engoliu as palavras. Estivera prestes a dizer que ele podia confiar nela? Daniel a encarou com atenção, mas Anne virou o rosto, os olhos fixos na janela próxima. As cortinas estavam fechadas, mas ela continuou a olhar naquela direção, como se houvesse algo para ver. – Desejo-lhe uma boa viagem – sussurrou.

– A senhorita está zangada comigo – disse ele.

Anne voltou-se rapidamente para encará-lo.

– Não. Não, é claro que não. Eu jamais...

– A senhorita jamais teria se machucado se não estivesse em meu cabriolé – interrompeu Daniel. Jamais se perdoaria pelos ferimentos que lhe causara. Precisava que Anne soubesse disso. – Foi minha culpa a senhorita...

– Não! – gritou ela. Anne pulou da cama e correu na direção dele, mas parou abruptamente a menos de um metro. – Não, isso não é verdade. Eu... eu só... Não – disse, erguendo o queixo com determinação. – Não é verdade.

Daniel a encarou. Ela estava ao alcance de sua mão. Se ele se inclinasse para a frente, se esticasse o braço, poderia segurar a manga da camisola dela. Poderia puxá-la para si, e juntos eles se dissolveriam, ele nela e ela nele, até não saberem mais onde um começava e o outro terminava.

– Não foi culpa sua – insistiu Anne.

– Fui eu que suscitei o desejo de vingança de lorde Ramsgate – lembrou ele, baixinho.

– Não somos... – Ela desviou o olhar, mas não antes de secar um dos olhos com as costas da mão. – Não somos responsáveis pelas ações dos outros. – A voz dela tremia de emoção, mas ela não conseguiu encará-lo. – Ainda mais pelas ações de um louco – acrescentou.

– Não – disse Daniel, a voz se destacando no ar suave da manhã. – Mas temos responsabilidade pelos que estão ao nosso redor. Harriet, Elizabeth e Frances... Não gostaria que eu as mantivesse seguras?

– Não – retrucou Anne, franzindo a testa, perturbada. – Não é isso que quero dizer. O senhor sabe que não foi...

– Sou responsável por todas as pessoas nestas terras – interrompeu ele. – Pela senhorita também, enquanto estiver aqui. E, a partir do momento em que sei que alguém me deseja mal, é meu dever e minha obrigação me certificar de que não arraste uma única pessoa para o perigo comigo.

Anne o encarou com os olhos arregalados, sem piscar, e Daniel se perguntou o que ela viu. *Quem* ela viu. As palavras que saíram da boca dele lhe eram familiares. Ele soara como o pai, e como o avô antes disso. Era isso que significava ter herdado um título de nobreza ancestral? Tornar-se responsável pela vida de todas as pessoas que residiam em suas terras? Ele fora feito conde muito jovem, e havia sido forçado a abandonar a Inglaterra apenas um ano depois.

Sim, era isso que significava, Daniel finalmente se deu conta. Era isso que tudo aquilo significava.

– Não permitirei que lhe façam mal – afirmou ele, a voz quase trêmula.

Anne fechou os olhos, mas então os franziu e a pele de suas têmporas também se enrugou, numa expressão de dor.

– Anne – falou Daniel, adiantando-se.

Mas ela balançou a cabeça quase violentamente e um estranho choro engasgado escapou de sua garganta.

E quase partiu o coração de Daniel ao meio.

– O que foi? – perguntou ele, cruzando a distância que os separava.

Pousou as mãos nos braços dela, talvez para ampará-la... talvez para amparar a si mesmo. Então precisou parar, simplesmente para respirar. A urgência de puxá-la mais para perto era avassaladora. Quando entrara naquele quarto, alguns minutos mais cedo, Daniel dissera a si mesmo que não tocaria nela, que não se aproximaria a ponto de conseguir sentir o ar se movendo ao redor dela. Mas aquilo... ele não conseguiria suportar.

– Não – disse ela, girando o corpo, mas não o bastante para fazê-lo acreditar que tinha mesmo a intenção de se afastar. – Por favor. Vá. Só vá embora.

– Não, até a senhorita dizer...

– Não posso – gritou Anne, então ela se desvencilhou dele e recuou até os dois estarem mais uma vez separados pelo ar frio da manhã. – Não posso lhe dizer o que quer ouvir. Não posso ficar com o senhor, e não posso nem mesmo vê-lo de novo. Compreende?

Daniel não respondeu. Porque compreendia. Mas não concordava.

Anne calou-se e ergueu as mãos para cobrir o rosto, esfregando e esticando a pele com tamanha angústia que Daniel quase se aproximou de novo, para fazê-la parar.

– Não posso ficar com o senhor – disparou Anne, as palavras saindo com tanta urgência e firmeza que ele se perguntou a quem ela estava tentando convencer. – Não sou... a pessoa... Não sou uma mulher adequada para o senhor – falou, olhando na direção da janela. – Não sou de sua posição social, e não sou...

Daniel esperou. Ela quase dissera outra coisa. Ele tinha certeza.

Mas quando Anne voltou a falar, sua voz mudara de tom e ela parecia determinada demais.

– O senhor vai me arruinar. – Nesse momento ela o encarou e Daniel quase se encolheu diante do vazio que viu em seu rosto. – Não será sua intenção, mas é o que irá acontecer, e perderei meu emprego e tudo o que me é caro.

– Anne, eu a protegerei.

– Não quero sua proteção. Não entende? Aprendi a tomar conta de mim mesma, a me sustentar... – Ela parou, e depois de algum tempo acrescentou: – Não posso ser responsável pelo senhor também.

– Não precisa ser – respondeu Daniel, tentando compreender o significado do que ela dissera.

Anne se afastou.

– O senhor não entende.

– Não – disse ele bruscamente. – Não entendo.

Como poderia? Ela guardava segredos como se fossem pequenos tesouros, obrigando-o a implorar pelas lembranças dela como se fosse um maldito cão.

– Daniel... – chamou ela, baixinho.

E lá estava de novo. O primeiro nome dele. Foi como se Daniel nunca tivesse ouvido o próprio nome antes. Porque quando Anne falou, ele sentiu o som de cada letra como uma carícia. Cada sílaba pousou sobre a pele dele como um beijo.

– Anne – disse ele, e não reconheceu a própria voz. Estava áspera, rouca de anseio e desejo, e... e...

Então, antes que se desse conta do que estava prestes a fazer, Daniel puxou-a com força para os braços e no instante seguinte a beijava como se ela fosse ar, água, a própria salvação dele. Precisava de Anne com um desespero que, se parasse para pensar nisso, o abalaria no âmago do seu ser.

Mas Daniel não estava pensando. Não naquele momento. Estava cansado de pensar, cansado de se preocupar. Queria apenas sentir, deixar a paixão dominar seus sentidos, e seus sentidos dominarem seu corpo.

E queria que ela o desejasse do mesmo modo.

– Anne... Anne – arquejou, as mãos tateando freneticamente a lã horrível da camisola dela. – O que você faz comigo...

Ela o interrompeu, não com palavras, mas com o próprio corpo, pressionando-o no dele com a mesma urgência que dominava Daniel. As mãos dela estavam na camisa dele, rasgando a frente, abrindo até que ela pudesse sentir a pele dele na sua.

Era mais do que ele conseguiria suportar.

Com um gemido gutural, ele meio a ergueu, meio a virou, até os dois irem cambaleando para a cama. Enfim Daniel a tinha onde a desejara pelo que parecia ser toda uma vida. Embaixo dele, as pernas envolvendo-o suavemente.

– Quero você – disse ele, embora não houvesse dúvida em relação a isso. – Quero você agora, de todos os modos que um homem pode querer uma mulher.

As palavras dele eram grosseiras, mas ele gostou de pronunciá-las. Aquilo não era romance, era puro desejo. Anne quase morrera. Ele mesmo poderia morrer no dia seguinte. E se isso acontecesse, se o fim chegasse e ele não houvesse saboreado o paraíso antes disso...

Daniel quase rasgou a camisola dela para afastá-la do corpo.

Então... parou.

Parou para respirar, para apenas olhar para ela e se deleitar com a gloriosa perfeição do corpo feminino. Os seios de Anne se erguiam a cada respiração e, com as mãos trêmulas, Daniel envolveu um deles, quase estremecendo de prazer com aquele simples toque.

– Você é tão linda... – sussurrou. Anne provavelmente já ouvira essas palavras milhares de vezes, mas Daniel queria que as ouvisse *dele*. – É tão...

Mas não terminou, porque Anne estava muito acima de sua beleza. E não havia como ele dizer aquilo, não havia como colocar em palavras todas as razões pelas quais sua respiração acelerava cada vez que a via.

Anne cobriu a nudez com as mãos e ruborizou, lembrando a Daniel que aquilo devia ser novo para ela. Era novo para ele também. Já fizera amor com outras mulheres, provavelmente com mais mulheres do que gostaria de admitir, mas aquela era a primeira vez... ela era a primeira...

Nunca fora daquela forma. Ele não conseguiria explicar a diferença, mas nunca fora daquela forma.

– Beije-me – sussurrou ela –, por favor.

Ele obedeceu e arrancou a camisa pela cabeça antes de acomodar o corpo sobre o de Anne, colando a pele à dela. Beijou-a profundamente na boca e depois passou para o pescoço, a clavícula e, enfim, com um prazer que deixou cada músculo de seu corpo tenso, o seio. Ela deixou escapar um grunhido e arqueou o corpo na direção dele, o que Daniel interpretou como um convite para passar para o outro seio, então sugou-o e mordiscou-o até achar que perderia a sanidade ali mesmo.

Santo Deus, ela nem sequer o tocara. Daniel ainda estava com os calções fechados e já quase perdera o controle. Aquilo não acontecera nem quando ele ainda era um rapaz sem experiência.

Precisava estar dentro dela. Naquele instante. O que sentia ia além do desejo, além do anseio. Era primitivo, uma urgência que crescia em seu íntimo, como se a própria vida dele dependesse de fazer amor com aquela mulher. Se aquilo era loucura, então ele era louco.

Louco por ela, e tinha a sensação de que jamais deixaria de ser.

– Anne – gemeu, parando por um momento para tentar recuperar o fôlego. O rosto dele descansava suavemente sobre a barriga dela, e ele inalou o perfume de Anne, enquanto lutava para se controlar. – Anne, eu preciso de você. – Daniel levantou os olhos. – *Agora*. Você compreende?

Ele ficou de joelhos e levou as mãos aos calções. Então ela disse:

– Não.

As mãos dele ficaram imóveis. *Não, ela não compreendia? Não, não naquele momento?* Ou não, não...

– Não posso – sussurrou Anne, e puxou o lençol em uma tentativa desesperada de se cobrir.

Santo Deus, não *aquele* não.

– Desculpe – disse ela em um arquejo agoniado. – Lamento tanto... Ah, meu Deus, desculpe. – Com movimentos frenéticos, ela saiu da cama, tentando levar o lençol junto. Mas Daniel ainda estava prendendo o lençol, por isso Anne tropeçou e acabou caindo de novo em cima da cama. Ainda assim, ela se manteve determinada, puxando com força o lençol e dizendo sem parar: – Desculpe.

Daniel tentava apenas respirar, torcendo para que cada inspiração acalmasse o que naquele momento era uma dolorosa ereção. Estava tão dominado pelo desejo que não conseguia nem pensar direito, quanto mais organizar uma frase coerente.

– Eu não deveria... – continuou Anne, ainda tentando se cobrir.

Ela não conseguiria sair pela lateral da cama, não se quisesse se manter coberta. Daniel poderia esticar a mão para detê-la – seus braços eram longos o bastante. Poderia passar as mãos ao redor dos ombros dela e a puxar de volta, seduzindo-a de novo. Poderia fazê-la se contorcer de prazer até que ela não conseguisse mais lembrar o próprio nome. Daniel sabia como fazer isso.

Mas ele não se moveu. Ficou parado como uma maldita estátua, de joelhos ali em cima da cama, com as mãos prontas para abrir os calções.

– Desculpe – repetiu Anne, no que provavelmente era a quinquagésima vez. – Desculpe, eu só... não posso. É a única coisa que eu tenho. Entende? É a única coisa que eu tenho.

A virgindade dela.

Daniel nem pensara nisso. Que tipo de homem ele era?

– Desculpe.

Dessa vez foi ele que disse, então quase riu do absurdo da situação. Era uma sinfonia de desculpas, desconfortáveis e absolutamente discordantes.

– Não, não – retrucou ela, ainda balançando a cabeça. – Eu não deveria. Não deveria ter permitido a você, e não deveria ter *me* permitido. Sei disso. *Sei* muito bem.

Daniel também sabia.

Ele praguejou baixinho e desceu da cama, esquecendo-se de que estava prendendo-a no lugar com o lençol. Anne saiu cambaleando e girando, tropeçando nos próprios pés, até aterrissar em uma poltrona próxima, enrolada em uma toga romana rústica e improvisada.

Teria sido engraçado se Daniel não se sentisse tão perto de explodir.

– Desculpe – voltou a dizer Anne.

– *Pare* de dizer isso – quase implorou Daniel.

Havia exasperação na voz dele... não, desespero... e ela provavelmente percebeu, porque se calou e ficou encarando-o, nervosa, enquanto ele vestia a camisa.

– De qualquer modo, preciso partir para Londres – falou Daniel, não que *aquilo* fosse detê-lo se ela não o tivesse feito.

Anne assentiu.

– Falaremos sobre isso mais tarde – acrescentou ele em um tom firme.

Não tinha ideia do que diria, mas *iria* conversar com ela a respeito. Só não naquele momento, com toda a casa acordando.

Toda a casa. Santo Deus, ele realmente perdera a cabeça. Determinado em mostrar consideração e respeito por Anne na noite anterior, havia pedido às criadas que a acomodassem no quarto de hóspedes mais elegante, no mesmo corredor do resto da família. Qualquer um poderia ter entrado pela porta. A *mãe* dele poderia tê-los visto. Ou, pior, uma de suas primas. Daniel não conseguia imaginar o que elas pensariam que ele estava fazendo. Ao menos a mãe dele saberia que ele não estava matando a governanta.

Anne assentiu de novo, mas não estava olhando para ele. Uma pequena parte de Daniel achou aquilo curioso, mas então uma parte maior prontamente deixou aquilo para lá. Ele estava preocupado demais com os resultados dolorosos de seu desejo não satisfeito para pensar sobre o fato de Anne não tê-lo olhado nos olhos quando assentiu.

– Eu a procurarei quando voltar à cidade – disse ele.

Anne disse alguma coisa em resposta, tão baixo que Daniel não conseguiu compreender.

– O que disse? – perguntou.

– Eu disse... – Ela pigarreou. Então voltou a falar. – Disse que não acho que seja sensato.

Ele a encarou, muito sério.

– Prefere que eu finja mais uma vez que vou visitar minhas primas?

– Não. Eu... – Anne se virou, mas Daniel viu o lampejo de angústia em seus olhos, seguido por raiva, talvez, e por fim resignação. Quando ela voltou a fitá-lo, olhou direto em seus olhos, mas aquele brilho que tantas vezes o atraía para ela parecia ter desaparecido. – Eu preferiria apenas que não aparecesse – disse ela, a voz tão cuidadosa que era quase monótona.

Ele cruzou os braços.

– É mesmo?

– Sim.

Daniel se debateu por um momento... consigo mesmo. Finalmente perguntou, com certa agressividade:

– Por causa do que aconteceu aqui?

Os olhos dele pousaram no ombro dela, de onde o lençol escorregara, revelando um pequeno pedaço de pele rosada e suave à luz da manhã. Eram pouquíssimos centímetros quadrados de pele, mas naquele momento Daniel a desejou com tanta força que mal conseguia falar.

Ele *queria* Anne.

Ela o encarou e seguiu o olhar dele, até ver que estava fixo em seu ombro. Com um pequeno arquejo, Anne puxou o lençol para voltar a se cobrir.

– Eu... – Ela engoliu em seco, talvez tentando reunir coragem, então continuou: – Não vou mentir para você e dizer que não quis isso.

– Que não quis a mim – interrompeu Daniel, irritado. – A *mim*.

Ela fechou os olhos.

– Sim, você.

Uma parte de Daniel queria interrompê-la de novo, queria lembrá-la de que ela ainda o queria, que aquilo não estava e nunca estaria no passado.

– Mas não posso tê-lo – continuou Anne, baixinho. – Por causa disso, *você* não pode *me* ter.

Então, para seu mais absoluto assombro, Daniel se viu perguntando:

– E se eu me casasse com você?

Anne o encarou, perplexa e então aterrorizada, porque Daniel parecia tão surpreso quanto ela. Anne tinha certeza de que se ele pudesse voltar atrás, seria o que faria.

E rápido.

Mas a pergunta dele – Anne não poderia pensar nela de forma alguma como um pedido de casamento – ficou pairando no ar, enquanto os dois se encaravam, imóveis, até finalmente Anne voltar a si. Ela se levantou de um salto e recuou até conseguir colocar a poltrona entre os dois.

– Você não pode fazer isso – falou em um rompante.

A frase pareceu provocar aquela típica reação masculina *não-me-diga--o-que-fazer*.

– Por que não? – disparou Daniel.

– Porque não pode – retrucou ela no mesmo tom, puxando o lençol, que havia se agarrado ao canto da poltrona. – Deve saber disso. Pelo amor de Deus, você é um conde. Não pode se casar com uma ninguém.

Especialmente uma ninguém com uma identidade falsa.

– Ora, eu posso me casar com quem bem entender.

Ah, pelo amor de Deus. Agora ele parecia um menino de 3 anos cujo brinquedo havia quebrado. Daniel não entendia que *ela* não podia fazer aquilo? Ele podia se enganar se quisesse, mas ela nunca seria tão ingênua. Ainda mais depois da conversa que tivera com lady Pleinsworth na noite anterior.

– Você está sendo tolo – acusou Anne, puxando mais uma vez o maldito lençol. Santo Deus, era pedir muito só querer se livrar daquilo? – E nada prático. Além disso, não quer realmente se casar comigo. Só me quer na sua cama.

Ele recuou, visivelmente irritado com a declaração dela. Mas não a contradisse.

Anne bufou, impaciente. Não tivera a intenção de insultá-lo, e ele deveria ter percebido isso.

– Não acho que planeje me seduzir e depois me abandonar – disse ela, porque não importava quanto Daniel a deixasse furiosa, ela não conseguia suportar a ideia de que ele achasse que ela o considerava um canalha. – Conheço esse tipo de homem, e você não é assim. Mas dificilmente tinha a intenção verdadeira de me pedir em casamento, e eu com certeza não o prenderei a esse pedido.

Ele estreitou os olhos, e Anne notou que tinham um brilho perigoso.

– Quando você passou a me conhecer melhor do que eu mesmo?

– Quando você parou de *pensar*. – Ela voltou a puxar o lençol, dessa vez com tanta violência que a cadeira se inclinou para a frente e quase virou, e Anne quase ficou nua. – Aaargh! – exclamou, frustrada a ponto de querer socar alguma coisa. Ao erguer os olhos, viu Daniel parado, apenas observando-a, e quase gritou, de tão furiosa que estava. Com ele, com George Chervil, com o maldito lençol que não parava de se enroscar entre suas pernas. – Pode simplesmente ir embora? – pediu ela. – Agora, antes que alguém entre?

Daniel sorriu, mas não foi nada parecido com os sorrisos que ela conhecia. Era frio, zombeteiro, e partiu o coração de Anne.

– O que aconteceria, então? – murmurou ele. – Você, vestida apenas com um lençol. Eu, todo amarrotado.

– Ninguém insistiria em um casamento – retrucou Anne, ríspida. – Isso eu posso lhe garantir. Você voltaria à sua vida agradável e eu seria demitida sem referências.

Ele a encarou com severidade.

– Imagino que agora você vá dizer que esse era o meu plano o tempo todo. Arruiná-la para que você não tivesse outra escolha a não ser se tornar minha amante.

– Não – disse ela rapidamente. Porque não poderia mentir para ele, não sobre isso. Então, em uma voz mais baixa, acrescentou: – Eu jamais pensaria isso de você.

Daniel ficou em silêncio, os olhos examinando-a intensamente. Ele estava magoado, Anne podia ver. Não a pedira em casamento a sério, mas ainda assim ela, de certa maneira, o rejeitara. E *odiava* saber que ele estava sofrendo. Odiava a expressão dele, o modo rígido como seus braços caíam ao lado do corpo e, mais do que tudo, odiava saber que as coisas nunca mais seriam como antes entre eles. Não conversariam. Não ririam.

Não se beijariam.

Por que o detivera? Estivera nos braços dele, pele contra pele, e o desejara. Anne o desejara com um ardor que nunca sonhara ser possível. Quisera trazê-lo para dentro de si, e quisera amá-lo com seu corpo como já o amava com seu coração.

Ela o amava.

Santo Deus.

– Anne?

Ela não respondeu.

Daniel franziu a testa, preocupado.

– Anne, você está bem? Ficou pálida.

Ela não estava bem. Aliás, não sabia se algum dia voltaria a ficar bem.

– Estou bem – respondeu.

– Anne…

Agora Daniel parecia preocupado, e começou a caminhar na direção dela. Mas, se ele a tocasse, se sequer encostasse nela, Anne sabia que abandonaria sua determinação.

– Não – praticamente urrou ela, detestando o modo como sua voz saiu.

Doeu. A palavra doeu. Em sua garganta, em seus ouvidos, e também em Daniel.

Mas ela precisava fazer aquilo.

– Por favor, não – pediu. – Preciso que me deixe só. Esse… Esse… – Ela se esforçou para encontrar uma palavra, e não conseguiria suportar chamar de "coisa". – Esse *sentimento* entre nós… – resolveu dizer por fim. – Isso não nos levará a nada. Você tem que ser capaz de perceber isso. E se você se importa comigo de algum modo, vai sair daqui.

Mas ele não se moveu.

– Vai sair agora – quase gritou Anne, e soou como um animal ferido.

Que era exatamente como se sentia.

Por vários segundos, Daniel ficou parado onde estava, imóvel. Então, finalmente, em uma voz tão baixa quanto determinada, disse:

– Vou sair, mas não por qualquer uma das razões que você apresentou. Vou a Londres para resolver o assunto com Ramsgate. Então… *então* – falou ele, com maior ênfase –, vamos conversar.

Anne balançou a cabeça, em uma negativa silenciosa. Não conseguiria passar por aquilo de novo. Era doloroso demais ouvi-lo desfiando histórias com finais felizes que jamais seriam dela.

Daniel saiu pisando firme em direção à porta.

– Vamos conversar – repetiu.

Só depois de vê-lo sair foi que Anne sussurrou:

– Não. Não vamos.

CAPÍTULO 16

Londres
Uma semana depois

Ela estava de volta.

Daniel soubera pela irmã, que soubera pela mãe deles, que soubera diretamente pela tia dele.

Não conseguiria imaginar uma cadeia de informação mais eficiente.

Daniel realmente não esperara que as Pleinsworths permanecessem em Whipple Hill por tanto tempo depois que ele partiu. Ou talvez o mais certo fosse dizer que ele não pensara muito no assunto, não até vários dias terem se passado e elas continuarem no campo.

Mas, no fim, provavelmente foi melhor que elas ficassem fora da cidade (e, por elas, ele estava na verdade se referindo a Anne). Fora uma semana cheia de compromissos – e frustrante –, e saber que a Srta. Wynter estava à distância de uma caminhada seria uma distração que ele não poderia se permitir.

Conversara com Hugh. De novo. E Hugh conversara com o pai. De novo. E quando Hugh voltara e dissera a Daniel que ainda não acreditava que o pai estivesse envolvido nos ataques recentes, Daniel perdera o controle. Então Hugh fizera o que Daniel deveria ter insistido para que fizesse semanas antes.

Levou-o para conversar direto com lorde Ramsgate.

Agora Daniel estava completamente perdido, porque também não achava que lorde Ramsgate tentara matá-lo. Talvez fosse um tolo, talvez quisesse apenas acreditar que aquele capítulo horrível de sua vida enfim estava encerrado, mas não vira fúria nos olhos de Ramsgate. Não como na última vez em que haviam se encontrado, logo depois de Hugh ter sido baleado.

Além disso, Hugh reafirmou sua ameaça de suicídio. Daniel não sabia se o amigo era brilhante ou louco, mas, fosse como fosse, fora assustador vê-lo reiterando a promessa de se matar se alguma coisa acontecesse a Daniel.

Lorde Ramsgate ficara visivelmente abalado, embora com certeza não fosse a primeira vez que ouvira o filho falar aquilo. Até Daniel se sentira mal, ao testemunhar uma promessa tão ímpia.

E acreditara no amigo. O olhar de Hugh... O modo frio, quase inexpressivo como falara... Tinha sido horrível.

Tudo aquilo significava que quando lorde Ramsgate praticamente cuspira em Daniel, jurando que não lhe faria mal, Daniel acreditara no homem.

Isso acontecera dois dias antes, dois dias durante os quais Daniel tivera pouco a fazer a não ser pensar em quem mais poderia querê-lo morto. Pensar sobre o que Anne poderia ter querido dizer quando falara que não poderia ser responsável por ele. Sobre que segredos ela escondia, e por que dissera que Daniel não tinha todas as informações.

Que diabo ela quisera dizer com aquilo?

O ataque poderia ter sido dirigido a *ela*? Não era impossível alguém ter deduzido que ela voltaria para casa no cabriolé dele. Os dois sem dúvida haviam passado tempo suficiente dentro da estalagem para que alguém pudesse sabotar os arreios.

Daniel se lembrou novamente do dia em que Anne entrara correndo na loja do Sr. Hoby, de olhos arregalados e apavorada. Ela dissera que havia alguém que não desejava ver.

Quem?

E será que não percebia que Daniel poderia ajudá-la? Era verdade que retornara recentemente do exílio, mas tinha posição social, e com isso vinha poder, com certeza poder o bastante para mantê-la a salvo. Sim, ele passara três anos fugindo, mas enfrentara o marquês de Ramsgate.

Ele era o conde de Winstead. Havia poucos homens acima dele na sociedade. Apenas um punhado de duques, alguns marqueses e a realeza. Sem dúvida Anne não teria conseguido fazer um inimigo entre essa gente de classe tão alta.

Mas quando Daniel subira os degraus da Casa Pleinsworth e pedira para vê-la, fora informado de que Anne não se encontrava lá.

E quando repetira o pedido na manhã seguinte, recebera a mesma resposta.

Agora, várias horas mais tarde, ele estava de volta e, dessa vez, a tia em pessoa veio dizer que a governanta não o receberia.

– Você precisa deixar a pobre menina em paz – disse ela, ríspida.

Daniel não estava com humor para ser repreendido por sua tia Charlotte, por isso ignorou o que ela disse e foi direto ao ponto:

– Preciso falar com ela.

– Bem, ela não está aqui.

– Ah, pelo amor de Deus, tia, sei que ela...

– Admito que ela estava lá em cima quando você apareceu hoje de manhã – interrompeu lady Pleinsworth. – Ainda bem que a Srta. Wynter teve o bom senso de interromper esse flerte, já que você não teve. Mas ela realmente não está em casa agora.

– Tia Charlotte... – disse Daniel, em tom de alerta.

– Não está! – Ela ergueu ligeiramente o queixo. – É a tarde de folga dela, e a Srta. Wynter sempre sai em sua tarde de folga.

– Sempre?

– Até onde eu sei. – A tia agitou a mão com impaciência no ar. – Ela tem coisas a resolver e... e seja lá o que quer que faça.

Seja lá o que quer que faça. Que declaração.

– Muito bem – disse Daniel em um tom seco. – Vou esperá-la.

– Ah, não vai, não.

– A senhora vai proibir minha presença em sua sala de estar? – perguntou Daniel, encarando-a com incredulidade.

A tia cruzou os braços.

– Se for preciso.

Daniel também cruzou os braços.

– Sou seu sobrinho.

– E, por incrível que pareça, isso parece não tê-lo imbuído de bom senso. Ele a encarou.

– Isso foi um insulto – esclareceu ela –, caso você não tenha entendido. Santo Deus.

– Se você se importa um pouco que seja com a Srta. Wynter – continuou lady Pleinsworth, altivamente –, vai deixá-la em paz. Ela é uma dama sensata, e só a mantive trabalhando para mim porque tenho certeza absoluta de que foi você quem a importunou, e não o contrário.

– A senhora falou com ela a meu respeito? – quis saber Daniel. – Chegou a ameaçá-la?

– É claro que não – respondeu a tia, irritada. Mas desviou os olhos por uma fração de segundo e Daniel soube que ela estava mentindo. – Como se eu fosse ameaçá-la... – continuou, bufando. – Além do mais, não é com *ela* que preciso ter uma conversa. A Srta. Wynter sabe como funciona o mundo, mesmo que você não saiba. O que aconteceu em Whipple Hill pode ser ignorado...

– *O que aconteceu?* – ecoou Daniel, apavorado, enquanto se perguntava a que exatamente a tia estava se referindo.

Será que alguém descobrira alguma coisa sobre a visita dele ao quarto de Anne? Não, era impossível. Anne teria sido expulsa da casa se isso tivesse acontecido.

– O tempo que você passou sozinho com ela – esclareceu lady Pleinsworth. – Não pense que não sei. Por mais que eu fosse ficar muito satisfeita em saber que você de repente passou a se interessar pela companhia de Harriet, Elizabeth e Frances, qualquer tolo poderia ver que você estava babando como um cachorrinho atrás da Srta. Wynter.

– Outro insulto, eu presumo – disse Daniel.

Ela cerrou os lábios, mas, a não ser por isso, ignorou o comentário.

– Não quero ter que dispensá-la – avisou a tia –, mas se você insistir nesse contato, não terei escolha. E posso lhe assegurar que nenhuma família de boa posição contrataria uma governanta que permite liberdades a um conde.

– Que *permite liberdades*? – repetiu ele, a voz uma mistura de incredulidade e desprezo. – Não a insulte com essas palavras.

A tia recuou e o encarou com certa pena.

– Não sou *eu* que a insulto. Na verdade, aplaudo a Srta. Wynter por ter tanto bom senso, quando você não tem nenhum. Fui alertada para não contratar uma jovem tão bonita como governanta, mas, apesar da aparência, ela é extremamente inteligente, e as meninas a adoram. Preferiria que eu a discriminasse por sua beleza?

– Não – retrucou Daniel, irritado, prestes a subir pelas paredes de frustração. – E que diabo isso tem a ver com o assunto? Só quero falar com ela. – O tom dele se elevou no fim da frase, chegando perigosamente perto de um rugido.

Lady Pleinsworth o encarou por um longo tempo.

– Não – disse por fim.

Daniel quase mordeu a língua para não faltar ao respeito com ela. O único modo de a tia deixá-lo ver Anne seria se ele lhe contasse que desconfiava de que fora *Anne* o alvo do ataque em Whipple Hill. Mas qualquer coisa que sequer sugerisse um passado escandaloso teria como consequência imediata a demissão da governanta, e Daniel não poderia se permitir ser o culpado do desemprego dela.

Por fim, com a paciência já por um fio, ele exalou por entre os dentes e disse:

– Preciso falar com ela mais uma vez. Só mais uma vez. Pode ser na sua sala de estar, com a porta aberta, mas insisto em ter privacidade.

A tia olhou-o com desconfiança.

– Uma vez?

– Sim.

Não era exatamente verdade; Daniel desejava muito mais do que isso, mas era tudo o que iria pedir.

– Vou pensar – retrucou ela, torcendo o nariz.

– Tia Charlotte!

– Ah, muito bem, só uma vez, e apenas porque quero acreditar que sua mãe criou um filho que tem um mínimo de noção de certo e errado.

– Ora, pelo amor de...

– Não blasfeme na minha frente – alertou ela –, caso contrário reconsiderarei minha decisão.

Daniel calou-se, cerrando os dentes com tanta força que achou que eles fossem se quebrar.

– Você pode visitá-la amanhã – disse lady Pleinsworth. – Às onze da manhã. As meninas planejam ir às compras com Sarah e Honoria. Prefiro que elas não estejam em casa enquanto você estiver...

Ela pareceu não saber como descrever a situação, e preferiu acenar com a mão em um gesto de insatisfação.

Ele assentiu, então se inclinou em uma cortesia e partiu.

Mas, assim como a tia, Daniel não viu Anne espiando-os pela fresta da porta do cômodo ao lado, ouvindo cada palavra que diziam.

Anne esperou até Daniel sair irritado da casa e olhou para a carta em suas mãos. Lady Pleinsworth não mentira. Anne *realmente* saíra para resolver pendências. Mas voltara e entrara pela porta dos fundos, como costumava fazer quando não estava com as meninas. E, a caminho do próprio quarto, percebera que Daniel estava no saguão de entrada. Não deveria ter escutado a conversa às escondidas, mas não conseguiu se conter. Não tanto pelo que ele dizia, e sim por querer apenas ouvir a voz dele.

Seria a última vez que ouviria aquela voz.

A carta era de Charlotte, sua irmã, e já a estava aguardando havia algum tempo, desde bem antes de Anne partir para Whipple Hill, na agência do correio onde ela preferia recolher sua correspondência. A agência a que Anne *não fora* naquele dia em que acabara entrando correndo na sapataria, em pânico. Se ela tivesse lido aquela carta antes de ter achado que vira George Chervil, não teria ficado assustada.

Teria ficado apavorada.

De acordo com Charlotte, ele fora novamente à casa da família de Anne, dessa vez quando o Sr. e a Sra. Shawcross não estavam. Primeiro, tentara bajulá-la para revelar o paradeiro de Anne, então enlouquecera e gritara até os criados aparecerem, preocupados com a segurança de Charlotte. Então ele fora embora, mas não antes de revelar que sabia que Anne estava trabalhando como governanta para uma família aristocrática e que, como estavam na primavera, era provável que se encontrasse em Londres. Charlotte achava que ele não sabia para *qual* família Anne trabalhava, caso contrário não gastaria tanta energia tentando arrancar respostas dela. Mesmo assim, sua irmã estava preocupada, e implorou a Anne para ser cautelosa.

Anne amassou a carta e olhou para o fogo baixo queimando na lareira. Sempre queimava as cartas de Charlotte depois de lê-las. Era doloroso fazer isso – aquelas frágeis folhas de papel eram a única ligação de Anne com sua antiga vida, e mais de uma vez se sentara diante de sua escrivaninha e reprimira as lágrimas enquanto traçava com o indicador as curvas tão conhecidas da letra da irmã. Mas Anne não nutria ilusões de ter privacidade como governanta, e não tinha ideia de como explicaria as cartas de Charlotte caso fossem descobertas. Dessa vez, no entanto, foi com prazer que Anne jogou a carta no fogo.

Bem, não com prazer. Não sabia se algum dia na vida voltaria a fazer qualquer coisa com prazer. Mas gostou de destruir o papel, por mais sombrio e furioso que tenha sido aquele prazer.

Ela fechou os olhos com força para conter as lágrimas. Tinha quase certeza de que teria que ir embora da casa da família Pleinsworth. E estava furiosa por isso. Era o melhor emprego que já tivera. Não estava presa em uma ilha, com uma senhora idosa, sofrendo de um tédio infinito. Não precisava trancar a porta de seu quarto à noite para se proteger de um velho grosseiro que parecia achar que *ele* deveria ensinar coisas a *ela* enquanto os filhos dele dormiam. Anne gostava de morar com as Pleinsworths. Era o mais perto que já sentira de ter um lar, desde... desde...

Desde que tivera um lar.

Ela se forçou a respirar, então secou as lágrimas como pôde com as costas da mão. Mas então, quando estava prestes a se dirigir ao saguão principal e subir as escadas, ouviu uma batida na porta da frente. Provavelmente era Daniel, que esquecera alguma coisa.

Anne correu de volta para a sala de estar e deixou uma pequena fresta aberta da porta. Sabia que deveria tê-la fechado por completo, mas aquela poderia muito bem ser a última vez que o veria, mesmo que de relance. Com o olho colado à pequena abertura, Anne viu o mordomo vir atender. Mas quando Granby abriu a porta, não era Daniel que estava lá, mas um homem que ela nunca vira antes.

Era um sujeito de aparência bastante comum, com trajes que davam a entender que precisava trabalhar para ganhar a vida. Mas não era um trabalhador braçal – estava limpo e arrumado demais para isso. No entanto, havia algo rude nele, e, quando falou, seu sotaque revelou a cadência dura do East End londrino.

– Entregas são nos fundos – informou Granby.

– Não estou aqui para fazer uma entrega – disse o homem com um aceno de cabeça.

O sotaque dele podia ser rude, mas seus modos eram educados, e o mordomo não fechou a porta em seu rosto.

– O que deseja, então?

– Estou procurando uma mulher que talvez more aqui. Srta. Annelise Shawcross.

Anne parou de respirar.

– Não há ninguém aqui com esse nome – respondeu Granby. – Agora, se me der licença...

– Ela pode ter dado outro nome – interrompeu o homem. – Não sei que nome está usando, mas tem cabelos pretos, olhos azuis, e me disseram que é muito bonita. – Ele deu de ombros. – Eu mesmo nunca a vi. Talvez ela esteja trabalhando como criada. Mas é de boa família, não há dúvida disso.

O corpo de Anne ficou tenso, pronto para a fuga. Não havia como Granby não reconhecê-la pela descrição.

Mas o mordomo respondeu:

– Não há ninguém nesta casa que corresponda à descrição. Tenha um bom dia, senhor.

O rosto do homem se enrijeceu e ele enfiou o pé na porta antes que Granby pudesse fechá-la.

– Se mudar de ideia, senhor – falou, estendendo alguma coisa –, aqui está meu cartão.

Os braços de Granby permaneceram rigidamente parados ao lado do corpo.

– Não é uma questão de mudar de ideia.

– Se é o que diz...

O homem voltou a guardar o cartão no bolso da camisa, esperou mais um instante e deixou a casa.

Anne levou a mão ao peito e tentou respirar fundo e silenciosamente. Se tinha alguma dúvida de que o ataque em Whipple Hill fora obra de George Chervil, a dúvida havia desaparecido naquele momento. E se ele estava disposto a arriscar a vida do conde de Winstead para seguir adiante com sua vingança, não pensaria duas vezes antes de fazer mal às meninas Pleinsworths.

Anne arruinara a própria vida quando deixara que ele a seduzisse, aos 16 anos, mas preferia morrer a permitir que George Chervil destruísse a vida de mais alguém. Teria que desaparecer. Imediatamente. George sabia onde ela estava, e sabia *quem* ela era.

Mas não podia deixar a sala de estar até Granby sair do saguão, e ele continuava ali, paralisado, com a mão na maçaneta. Então o mordomo se virou e... Anne deveria ter se lembrado de que nada escapava ao homem. Se fosse Daniel no saguão, ele não teria percebido que a porta da sala de estar estava ligeiramente aberta, mas Granby? Era como acenar com uma bandeira vermelha na frente de um touro. A porta deveria estar aberta, ou fechada. Nunca encostada, com uma fresta de poucos centímetros.

E é claro que ele a viu.

Anne não tentou se esconder. Devia isso a ele, depois do que o mordomo acabara de fazer por ela. Abriu a porta e saiu para o saguão.

O olhar dos dois se encontrou e Anne esperou, a respiração suspensa, mas Granby apenas assentiu e disse:

– Srta. Wynter.

Ela assentiu em resposta, então inclinou-se em uma breve cortesia respeitosa.

– Sr. Granby.

– Está um belo dia, não?

Ela engoliu em seco.

– Lindo.

– Foi sua tarde de folga, imagino.

– Exatamente, senhor.

Ele assentiu mais uma vez, como se nada de extraordinário tivesse acabado de acontecer.

– Vá em frente.

Vá em frente.

Não era isso que ela sempre fazia? Fora o que fizera por três anos na Ilha de Man, sem nunca ver ninguém da própria idade, a não ser o sobrinho da Sra. Summerlin, que achava divertido persegui-la ao redor da mesa de jantar. E por nove meses nos arredores de Birmingham, só para ser dispensada sem referências quando a Sra. Barraclough flagrara o marido socando a porta do quarto da governanta. Então, por três anos em Shropshire, que não fora tão ruim. A patroa era uma viúva cujos filhos passavam quase o tempo todo na universidade. Mas então as meninas da família haviam feito a afronta de crescer e Anne fora informada de que seus serviços não eram mais necessários.

Mas ela fora em frente. Conseguira uma segunda carta de referência, que era do que precisava para garantir o emprego na casa dos Pleinsworths. E agora que estava indo embora, seguiria em frente de novo.

Embora não tivesse a menor ideia de para onde.

CAPÍTULO 17

No dia seguinte, Daniel chegou à Casa Pleinsworth exatamente às cinco para as onze. Preparara uma lista mental de perguntas que precisava fazer a Anne, mas quando o mordomo abriu a porta da casa da tia para ele, Daniel se deparou com um grande alvoroço. Harriet e Elizabeth gritavam uma com a outra no fim do corredor, enquanto a mãe delas gritava com as duas, e no banco sem encosto perto da porta da sala de estar, três criadas soluçavam.

– O que está acontecendo? – perguntou ele a Sarah, que tentava levar uma Frances visivelmente perturbada para dentro da sala de estar.

Ela o encarou com impaciência.

– É a Srta. Wynter. Ela desapareceu.

O coração de Daniel parou de bater.

– O quê? Quando? O que aconteceu?

– Não sei – retrucou Sarah, ríspida. – Como eu poderia estar a par das intenções dela?

A prima lançou um olhar irritado para ele antes de se voltar para Frances, que chorava tanto que mal conseguia respirar.

– Ela foi embora antes das aulas de hoje de manhã – disse a menina, entre soluços.

Daniel fitou a priminha. Os olhos dela estavam vermelhos, injetados, o rosto marcado pelas lágrimas, e seu corpinho tremia incontrolavelmente. Frances parecia se sentir exatamente como ele, percebeu Daniel. Forçando-se a conter o pânico, ele se agachou diante dela para olhá-la nos olhos.

– A que horas começam as suas aulas? – perguntou.

Frances arquejou em busca de ar, então respondeu:

– Nove e meia da manhã.

Daniel virou-se rapidamente de volta para Sarah.

– Ela se foi há quase duas horas e ninguém me informou?

– Frances, por favor, você precisa parar de chorar – suplicou Sarah. – E, não, ninguém o informou – disse a Daniel, furiosa, virando a cabeça para encarar o primo. – Aliás, se posso lhe perguntar, por que deveríamos?

– Não brinque comigo, Sarah.

– Parece que estou brincando? – retrucou ela, mais uma vez com rispidez, antes de suavizar a voz para se dirigir à irmã. – Frances, por favor, querida, tente respirar fundo.

– Deviam ter me avisado – disse Daniel, irritado. Ele estava perdendo a paciência. Ninguém ali sabia, mas era muito possível que o inimigo de Anne... e agora ele tinha certeza de que havia um inimigo... a tivesse arrancado da cama. Ele precisava de respostas, não de olhares severos e hipócritas de Sarah. – Ela se foi há pelo menos uma hora e meia. Vocês deviam...

– O quê? – interrompeu Sarah. – O que deveríamos ter feito? Perdido um tempo valioso avisando *você*? Você, que não tem nenhuma ligação com a Srta. Wynter, ou qualquer direito em relação a ela? Você, cujas intenções são...

– Vou me casar com ela – atalhou Daniel.

Frances parou de chorar e olhou para ele, o rosto cheio de esperança. Até mesmo as criadas, ainda arriadas no banco, ficaram em silêncio.

– O que você disse? – perguntou Sarah em um sussurro.

– Eu amo a Srta. Wynter – confessou Daniel, percebendo a verdade no momento em que as palavras saíram de seus lábios. – Quero me casar com ela.

– Ah, Daniel – falou Frances entre lágrimas, afastando-se de Sarah e indo abraçar o primo. – Você precisa encontrá-la. Precisa!

– O que aconteceu? – perguntou ele a Sarah, que ainda o encarava, estupefata. – Conte-me tudo. Ela deixou algum bilhete?

Sarah assentiu.

– Mamãe está com ele. Mas não diz muito. Só que ela lamenta, mas teve que partir.

– Ela pediu para me mandar um abraço – disse Frances, as palavras abafadas pelo casaco de Daniel.

Ele deu um tapinha carinhoso nas costas da menina, enquanto continuava encarando Sarah.

– A Srta. Wynter deu alguma indicação de que poderia não ter ido embora por vontade própria?

Sarah arquejou.

– Acha que alguém pode tê-la sequestrado?

– Não sei o que pensar – admitiu Daniel.

– Não havia desordem nenhuma no quarto dela – informou Sarah. – Os pertences da Srta. Wynter não estavam mais lá, mas não faltava nada. E a cama dela tinha sido arrumada com esmero.

– Ela sempre arruma a cama – fungou Frances.

– Alguém sabe exatamente quando ela partiu? – perguntou Daniel.

Sarah balançou a cabeça.

– Ela não tomou café da manhã, então deve ter sido antes disso.

Daniel praguejou baixinho, então se desvencilhou cuidadosamente do abraço de Frances. Ele não tinha ideia de como procurar por ela, não sabia nem por onde começar. Anne deixara tão poucas pistas sobre seu passado... Seria engraçado se não fosse tão assustador. Ele sabia... o quê? A cor dos olhos dos pais dela? Nossa, isso realmente o ajudaria muito a encontrá-la...

Não tinha nada. Nada.

– Milorde?

Ele levantou os olhos. Era Granby, o mordomo de longa data da Casa Pleinsworth, que parecia atipicamente perturbado.

– Posso dar uma palavra com o senhor? – perguntou Granby.

– É claro. – Daniel se afastou de Sarah, que observava os dois com uma expressão ao mesmo tempo confusa e curiosa, e indicou a Granby que o acompanhasse até a sala de estar.

– Eu o ouvi falando com lady Sarah – disse o mordomo, parecendo desconfortável. – Não tive a intenção de escutar a conversa.

– É claro – disse Daniel bruscamente. – Continue.

– O senhor... se importa com a Srta. Wynter?

Daniel encarou o mordomo com atenção e assentiu.

– Um homem apareceu aqui ontem – contou Granby. – Eu devia ter mencionado isso a lady Pleinsworth, mas não tinha certeza, e não queria criar uma situação embaraçosa para a Srta. Wynter caso não fosse nada. Mas agora que parece certo que ela se foi...

– O que aconteceu? – perguntou Daniel, interrompendo-o.

O mordomo engoliu em seco, nervoso.

– Esse homem perguntou por uma tal Srta. Annelise Shawcross. Eu o mandei embora na mesma hora, mas ele insistiu, dizendo que a Srta. Shaw-cross poderia estar usando um nome diferente. Não gostei dele, milorde. Era... – Granby balançou um pouco a cabeça, quase como se estivesse tentando afastar uma lembrança ruim. – Não gostei dele – repetiu.

– O que ele disse?

– Descreveu-a. A tal Srta. Shawcross. Disse que tinha cabelos pretos e olhos azuis, e que era muito bonita.

– Srta. Wynter – falou Daniel, baixinho.

Ou melhor... *Annelise Shawcross*. Aquele seria o nome verdadeiro dela? E por que ela usaria outra identidade?

Granby assentiu.

– É exatamente como eu a teria descrito.

– E o que disse ao homem? – perguntou Daniel, tentando disfarçar a urgência que sentia.

O mordomo já se sentia culpado o bastante por não ter falado mais cedo.

– Que não havia ninguém nesta casa que correspondesse a essa descrição. Como falei, não gostei dele, e não comprometeria o bem-estar da Srta. Wynter. – Ele fez uma pausa. – Gosto da nossa Srta. Wynter.

– Eu também – afirmou Daniel, baixinho.

– É por isso que estou lhe contando – continuou Granby, a voz enfim reencontrando parte do vigor que costumava ter. – Precisa encontrá-la.

Daniel respirou fundo, com dificuldade, e olhou para as mãos, que tremiam. Aquilo acontecera várias vezes antes, na Itália, quando os homens de Ramsgate haviam chegado perto dele. Sentia o corpo abalado, como se uma espécie de terror corresse por suas veias, e sempre demorava horas para voltar ao normal. Mas dessa vez era pior. O estômago dele queimava, seus pulmões pareciam apertados e, mais do que tudo, tinha vontade de vomitar.

Conhecia o medo. O que estava sentindo ia além disso.

Olhou para Granby.

– Acha que esse homem a levou?

– Não sei. Mas depois que ele se foi, eu a vi. – O mordomo se virou e desviou o olhar para a direita. Daniel se perguntou se ele estaria recriando a cena na mente. – Ela estava na sala de estar, bem ali, perto da porta, e ouviu a conversa toda.

– Tem certeza?

– Estava escrito em seus olhos – falou Granby, baixinho. – Ela é a mulher que aquele homem procura. E sabia que eu sabia.

– O que disse a ela?

– Acho que comentei algo sobre o tempo, ou alguma outra coisa sem importância. Então disse a ela para ir em frente. – Granby pigarreou. – Acredito que ela tenha compreendido que eu não tinha a intenção de expô-la.

– Tenho certeza de que compreendeu – falou Daniel, muito sério. – Mas talvez tenha achado que deveria partir mesmo assim.

Ele não fazia ideia de até que ponto Granby sabia do acidente com a charrete em Whipple Hill. Como todos, o mordomo também devia achar que havia sido trabalho de Ramsgate. Mas Anne obviamente suspeitava de outra pessoa, e estava claro que quem quer que tivesse tentado fazer mal a ela não se importaria em prejudicar outra pessoa junto. Anne jamais colocaria as meninas Pleinsworths em risco. Ou...

Ou a ele. Daniel fechou os olhos por um momento. Anne provavelmente achou que o estava protegendo. Mas se alguma coisa acontecesse a ela...

Nada o destruiria mais completamente.

– Vou encontrá-la – garantiu a Granby. – Pode ter certeza disso.

Anne já se sentira solitária antes. Na verdade, passara a maior parte dos últimos oito anos se sentindo assim. Mas quando se sentou na cama dura da pensão, usando o casaco sobre a camisola para se aquecer, percebeu que nunca experimentara tamanha infelicidade.

Não daquele jeito.

Talvez devesse ter ido embora do país. Seria mais definitivo. Provavelmente menos perigoso. Mas Londres era enorme. As ruas cheias a engoliam, a tornavam invisível.

Mas também a deixavam ansiosa.

Não havia emprego para uma mulher como ela. Damas com o sotaque dela não trabalhavam como costureiras ou vendedoras de loja. Anne subiu e desceu as ruas de seu novo bairro, um lugar respeitável que se espremia entre áreas de comércio de classe média e distritos muito pobres. Ela entrara em todos estabelecimentos que tinham uma placa de "Precisa-se de funcionários" e em mais alguns sem placa. Em todos, a resposta fora que ela não aguentaria muito tempo no emprego, que as mãos dela eram macias demais, os dentes brancos demais. Mais de um homem a olhara atravessado e rira, e logo lhe oferecera um outro tipo de trabalho.

Anne não conseguiria obter uma posição reservada às damas de boa família, como governanta, ou dama de companhia, sem uma carta de referência, mas as duas preciosas recomendações que tinha em seu poder estavam em nome de Anne Wynter. E ela não poderia mais ser Anne Wynter.

Apertou ainda mais as pernas junto ao corpo, enterrou o rosto nos joelhos e fechou os olhos com força. Não queria ver aquele quarto, não queria ver como seus pertences pareciam escassos até mesmo naquele quarto minúsculo. Não queria ver a noite úmida pela janela e, mais do que tudo, não queria se ver.

Não tinha nome de novo, e isso doía como uma punhalada em seu coração. Era terrível, um horror que recaía sobre ela toda manhã, e a única coisa que podia fazer era pousar os pés no chão e se levantar da cama.

E agora era diferente de quando a família a colocara para fora de casa. Ao menos, naquela época, tinha para onde ir. Tinha um plano. Não que tivesse escolhido seu destino, mas soubera o que deveria fazer, e quando. Agora tinha dois vestidos, um casaco, onze libras e nenhuma perspectiva que não a prostituição.

Não poderia fazer aquilo, claro. Santo Deus, não poderia. Já se entregara uma vez, por vontade própria, e não cometeria o mesmo erro de novo. Além do mais, seria muito, muito cruel ter que se submeter a um estranho após ter impedido Daniel quando eles quase completaram sua união física.

Ela se negara porque... Não sabia bem. Por hábito, provavelmente. Medo. Não queria correr o risco de carregar um filho ilegítimo, e não queria forçar um homem a se casar com ela, uma mulher a quem, em outras circunstâncias, não escolheria.

Mas, acima de tudo, sentira necessidade de se preservar. Não seu orgulho, exatamente; era outra coisa, mais profunda.

Seu coração.

Era a única coisa que ainda mantinha pura, que ainda era só dela. Entregara o corpo a George, mas, apesar do que pensara na época, ele nunca tivera seu coração. E quando Daniel começara a abrir os calções, preparando-se para fazer amor com ela, Anne soubera que caso permitisse, caso *se* permitisse, ele teria o coração dela para sempre.

210

Mas a ironia da situação era que Daniel já era dono de seu coração. Ela acabara cometendo a maior de todas as tolices. Se apaixonara por um homem que nunca poderia ter.

Daniel Smythe-Smith, conde de Winstead, visconde de Streathermore, barão de Touchton de Stoke. Anne não queria pensar nele, mas isso acontecia toda vez que fechava os olhos. O sorriso dele, sua risada, o ardor em seus olhos quando a fitava.

Anne não achava que Daniel a amava, mas o que ele sentia devia chegar perto. Ele se importara com ela, pelo menos. E talvez, se Anne fosse outra pessoa, uma mulher com um bom nome, uma boa posição social, que não tivesse atrás de si um louco querendo matá-la... Talvez, então, quando ele dissera tão tolamente: "E se eu me casar com você?", ela tivesse jogado os braços ao redor dele e gritado: "Sim! Sim! Sim!"

Mas Anne não tinha o tipo de vida em que se podia dizer *sim*. A vida dela se resumia a uma série de nãos. E isso enfim a levara aonde estava naquele momento: sozinha fisicamente, como já era havia tantos anos em espírito.

O estômago de Anne roncou e ela suspirou. Esquecera-se de comprar o jantar antes de voltar para a pensão e agora estava faminta. Provavelmente era melhor assim, já que teria que fazer seus centavos durarem o máximo que pudesse.

Sua barriga roncou de novo, dessa vez com mais raiva, e Anne passou as pernas pela lateral da cama.

– *Não* – disse para si mesma.

Mas o que realmente queria dizer era *sim*. Estava com fome, maldição, e iria conseguir alguma coisa para comer. Ao menos uma vez na vida, diria sim, ainda que fosse apenas para uma torta de carne e meia caneca de sidra.

Anne olhou para o vestido estendido com zelo sobre a cadeira. Não sentia a menor vontade de voltar a colocá-lo. O casaco a cobria da cabeça aos tornozelos. Se calçasse sapatos e meias e prendesse os cabelos para o alto, ninguém diria que estava de camisola.

Ela riu, pela primeira vez em dias. Que maneira estranha de ser atrevida...

Alguns minutos depois, Anne estava na rua, seguindo em direção à pequena taberna por onde passava todo dia. Nunca entrara, mas os cheiros que escapavam dali cada vez que a porta era aberta... ah, eram divinos. Pastéis de forno, tortas de carne, pãezinhos quentes e só Deus sabia o que mais.

Voltando para o quarto com sua refeição quente nas mãos – o dono da taberna a embrulhara para viagem –, Anne sentiu-se quase feliz. Alguns hábitos custavam a morrer, e ela ainda era por demais uma dama para comer na rua, não importava o que o resto da humanidade parecia estar fazendo ao seu redor. Poderia parar e comprar a sidra em frente à pensão onde estava hospedada, e quando voltasse ao quarto...

– Você!

Anne continuou a caminhar. As ruas daquele bairro eram tão movimentadas, havia sempre tantas vozes, que nunca teria lhe ocorrido que um "Você!" tão direto pudesse na verdade ser dirigido a ela. Mas então ouviu de novo, mais perto:

– Annelise Shawcross!

Anne nem se virou para olhar. Conhecia aquela voz e, mais importante, a voz sabia seu nome verdadeiro. Ela correu.

Seu precioso jantar escorregou de seus dedos e ela correu mais rápido do que já se imaginara capaz. Dobrou esquinas, abriu caminho a cotoveladas entre as pessoas sem nem pedir desculpas. Correu até seus pulmões arderem e sua camisola estar colada à pele, mas, no fim, não foi páreo para a simples frase gritada por George:

– Segurem-na! Por favor! É minha esposa!

Alguém obedeceu, talvez porque George soava como se fosse ser *eternamente* grato à pessoa. Então, quando ele chegou ao lado dela, disse ao homem que a segurava com força:

– Ela não está bem.

– Não sou sua esposa! – gritou Anne, se debatendo nos braços de seu captor. Por mais força que tenha feito, o homem não a soltou. – Não sou esposa dele! – disse ao homem, tentando parecer sã e sensata. – Ele é louco. Vem me perseguindo há anos. Não sou esposa dele, eu juro.

– Por favor, Annelise – pediu George em uma voz tranquila. – Você sabe que não é verdade.

– Não! – urrou Anne, tentando atingir os dois homens agora. – Não sou esposa dele! – gritou de novo. – Ele vai me matar!

Finalmente, o homem que a agarrara começou a parecer inseguro.

– Ela diz que não é sua mulher – falou ele, franzindo a testa.

– Eu sei – retrucou George com um suspiro. – Ela está assim há anos. Tivemos um bebê...

– O quê? – voltou a urrar Anne.

– Ele nasceu morto – disse George ao homem. – Ela nunca se recuperou.

– Ele está mentindo! – berrou Anne.

Mas George só suspirou, e seus olhos enganadores estavam marejados.

– Tive que aceitar que ela jamais voltará a ser a mulher com quem me casei.

O homem olhou do rosto triste e nobre de George para o de Anne, que estava contorcido de raiva, e deve ter decidido que, dos dois, George provavelmente era o mais são, por isso entregou-a a ele.

– Que Deus os abençoe – falou.

George agradeceu profusamente a ele, então aceitou a ajuda do homem e o lenço dele, que juntou ao próprio lenço, para amarrar as mãos de Anne. Quando terminaram, George puxou-a para si com brutalidade e Anne cambaleou contra ele, estremecendo de nojo quando sentiu o corpo pressionado ao dele.

– Ah, Annie – disse George –, é tão bom vê-la de novo...

– Você cortou os arreios – falou ela em voz baixa.

– Sim – confirmou ele com um sorriso orgulhoso. Então franziu a testa. – Pensei que você houvesse se ferido mais seriamente.

– Poderia ter matado lorde Winstead!

George apenas deu de ombros e, naquele momento, confirmou todas as suspeitas mais sombrias de Anne. Estava louco. Completa, absoluta e estupidamente louco. Não poderia haver outra explicação. Nenhuma pessoa sã se arriscaria a matar um membro da realeza apenas para chegar a *ela*.

– E quanto ao ataque? – quis saber Anne. – Quando pensamos que eram apenas simples assaltantes?

George a encarou como se ela estivesse falando outra língua.

– Do que está falando?

– De quando lorde Winstead foi assaltado! – praticamente gritou Anne. – Por que você faria uma coisa daquelas?

George recuou, os lábios se curvando em uma expressão de condescendência e desprezo.

– Não sei do que você está falando – disse ele –, mas seu precioso lorde Winstead tem seus próprios inimigos. Ou você não sabe *daquela* história sórdida?

– Você não tem dignidade para pronunciar o nome dele – sibilou Anne.

Mas George apenas riu, então vociferou:

– Tem ideia de há quanto tempo espero este momento?

O mesmo tempo que ela vivia à margem da sociedade.

– Tem? – grunhiu ele, agarrando o nó dos lenços e girando-a com violência.

Anne cuspiu no rosto dele.

George ficou transtornado de raiva, a pele tão vermelha que as sobrancelhas louras quase cintilavam.

– Isso foi um erro – murmurou ele, e puxou-a furiosamente na direção de um beco escuro. – É conveniente que tenha escolhido um bairro de reputação tão duvidosa – falou, rindo. – Ninguém vai sequer olhar duas vezes quando eu...

Anne começou a berrar.

Mas ninguém prestou atenção a ela e, de qualquer modo, só conseguiu gritar por um instante. George deu-lhe um soco no estômago e ela cambaleou na direção da parede, arquejando.

– Tive oito anos para imaginar este momento – disse ele em um murmúrio aterrorizante. – Oito anos para me lembrar de você cada vez que me olhava no espelho. – George pressionou o rosto contra o dela, enlouquecido de raiva. – Olhe bem para o meu rosto, Annelise. Tive oito anos para me curar, mas olhe! *Olhe!*

Anne tentou escapar, mas suas costas estavam coladas à parede de tijolos. Além disso, George agarrara seu queixo e a forçava a olhar para seu rosto marcado. A cicatriz estava melhor do que Anne teria imaginado, branca em vez de vermelha, mas ainda franzida e saltada, distorcendo a face dele e dividindo a pele de um modo estranho.

– Eu havia pensado em me divertir um pouco com você primeiro – disse ele –, já que não consegui fazer isso naquele dia, mas não pensei que estaríamos em um beco sujo. – Os lábios dele se contorceram em um esgar terrível e perverso. – Nem mesmo eu achei que você desceria tão baixo.

– O que quer dizer com *primeiro*? – sussurrou Anne.

Mas ela não sabia por que havia perguntado. Sabia a resposta. Soubera o tempo todo e, quando George puxou uma faca, os dois sabiam exatamente o que ele pretendia fazer.

Anne não gritou. Nem pensou. Não saberia dizer o que fez, mas o fato era que, dez segundos depois, George estava caído no chão, em posição fetal, incapaz de emitir um som sequer. Anne ficou parada acima dele por um último momento, arquejando em busca de ar, então chutou-o, com força bem no lugar onde já o havia atingido com o joelho uma vez. Depois, ainda com as mãos amarradas, saiu correndo.

Daquela vez, no entanto, sabia exatamente para onde estava indo.

CAPÍTULO 18

Às dez horas daquela noite, Daniel voltava para casa depois de mais um dia de buscas infrutíferas. Caminhava de cabeça baixa, contando os passos, enquanto colocava um pé na frente do outro com dificuldade.

Contratara investigadores particulares. Ele mesmo vasculhara as ruas, parando em todas as agências de correio com a descrição de Anne e os dois nomes que usava. Encontrou dois homens que disseram se lembrar de alguém com aquela descrição postando cartas, mas não lembravam para onde as cartas tinham sido enviadas.

Então, finalmente, achou um terceiro homem que afirmou que ela correspondia à descrição de uma outra pessoa, uma jovem chamada Mary Philpott. Uma dama adorável, segundo o proprietário da agência. Nunca postava cartas, mas aparecia ali uma vez por semana, com a pontualidade de um relógio, para ver se havia recebido alguma correspondência. Exceto por aquela vez… fora duas semanas antes? Ele ficara surpreso quando não a vira, ainda mais porque a jovem não havia recebido nenhuma carta na semana anterior, e quase nunca se passavam mais de duas semanas sem que lhe chegasse alguma.

Duas semanas. Aquilo correspondia ao dia em que Anne entrara correndo na loja do Sr. Hoby, parecendo ter visto um fantasma. Será que estava a caminho de pegar a correspondência quando esbarrara na pessoa misteriosa que não queria ver? Daniel a levara a uma agência de correio para que Anne postasse a carta que levava na bolsinha, mas não tinha sido no mesmo lugar em que a tal "Mary Philpott" costumava receber suas cartas.

De qualquer modo, continuara o homem da agência, ela voltara na semana seguinte, na terça-feira. Sempre terça-feira.

Daniel franziu a testa. Anne desaparecera na quarta-feira.

Ele deixara seu nome para contato nas três agências de correio, assim como uma promessa de recompensa caso ele fosse avisado quando ela reaparecesse. Mas, além disso, não sabia mais o que fazer. Como conseguiria encontrar uma mulher em uma cidade tão grande quanto Londres?

Assim, apenas caminhou, caminhou e caminhou, sem parar de examinar os rostos na multidão. Era pior do que tentar encontrar uma agulha num palheiro. Ao menos a agulha *estava* no palheiro. Até onde Daniel sabia, Anne poderia ter ido embora de Londres.

Mas agora já estava escuro e ele precisava dormir, por isso se arrastou de volta a Mayfair, torcendo para que a mãe e a irmã não estivessem em casa quando chegasse. Elas não haviam perguntado o que ele vinha fazendo todo dia, do amanhecer ao anoitecer, e Daniel não lhes dissera nada, mas elas sabiam. E era mais fácil para ele não ter que ver a pena no rosto das duas.

Finalmente, Daniel chegou à sua rua. Estava abençoadamente silenciosa e o único som era o do seu próprio gemido enquanto erguia o pé para subir o primeiro degrau de pedra da entrada da Casa Winstead. O único som... até alguém sussurrar o nome dele.

Daniel ficou paralisado.

– Anne?

Uma figura surgiu das sombras, tremendo na noite.

– Daniel – chamou ela, de novo, e, se disse mais alguma coisa, ele não ouviu.

Daniel desceu os degraus em um segundo, e logo a tinha nos braços. E, pela primeira vez em quase uma semana, o mundo parecia de volta ao eixo.

– Anne – disse ele, tocando as costas dela, os braços, os cabelos. – Anne, Anne, Anne. – Parecia a única coisa que ele conseguia pronunciar. Então, beijou seu rosto, o topo de sua cabeça. – Onde você...

Então parou, percebendo subitamente que as mãos dela estavam amarradas. Com muito cuidado, para não apavorá-la com a extensão da fúria que o dominou, ele começou a tentar desfazer os nós em seus pulsos.

– Quem fez isso com você? – perguntou Daniel.

Ela apenas engoliu em seco e umedeceu nervosamente os lábios, enquanto estendia as mãos.

– Anne...

– Foi alguém que eu já conhecia – disse ela, enfim. – Ele... eu... contarei a você mais tarde. Só não agora. Não posso... preciso...

– Está tudo bem – disse Daniel, procurando tranquilizá-la. Apertou uma das mãos dela e voltou a tentar desfazer os nós. Eram muito fortes e ela provavelmente piorara a situação se debatendo para se libertar. – Vai demorar só um instante.

– Eu não sabia para onde mais poderia ir – falou Anne, com a voz trêmula.

– Você fez a coisa certa – garantiu Daniel, enfim conseguindo arrancar os lenços dos pulsos dela e jogando-os para o lado.

Anne começara a tremer de tal forma que até sua respiração saía irregular.

– Não consigo fazê-las parar de tremer – disse ela, olhando para as mãos como se não as reconhecesse.

– Você vai ficar bem – falou Daniel, cobrindo as mãos dela com as dele, segurando-as com força e tentando acalmá-las. – É só nervosismo. Acontecia o mesmo comigo.

Anne o encarou, curiosa, com os olhos arregalados.

– Quando os homens de Ramsgate estavam me caçando pela Europa – explicou ele. – Sempre que eu escapava e tinha a certeza de que estava seguro. Algo dentro de mim relaxava e eu começava a tremer.

– Vai parar, então?

Daniel lhe dirigiu um sorriso tranquilizador.

– Prometo que sim.

Anne assentiu, e parecia tão terrivelmente frágil que Daniel precisou recorrer a todo o seu autocontrole para abraçá-la com força e tentar protegê-la do mundo inteiro. Mas se permitiu passar um braço ao redor dos ombros dela e guiá-la na direção da casa.

– Vamos entrar – falou.

Ele estava completamente exausto – com o alívio, o medo, a fúria –, mas, não importava o que acontecesse, tinha que a levar para dentro. Anne precisava de cuidados – entre outras coisas, devia estar faminta. Todo o resto poderia ser resolvido mais tarde.

– Podemos entrar pelos fundos? – pediu ela, detendo-se. – Não estou… Não posso…

– Você vai sempre usar a porta da frente – retrucou Daniel com firmeza.

– Não, não é isso, é que… por favor – implorou ela. – Estou deplorável. Não quero que ninguém me veja assim.

Daniel pegou a mão dela.

– Eu estou vendo você – disse baixinho.

O olhar de Anne encontrou o dele e Daniel poderia jurar ter visto parte da desolação dela se desfazer.

– Eu sei – sussurrou ela.

Daniel levou a mão de Anne aos lábios.

– Fiquei apavorado – contou, abrindo a alma. – Não sabia onde encontrá-la.

– Desculpe. Não farei isso de novo.

Mas algo no pedido de desculpas dela o deixou desconfortável. O tom dócil demais, nervoso demais.

– Preciso lhe pedir uma coisa – acrescentou ela.

– Logo – prometeu ele. Então, guiou-a pelos degraus e levantou a mão. – Espere um momento. – Espiou para dentro do saguão, certificou-se de que não havia ninguém por ali e gesticulou para que ela entrasse. – Por aqui – sussurrou, e juntos eles subiram as escadas até o quarto de Daniel, em silêncio.

No entanto, ao fechar a porta depois de entrarem, ele se viu perdido. Queria saber tudo. Quem fizera aquilo com ela? Por que ela fugira? Quem *era* ela? Daniel queria respostas, e queria imediatamente.

Ninguém a trataria daquela forma. Não enquanto ele respirasse.

Mas primeiro Anne precisava se aquecer, precisava poder simplesmente respirar e se permitir perceber que estava a salvo. Daniel já estivera no lugar dela. Sabia o que era fugir.

Ele acendeu um lampião, depois outro. Os dois necessitavam de luz.

Anne ficou parada perto da janela, constrangida, esfregando os pulsos, e, pela primeira vez naquela noite, Daniel realmente olhou para ela. Já havia percebido que estava desarrumada, mas em seu alívio por enfim tê-la encontrado, não notara quanto. Os cabelos estavam presos para o alto de um lado, mas soltos do outro, faltava um botão em seu casaco e havia um hematoma em seu rosto que fez o sangue dele gelar.

– Anne… Hoje à noite… Quem quer que tenha sido… Ele…?

Daniel não conseguiu terminar a pergunta, que ficou presa em sua garganta, com um sabor ácido de ódio.

– Não – respondeu Anne, com uma dignidade tranquila. – Ele teria feito isso, mas, quando me encontrou, eu estava na rua, e… – Então ela afastou os olhos e fechou os olhos com força ante a lembrança. – Ele me disse que… Me disse que ia…

– Você não precisa continuar – interrompeu Daniel.

Pelo menos não naquele momento, quando estava tão abalada.

Mas Anne balançou a cabeça, e seus olhos mostravam tamanha determinação que ele não poderia impedi-la.

– Quero lhe contar tudo.

– Mais tarde – retrucou ele, com delicadeza. – Depois que você tomar um banho.

– Não – murmurou Anne. – Você tem que me deixar falar. Fiquei horas lá fora, e não me resta mais muita coragem.

– Anne, você não precisa de coragem para falar com...

– Meu nome é Annelise Shawcross – disse ela em um rompante. – E eu gostaria de ser sua amante. – Então, enquanto ele a encarava, incrédulo e estupefato, Anne acrescentou: – Se me aceitar.

Quase uma hora depois, Daniel estava parado perto da janela, esperando que Anne terminasse o banho. Ela não quisera que ninguém soubesse de sua presença na casa, então ele a escondera dentro de um guarda-roupa enquanto vários homens cuidavam da tarefa de encher uma banheira, na qual ela agora estava mergulhada, esperando que o frio do medo deixasse seu corpo.

Anne tentara convencê-lo a aceitar sua proposta, insistindo que era a única opção que tinha, mas Daniel não conseguira nem ouvir. Porque, para ter se oferecido daquele jeito para ele, ela só poderia estar completamente sem esperança.

E isso era algo que Daniel não conseguia suportar imaginar.

Ele ouviu a porta do banheiro se abrir e, quando se virou, a viu, limpa e fresca, os cabelos molhados penteados para trás e caindo sobre o ombro direito. Ela os enrolara de algum modo, não em uma trança exatamente, mais como uma espiral que mantinha as mechas juntas em um cordão firme.

– Daniel?

Anne chamou o nome dele baixinho enquanto voltava para o quarto, os pés descalços afundando no tapete macio. Ela estava usando o roupão dele, de um azul-escuro profundo quase da mesma cor de seus olhos. Ficava enorme nela, descendo quase até seus tornozelos, e Anne passara os braços ao redor da cintura para mantê-lo no lugar.

Ele achou que nunca a vira tão linda.

– Estou bem aqui – falou, ao perceber que ela não o vira parado perto da janela.

Ele despira o colete enquanto ela tomava banho, e também o lenço de pescoço e as botas. O valete ficara contrariado quando soubera que o patrão não precisaria de sua ajuda, por isso Daniel deixara as botas do lado de fora do quarto, esperando que o homem encarasse aquilo como um convite para pegá-las e levá-las para os próprios aposentos, para engraxá-las.

Aquela não era uma noite para interrupções.

– Espero que não se importe por eu ter pego seu roupão – disse Anne, apertando os braços com mais força ao redor do corpo. – Não havia mais nada...

– É claro que não me importo – retrucou ele, gesticulando para nada em particular. – Você pode usar qualquer coisa que quiser.

Ela assentiu e, mesmo a 3 metros de distância, Daniel a viu engolir em seco, nervosa.

– Ocorreu-me que você provavelmente já sabia o meu nome – voltou a falar Anne, as palavras saindo de sua boca com dificuldade.

Daniel a encarou.

– Por Granby – acrescentou ela.

– Sim. Ele me contou sobre o homem que apareceu procurando você. Seu nome verdadeiro era a única informação que eu tinha para tentar encontrá-la.

– Imagino que não tenha sido de muita ajuda.

– Não. – Os lábios dele se contraíram em um sorriso sardônico. – Mas encontrei Mary Philpott.

Anne entreabriu a boca em uma surpresa momentânea.

– Era o nome que eu usava para me corresponder com minha irmã, Charlotte, para que meus pais não descobrissem que estávamos em contato. Foi através dessas cartas que eu soube que George ainda estava... – Ela se interrompeu. – Estou me adiantando.

Daniel cerrou os punhos ao ouvir o nome de outro homem. Quem quer que fosse esse George, havia tentado fazer mal a Anne. Havia tentado matá-la. E a ânsia de erguer os braços e socar alguma coisa era quase incontrolável. Queria encontrar aquele sujeito, machucá-lo, deixar claro que se qualquer coisa – *qualquer coisa* – voltasse a acontecer a Anne, Daniel o rasgaria ao meio com as próprias mãos.

E ele nunca se considerara um homem violento.

Daniel olhou para Anne. Ela ainda estava parada no meio do quarto, os braços em volta do corpo.

– Meu nome é... Meu nome *era* Annelise Shawcross – começou ela. – Cometi um erro terrível quando tinha 16 anos, e venho pagando por ele desde então.

– Seja lá o que você... – tentou dizer Daniel, mas ela ergueu a mão.

– Não sou mais virgem – disparou Anne, e as palavras ficaram pairando entre eles.

– Não me importo – garantiu Daniel, e percebeu que realmente não se importava.

– Deveria.

– Mas não me importo.

Anne sorriu para ele – um sorriso triste, como se estivesse preparada para perdoá-lo caso ele mudasse de ideia.

– O nome dele era George Chervil – continuou. – Sir George Chervil, agora que o pai dele morreu. Fui criada em Northumberland, em um vilarejo de tamanho médio, na parte oeste do condado. Meu pai é um cavalheiro do campo. Sempre vivemos com conforto, mas nunca fomos especialmente abastados. Ainda assim, todos nos respeitavam. Éramos convidados para todos os eventos, e era de se esperar que minhas irmãs e eu fizéssemos bons casamentos.

Daniel assentiu. Era fácil imaginar o que ela estava lhe contando.

– Os Chervils eram muito ricos, pelo menos em comparação com o resto do vilarejo. Quando olho para isto tudo...

Ela fez um gesto em direção ao quarto elegante, com todos os luxos que Daniel sempre subestimara. Agora, como ele não tivera tantos confortos materiais quando estava na Europa, jamais deixaria de apreciar tudo aquilo.

– Eles não têm uma posição social tão elevada quanto a sua – prosseguiu Anne –, mas para nós, e para todos no vilarejo, eram a família mais importante que conhecíamos. E George era filho único. Era muito bonito, me disse coisas lindas, e eu cheguei a pensar que o amava. – Ela deu de ombros, um gesto desolado, e olhou para o teto, quase como se implorasse o perdão de seu eu mais jovem. – Ele disse que me amava... – sussurrou.

Daniel sentiu um nó na garganta e teve uma sensação estranha, quase como uma premonição de como devia ser a paternidade. Algum dia, se fosse da vontade de Deus, ele teria uma filha, e ela se pareceria com a mulher parada à frente dele. E, se ela algum dia o olhasse com aquela expressão desnorteada e sussurrasse "Ele disse que me amava…". Nada menos do que assassinato seria uma resposta aceitável para o desgraçado.

– Achei que ele se casaria comigo – disse Anne. Ela parecia ter recuperado um pouco da compostura e sua voz agora saía rápido, quase metódica. – Mas a verdade é que ele nunca falou isso. Nunca nem mencionou a palavra casamento. Assim, suponho que, de certo modo, a culpa seja minha…

– Não – interrompeu Daniel com determinação, porque fosse lá o que tivesse acontecido, ele sabia que não poderia ser culpa dela.

Era fácil demais imaginar o que acontecera a seguir. O homem rico e bonito, a jovem impressionável… Era uma situação terrível, e muito comum.

Anne o encarou com um sorriso agradecido.

– Não quis dizer que me culpo, porque não culpo. Não mais. Mas eu deveria ter sido mais esperta.

– Anne…

– Não. Eu *deveria* ter sido mais esperta. Ele nunca falou em casamento. Nem uma vez. Eu presumi que ele pediria minha mão, porque… Não sei. Apenas presumi. Venho de uma boa família. Nunca me ocorreu que ele não iria querer se casar comigo. E… Ah, isso soa tão horrível agora… Eu era jovem, bonita, e tinha consciência disso. Meu Deus, parece tão tolo agora…

– Não, não parece – disse Daniel, baixinho. – Todos já fomos jovens.

– Deixei que ele me beijasse – falou Anne. Depois, acrescentou em um tom mais baixo: – Então deixei que fizesse muito mais.

Daniel se manteve muito quieto, esperando pela onda de ciúme que não veio. Estava furioso com o homem que se aproveitara da inocência dela, mas não sentiu ciúme. Não precisava ser o primeiro, percebeu. Precisava apenas ser o último.

O único a partir dali.

– Você não precisa me contar nada disso – falou.

Anne suspirou.

– Preciso, sim. Não pelo fato em si, mas pelo que aconteceu depois. – Ela atravessou o quarto em um rompante de nervosismo e agarrou as costas de uma cadeira. Enterrou os dedos no estofado, e isso lhe deu algo para fazer enquanto continuava: – Preciso ser honesta, até certo ponto gostei do que ele fez comigo, e depois foi... bem, foi horrível. Constrangedor, na verdade, e um pouco desconfortável.

Anne encarou Daniel e nos olhos dela residia uma honestidade surpreendente.

– Mas gostei do efeito que causei *nele*, que fez com que *eu* me sentisse poderosa. Então, quando estive com ele depois, estava pronta para deixá-lo fazer tudo de novo.

Anne fechou os olhos e Daniel praticamente conseguiu ver a lembrança inundando o rosto dela.

– Era uma noite muito agradável – sussurrou Anne. – No meio do verão, portanto muito clara. Era possível ficar contando as estrelas eternamente.

– O que aconteceu? – perguntou Daniel, baixinho.

Ela piscou, quase como acordasse de um sonho, e, quando falou, foi com uma espontaneidade desconcertante.

– Eu descobri que ele havia pedido outra em casamento. Um dia depois que me entreguei a ele, na verdade.

A fúria que crescia dentro de Daniel começou a sair do controle. Ele nunca, jamais, sentira tanta raiva de alguém. Era aquilo que significava o amor? Sofrer mais pela dor de outra pessoa do que pela nossa?

– Ele tentou repetir o que havíamos feito no dia anterior – continuou Anne. – E me disse que eu era... não consigo me lembrar das palavras exatas, mas fez com que eu me sentisse uma perdida. E talvez eu fosse mesmo, mas...

– Não – disse Daniel com determinação.

Ele concordava que ela poderia ter sido mais esperta, mais sensata. Mas jamais permitiria que Anne pensasse uma coisa daquelas de si mesma. Atravessou o quarto e pousou as mãos nos ombros dela. Anne levantou a cabeça para encará-lo, e aqueles olhos de um azul tão profundo que parecia não ter fim fizeram com que Daniel quisesse se perder neles. Para sempre.

– Ele se aproveitou de você – afirmou ele. – Deveria ter sido estripado e esquartejado por...

Uma risada horrorizada escapou da boca de Anne.

– Ah, meu Deus, espere até ouvir o resto da história.

Ele ergueu as sobrancelhas.

– Eu o apunhalei – continuou ela, e Daniel demorou um instante para entender a informação. – George veio para cima de mim e eu fiquei tentando escapar a todo custo, até que agarrei a primeira coisa em que minha mão esbarrou. Era um abridor de cartas.

Ah, santo Deus.

– Eu estava tentando me defender, e só queria afastá-lo balançando o abridor na direção dele. Mas George se atirou em cima de mim, e então... – Anne estremeceu e seu rosto ficou muito pálido. – Daqui até aqui – sussurrou, deslizando o dedo da têmpora ao queixo. – Foi terrível. E é claro que não havia como esconder aquilo. Eu estava arruinada – acrescentou, com um leve dar de ombros. – Fui mandada embora, obrigada a mudar de nome e a cortar todos os laços com a minha família.

– Seus pais permitiram isso? – perguntou Daniel, incrédulo.

– Era o único modo de proteger as minhas irmãs. Ninguém se casaria com elas se a notícia de que eu tinha me deitado com George Chervil se espalhasse. Consegue imaginar? Que eu tinha dormido com ele e, então, o *apunhalado*?

– O que não consigo imaginar é uma família dar as costas a uma filha – disse Daniel com amargura.

– Está tudo bem – falou Anne, ainda que os dois soubessem que não estava. – Minha irmã e eu nos correspondemos escondidas durante todo esse tempo, por isso não me senti completamente sozinha.

– As agências de correio – murmurou ele.

Ela deu um sorrisinho.

– Sempre me certifiquei de saber onde ficavam. Parecia mais seguro enviar e receber minha correspondência em lugares mais anônimos.

– O que aconteceu naquela noite? – perguntou ele. – Por que você foi embora da casa da minha tia?

– Há oito anos, quando parti da casa da minha família... – Ela engoliu em seco várias vezes e desviou o olhar do dele, concentrando-se em um ponto aleatório no chão. – George estava furioso. Queria me denunciar ao magistrado, para que eu fosse enforcada, ou extraditada, ou coisa parecida. Mas o pai dele foi muito firme. Se George fizesse um escândalo a respeito do assunto, seu noivado com a Srta. Beckwith estaria arruinado. E ela era filha de um visconde... – Anne olhou para Daniel com uma expressão sarcástica. – Era um casamento precioso.

– O casamento aconteceu?

Ela assentiu.

– Mas ele nunca abandonou seu juramento de vingança. A cicatriz acabou ficando com uma aparência melhor do que eu teria imaginado, mas ainda existe, e é bem visível. E George era muito bonito. Antes eu achava que ele queria me matar, mas agora...

– O quê? – perguntou Daniel, quando ela não terminou a frase.

– Ele quer me cortar – disse Anne, em uma voz muito baixa.

Daniel praguejou. Não importava que estivesse na presença de uma dama. Não conseguiu controlar a linguagem chula que escapou de sua boca.

– Vou matá-lo – afirmou.

– Não, não vai. Depois do que aconteceu com Hugh Prentice...

– Ninguém vai se incomodar se eu remover Chervil da face da terra – interrompeu ele. – Não tenho a menor preocupação quanto a isso.

– Você não vai matá-lo – disse Anne com firmeza. – Já o feri gravemente...

– Você não está arrumando *desculpas* para ele, não é?

– Não – retrucou ela, com firmeza suficiente para tranquilizá-lo. – Mas acho, sim, que naquela noite ele pagou pelo que me fez passar. George nunca esquecerá o que fiz com ele.

– E não deveria mesmo – completou Daniel, furioso.

– Eu quero que isso *pare* – afirmou Anne. – Quero viver a minha vida sem ter que ficar olhando por sobre o ombro. Mas não quero vingança. Não preciso disso.

Daniel pensou que talvez *ele* precisasse se vingar por ela, mas sabia que a decisão era de Anne. Demorou um instante para controlar a raiva, mas conseguiu, e finalmente perguntou:

– Como Chervil explicou o ferimento?

Anne pareceu aliviada por ele ter parado de falar em vingança.

– Disse que foi um acidente a cavalo. Charlotte me falou que ninguém acreditou, mas eles disseram que ele havia sido arremessado do cavalo e cortado o rosto no galho de uma árvore. Acho que ninguém desconfiou da verdade... Tenho certeza de que as pessoas pensaram o pior de mim quando desapareci tão de repente, mas não consigo imaginar que alguém tenha imaginado que cortei o rosto dele.

Para sua própria surpresa, Daniel se pegou sorrindo.

– Fico feliz por você ter feito isso.

Ela o encarou com surpresa.

– E deveria tê-lo cortado em outro lugar.

Anne arregalou os olhos, mas logo deixou escapar uma risadinha.

– Pode me chamar de sanguinário – murmurou Daniel.

A expressão dela se tornou um pouco travessa.

– Você vai ficar satisfeito em saber que hoje, para escapar dele...

– Ah, diga-me que você precisou lhe dar um chute nas partes baixas – implorou Daniel. – Por favor, por favor, *por favor* me diga que fez isso.

Anne cerrou os lábios, tentando não rir de novo.

– Talvez eu tenha feito isso.

Ele a puxou mais para perto.

– Com força?

– Menos força do que usei para chutá-lo no mesmo lugar quando ele estava caído no chão.

Daniel beijou uma das mãos dela, depois a outra.

– Posso dizer que tenho muito orgulho de conhecer você?

Anne ficou ruborizada de prazer.

– E tenho muito, *muito* orgulho de chamá-la de minha. – Ele lhe deu um beijo rápido. – Mas você nunca será minha amante.

Ela recuou.

– Dan...

Ele a deteve, levando um dedo aos seus lábios.

– Já anunciei que planejo me casar com você. Quer fazer de mim um mentiroso?

– Daniel, você não pode!

– Sim, eu posso.

– Não, você...

– *Eu posso* – repetiu ele, com firmeza. – E farei.

Os olhos de Anne buscaram o rosto dele com uma agitação frenética.

– Mas George ainda está solto por aí. E se ele lhe fizer mal...

– Posso cuidar dos George Chervil deste mundo – assegurou Daniel –, desde que você possa tomar conta de mim.

– Mas...

– Eu amo você – disse ele, e foi como se o mundo todo se encaixasse no lugar só porque ele finalmente falou aquilo. – Amo você e não posso suportar a ideia de passar um instante sem a sua companhia. Eu a quero ao meu lado e na minha cama. Quero que seja a mãe dos meus filhos, e quero que cada maldita pessoa neste mundo saiba que você é minha.

227

– Daniel – falou Anne, e ele não conseguiu definir se ela estava protestando ou desistindo de discutir.

Mas os olhos dela se encheram de lágrimas, e ele soube que estava quase conseguindo convencê-la.

– Não ficarei satisfeito com nada menos do que tudo – sussurrou Daniel. – Temo que você vá ter que se casar comigo.

O queixo dela tremeu. Talvez tivesse sido um aceno de concordância.

– Eu amo você, Daniel – sussurrou Anne. – Eu também amo você com todo meu coração.

– E... – insistiu ele.

Porque estava determinado a fazê-la pronunciar as palavras.

– Sim – disse Anne. – Se você é corajoso o bastante para me querer, eu me casarei com você.

Daniel a puxou para si e beijou-a com toda a paixão, o medo e a emoção que vinha guardando desde que ela desaparecera.

– Coragem não tem nada a ver com isso – declarou ele, e quase riu pela felicidade que sentia. – É autopreservação.

Ela franziu a testa.

Daniel a beijou de novo. Parecia não conseguir parar.

– Acho que eu morreria sem você – murmurou.

– Acho... – sussurrou Anne, mas não concluiu imediatamente. – Acho que antes... com George... acho que não conta. – Ela ergueu o rosto para ele, os olhos brilhando de amor e promessas. – Esta noite será minha primeira vez. Com você.

CAPÍTULO 19

Então, Anne disse apenas duas palavras. Só duas.

– Por favor.

Ela não sabia *por que* dissera aquilo – certamente não fora resultado de um pensamento racional. Mas é que havia passado os últimos anos lembrando às pessoas que ter boas maneiras não dói e que se deve dizer "por favor" para conseguir qualquer coisa na vida.

E Anne queria muito aquilo.

– Então... – murmurou Daniel, inclinando a cabeça em um gesto cortês – só posso dizer "obrigado".

Anne sorriu, mas não foi um sorriso divertido. Foi algo completamente diferente, o tipo de sorriso que surge de maneira inesperada, que hesita nos lábios até encontrar seu ângulo certo. Era um sorriso de pura felicidade, e veio tão do íntimo dela que Anne teve que lembrar a si mesma de respirar.

Uma lágrima escorreu por seu rosto. Ela ergueu a mão para secá-la, mas o dedo de Daniel a encontrou primeiro.

– Uma lágrima de felicidade, eu espero – disse ele.

Ela assentiu.

Daniel segurou o queixo de Anne e acariciou delicadamente o hematoma perto da têmpora.

– Ele a feriu.

Anne vira a mancha roxa quando se olhara no espelho do banheiro. Não estava doendo muito e ela não conseguia nem se lembrar direito de como acontecera. A briga com George era como um borrão em sua mente, e ela decidiu que era melhor assim.

Por isso, abriu um sorriso malicioso e murmurou:

– Ele está pior que eu.

Daniel demorou um instante, mas logo seus olhos brilharam de divertimento.

– Está?

– Ah, sim.

Ele a beijou com suavidade atrás da orelha, o hálito quente acariciando a pele dela.

– Bem, isso é muito importante.

– Aham. – Anne arqueou o pescoço para que os lábios dele pudessem descer lentamente até sua clavícula. – Uma vez me disseram que a parte mais importante de uma briga é se certificar de que seu oponente esteja pior do que você no final.

– Você tem conselheiros muito sábios.

Anne prendeu a respiração. As mãos dele haviam alcançado a faixa de seda do roupão e ela sentiu o tecido ficando mais frouxo no corpo enquanto Daniel desfazia o nó.

– Só um – sussurrou ela, tentando não se perder completamente quando sentiu as mãos grandes dele deslizarem pela pele sensível de sua barriga, e logo ao redor de suas costas.

– Só um? – repetiu ele, segurando-a pelo traseiro e apertando a carne macia.

– Um conselheiro, mas ele é… Ai, nossa!

Ele apertou de novo.

– "Ai, nossa" foi por *isso*? – Então Daniel fez algo completamente diferente, algo que envolvia apenas um dedo muito ousado. – Ou isso?

– Ah, Daniel…

Os lábios dele encontraram a orelha dela mais uma vez, e sua voz soou quente e rouca sobre a pele de Anne:

– Até o fim da noite, vou fazê-la gritar de prazer.

– Não. Você não pode fazer isso – disse Anne, com o pouco de bom senso que lhe restava.

Daniel ergueu-a do chão, não lhe dando outra alternativa que não passar as pernas ao redor de sua cintura.

– Eu lhe garanto que posso.

– Não, não… Eu não…

O dedo dele, que vinha desenhando círculos lentamente no caminho que levava à parte mais íntima de Anne, foi ainda mais fundo.

– Ninguém sabe que estou aqui – ofegou ela, agarrando-se desesperadamente aos ombros dele. Daniel agora se movia com ela, de forma lânguida e vagarosa, mas cada toque parecia provocar arrepios de desejo bem no centro do corpo dela. – Se acordarmos alguém...

– Ah, isso é verdade – murmurou ele, mas Anne percebeu o sorriso travesso em sua voz. – Acho que devemos ser prudentes e guardar algumas coisas para quando estivermos casados.

Anne não conseguia nem começar a imaginar do que ele estava falando, mas as palavras de Daniel causavam o mesmo efeito que suas mãos, enlouquecendo-a de paixão.

– Por essa noite – disse Daniel, carregando-a até a beira da cama –, não terei outra escolha a não ser me certificar de que você é de fato uma boa moça.

– Uma boa moça? – ecoou ela.

Anne estava apoiada na beirada da cama pecaminosamente grande, usando um roupão masculino que pendia aberto e revelava a curva de seus seios, e havia um dedo dentro dela, fazendo-a arquejar de prazer.

Não havia nada de boa moça nela naquele momento.

No entanto, as coisas não podiam estar mais maravilhosas.

– Acha que consegue ficar em silêncio? – provocou Daniel, beijando o pescoço dela.

– Não sei.

Ele deslizou outro dedo para dentro dela.

– E se eu fizer isso?

Anne deixou escapar um gritinho e Daniel deu um sorriso diabólico.

– Ou isso? – falou com a voz rouca, afastando o roupão para o lado com o nariz. O tecido deslizou sobre o ombro dela, revelando seus seios, mas apenas por uma fração de segundos, já que a boca dele rapidamente se fechou sobre o mamilo.

– Ah! – O arquejo foi um pouco mais alto dessa vez, e Anne o ouviu rindo junto à pele dela. – Você é muito atrevido.

Ele a provocou com a língua, então ergueu os olhos com uma expressão voraz.

– Nunca disse que não era.

Daniel passou para o outro seio, que era ainda mais sensível do que o primeiro, e Anne mal percebeu quando o roupão caiu de vez.

Ele voltou a encará-la.

– Espere até ver o que mais posso fazer.

– Ai, meu Deus.

Ela não conseguia imaginar o que poderia ser mais atrevido do que aquilo.

Mas então os lábios de Daniel encontraram o vale entre os seios dela e ele começou a descer... descer... pela barriga, o umbigo, até...

– Ah, meu Deus – arquejou Anne. – Você não pode.

– Não?

– Daniel?

Ela não sabia o que estava perguntando, mas, antes que descobrisse, ele a ergueu e a colocou sentada bem na beirada da cama. Em seguida a boca de Daniel encontrou o lugar onde os dedos dele haviam estado pouco antes, e as coisas que ele começou a fazer com a língua, com os lábios, com a respiração...

Santo Deus, ela ia derreter. Ou explodir. Anne agarrou a cabeça dele com tanta força que Daniel precisou afrouxar um pouco as mãos dela. Então, já não conseguindo mais aguentar, Anne desabou sobre o colchão macio, as pernas penduradas para fora da cama.

Daniel levantou a cabeça e parecia muito satisfeito consigo mesmo.

Ela viu quando ele se ergueu e perguntou, ofegante:

– O que você está fazendo comigo?

Porque ele não poderia ter terminado. Anne ainda ansiava por ele, por alguma coisa, por...

– Quando você chegar lá, será comigo dentro de você – avisou Daniel, arrancando a camisa pela cabeça.

– Chegar lá?

O que ele queria dizer com *chegar* lá?

Então Daniel levou as mãos aos calções e em poucos segundos estava nu. Anne só pôde encará-lo, impressionada, enquanto ele se acomodava entre suas pernas. Era um homem magnífico, mas certamente, *certamente*, ele não achava que aquilo ia...

Daniel voltou a tocá-la, passando as mãos ao redor de suas coxas e puxando-a para recebê-lo.

– Ai, meu Deus – sussurrou Anne.

Ela achava que nunca havia dito aquelas palavras tantas vezes como fizera nos últimos minutos, mas, se já houvera um momento para louvar a criação do Senhor, sem dúvida era aquele.

A ponta do membro dele encostou na abertura dela, mas Daniel não pressionou adiante. Em vez disso, pareceu satisfeito apenas em tocá-la, deixando a marca de sua masculinidade roçar a pele sensível dela, para um lado, em um movimento circular, então para o outro. A cada pequena carícia, Anne sentia que se abria um pouco mais pare ele, até que, de forma natural, a ponta inteira deslizou para dentro dela.

Anne se agarrou à cama, mal sendo capaz de compreender a estranheza da sensação que a dominava. Era como se ele a houvesse rasgado por dentro quando a penetrara, mas ainda assim ela queria mais. Não tinha ideia de como aquilo era possível, mas não parecia capaz de deter os próprios quadris, que se arqueavam em direção a ele.

– Quero você inteiro – sussurrou Anne, chocando-se com as próprias palavras. – Agora.

Ela o ouviu inspirar fundo e, quando o encarou, os olhos de Daniel estavam desfocados e vidrados de desejo. Ele gemeu o nome dela, então penetrou-a um pouco mais – não até o fim, mas o bastante para que ela experimentasse mais uma vez aquela sensação estranha e maravilhosa de estar aberta para ele, de ser aberta *por* ele.

– Quero mais – disse Anne, e não estava implorando.

Estava ordenando.

– Ainda não. – Ele se afastou um pouco e voltou a arremeter. – Você não está pronta.

– Não me importo.

E era verdade. Havia uma pressão crescendo dentro dela que a deixava gulosa. Anne o queria por inteiro, pulsando dentro dela. Queria senti-lo preenchendo-a completamente.

Daniel voltou a se mover, e dessa vez Anne agarrou os quadris dele, tentando forçá-lo mais para dentro do seu corpo.

– Preciso de você – gemeu ela, mas ele enrijeceu o corpo contra o dela, determinado a ditar o ritmo.

Só que o rosto de Daniel estava contorcido com um prazer que ele mal conseguia conter, e Anne sabia que ele desejava aquilo tanto quanto ela. Estava se controlando porque achava que era o que ela precisava.

Mas Anne sabia muito bem o que queria.

Ele provavelmente despertara algo dentro dela, alguma parte feminina da alma dela que era ousada e libertina. Anne não tinha ideia de como sabia o que fazer, não sabia nem o que estava fazendo até acontecer, mas levou as mãos aos seios e segurou-os, apertando um contra o outro, enquanto Daniel a observava...

Ele a encarava com um desejo tão palpável que Anne conseguia sentir na pele.

– Faça isso de novo – pediu ele com a voz rouca.

E ela obedeceu, comprimindo os seios como um espartilho apertado, até eles parecem frutas grandes, maduras e deliciosas.

– Você gosta? – sussurrou ela, só para provocá-lo.

Daniel assentiu, a respiração tão acelerada que seus movimentos eram espasmódicos. Ainda tentava, com todas as forças, ir devagar, e Anne sabia que o havia levado ao limite. Ele não conseguia parar de olhar para as mãos dela nos seios, e o desejo puro e primitivo nos olhos dele fez com que Anne se sentisse uma deusa, forte e poderosa.

Ela umedeceu os lábios, deixou as mãos vagarem até os mamilos e segurou a ponta rosada de cada um deles entre o indicador e o polegar. A sensação era incrível, quase tão eletrizante como quando Daniel deliciosamente os sugara. Anne sentiu uma nova onda de prazer espalhando-se pelo meio de suas pernas, e percebeu com surpresa que fora ela mesma que provocara aquilo, com os próprios dedos ousados. Jogou a cabeça para trás e gemeu.

Daniel também foi dominado por uma onda incontrolável de desejo e enfim arremeteu com força, rápido, até seus corpos estarem completamente unidos.

– Você vai ter que fazer isso de novo – grunhiu ele. – Toda noite. E vou ficar assistindo... – Ele estremeceu de prazer, enquanto se movia dentro dela. – Vou ficar assistindo toda noite.

Anne sorriu, deleitando-se com aquele poder recém-descoberto, e se perguntou o que mais poderia fazer para deixá-lo tão fraco de desejo.

– Você é a coisa mais linda que eu já vi – continuou Daniel. – Agora. Neste momento. Mas isso é... isso é...

Ele arremeteu de novo, gemendo ao sentir a fricção sensível. Então apoiou as mãos no colchão, uma de cada lado da cabeça dela.

Anne percebeu que Daniel estava tentando se conter.

– Não era isso que eu queria dizer – voltou a falar ele, cada palavra exigindo muito da respiração entrecortada.

Ela o fitou diretamente, bem nos olhos, e sentiu uma das mãos de Daniel pegar a sua, entrelaçando os dedos com os dela.

– Amo você – disse ele. – *Amo você*.

E ele repetiu aquilo tanto com a boca como com cada movimento do corpo. Era avassalador, impressionante e absolutamente transformador se sentir parte de outra pessoa daquele modo tão magnífico.

Anne apertou a mão dele.

– Também amo você – sussurrou. – Você é o primeiro homem... O primeiro homem que eu...

Ela não sabia como dizer aquilo. Queria que Daniel conhecesse cada momento de sua vida, cada vitória e cada decepção. Mais do que tudo, queria que ele soubesse que era o primeiro homem em quem ela já confiara completamente, o único homem a conquistar seu coração.

Daniel pegou a mão dela e levou aos lábios. Naquele momento, no meio da união mais carnal, mais erótica que Anne poderia imaginar, ele beijou os nós dos dedos dela com tanta gentileza e reverência quanto um cavalheiro ancestral.

– Não chore – sussurrou.

Ela não percebera que estava chorando.

Daniel secou as lágrimas com beijos, mas ao se inclinar para fazer isso, moveu-se de novo dentro dela, reabastecendo o fogo turbulento no centro do prazer de Anne. Ela acariciou as panturrilhas dele com os pés, ergueu os quadris em uma contorção extremamente feminina e logo Daniel estava arremetendo, e ela o recebendo, e algo se transformava dentro dela, esticando e tensionando até Anne não conseguir suportar mais, até...

– Aaaaah!

Ela gritou enquanto o mundo explodia ao seu redor e agarrou Daniel, segurando os ombros dele com força enquanto erguia o corpo da cama.

– Ah, meu Deus – arquejou ele. – Ah, meu Deus, ah, meu...

Com uma última investida, Daniel gritou, arremetendo o corpo para a frente e, finalmente, derramando-se dentro dela.

Tinha acabado, pensou Anne, sonhadora. Tinha acabado e, no entanto, a vida dela estava enfim começando.

Mais tarde, Daniel estava deitado de lado, apoiado sobre o cotovelo, a cabeça descansando na mão, enquanto brincava preguiçosamente com mechas soltas do cabelo de Anne. Ela estava dormindo – ou ao menos era o que ele achava. Do contrário, ela estava sendo bastante indulgente, deixando que ele acariciasse os cachos macios, encantado com o modo como a luz bruxuleante da vela iluminava cada mecha.

Daniel nunca tinha percebido que os cabelos de Anne eram tão longos. Quando ela os prendia para o alto, com os grampos, pentes e o que mais as mulheres usavam, parecia um coque como qualquer outro. Bem, um coque qualquer usado por uma mulher tão linda que fazia o coração dele parar.

Mas, soltos, os cabelos de Anne eram gloriosos. Caíam por sobre os ombros como uma manta de zibelina, as ondas luxuriantes chegando ao topo dos seios.

Daniel se permitiu um sorrisinho travesso. Gostava que os cabelos não cobrissem os seios.

– Do que está rindo? – murmurou ela, a voz pesada e preguiçosa de sono.

– Você está acordada.

Ela ronronou baixinho enquanto se espreguiçava, e Daniel observou, satisfeito, enquanto as cobertas escorregavam e revelavam o corpo feminino.

– Ah! – exclamou ela com um gritinho, puxando-as de volta.

Daniel cobriu a mão dela com a dele e voltou a puxar as cobertas para baixo.

– Gosto de você assim – murmurou ele, com a voz rouca.

Anne enrubesceu. Estava escuro demais para que ele percebesse o rosado em suas faces, mas ela abaixou os olhos por um instante, como sempre fazia quando ficava envergonhada. Então Daniel sorriu de novo, porque não percebera que sabia aquilo sobre ela.

Gostava de saber coisas sobre ela.

– Você não falou do que estava rindo – falou Anne, puxando delicadamente a coberta para cima e prendendo-a debaixo do braço.

– Eu estava pensando que gosto que seus cabelos não sejam compridos o bastante para cobrir seus seios – confessou Daniel.

Dessa vez ele a *viu* enrubescer, mesmo no escuro.

– Você perguntou… – murmurou ele.

Os dois ficaram em um silêncio tranquilo, mas logo Daniel viu linhas de preocupação marcarem a testa de Anne. Não ficou surpreso quando ela perguntou, baixinho:

– O que vai acontecer agora?

Ele sabia a que ela se referia, mas não queria responder. Aconchegados daquela forma na cama de baldaquino dele, com as cortinas fechadas ao redor dos dois, era fácil fingir que o resto do mundo não existia. Mas a manhã logo chegaria e, com ela, todos os perigos e crueldades que a haviam levado até ali.

– Vou fazer uma visita a sir George Chervil – disse Daniel depois de um momento de silêncio. – Acredito que não será difícil descobrir seu endereço.

– Para onde irei? – sussurrou ela.

– Você ficará aqui – respondeu Daniel, com firmeza.

Ele não a deixaria sair dali, e achava inacreditável que ela sequer pensasse que ele seria capaz disso.

– Mas o que você vai dizer a sua família?

– A verdade – falou Daniel, então, quando Anne arregalou os olhos, ele acrescentou: – Parte dela. Não há necessidade de ninguém saber onde exatamente você dormiu esta noite, mas terei que contar à minha mãe e à minha irmã como veio parar aqui sem nem uma muda de roupa. A menos que você consiga pensar em uma história razoável.

– Não – concordou Anne.

– Honoria pode lhe emprestar algumas roupas, e com a minha mãe como acompanhante, não será nada impróprio que você seja instalada em um dos nossos quartos de hóspede.

Por uma fração de segundo, Anne pareceu prestes a protestar, ou talvez a sugerir um plano alternativo. Mas, no fim, assentiu.

– Irei atrás de uma licença especial de casamento logo depois de minha conversa com Chervil – falou Daniel.

– Uma licença especial? – ecoou Anne. – Mas não é algo terrivelmente caro?

Ele se aconchegou um pouco mais próximo a ela.

– Acha mesmo que vou conseguir esperar por um período adequado de noivado?

Anne começou a sorrir.

– Acha mesmo que *você* vai conseguir esperar? – acrescentou ele, a voz rouca.

– Você me transformou em uma libertina.

Daniel puxou-a.

– Não posso reclamar.

Enquanto a beijava, ele a ouviu sussurrar:

– Também não posso.

Tudo ficaria bem. Com uma mulher como aquela nos braços, como poderia ser de outra forma?

CAPÍTULO 20

No dia seguinte, depois de acomodar Anne decentemente em um quarto de hóspedes em sua casa, Daniel saiu para ir ver sir George Chervil.

Como esperado, não fora difícil descobrir o endereço dele. O sujeito morava em Marylebone, não muito longe da casa do sogro, em Portman Square. Daniel sabia quem era o visconde de Hanley – inclusive, estudara em Eton ao mesmo tempo que dois dos filhos dele. A ligação não era muito profunda, mas a família do visconde sabia quem ele era. Se Chervil não mudasse de ideia a respeito de Anne com a rapidez esperada, Daniel tinha certeza de que uma visita ao sogro dele – que sem dúvida era quem controlava os bens da família, incluindo a escritura da pequena e elegante casa em Marylebone cujos degraus Daniel subia naquele momento – resolveria a questão.

Poucos instantes após bater à porta da frente, Daniel foi levado a uma sala de visitas decorada em tons suaves de verde e dourado. Alguns minutos depois, uma mulher entrou. Pela idade e pelos trajes, ele deduziu que fosse lady Chervil, a filha do visconde, com quem George Chervil escolhera se casar no lugar de Anne.

– Milorde – cumprimentou ela, inclinando-se em uma elegante cortesia.

Era muito bonita, com cachos castanho-claros e a pele clara e aveludada. Não se comparava à beleza dramática de Anne, mas a verdade era que poucas se comparavam. E Daniel talvez fosse um pouco parcial.

– Lady Chervil – respondeu ele.

Ela parecia surpresa pela aparição dele, além de bastante curiosa. Como o pai era visconde, devia estar acostumada a receber visitas ilustres, mas Daniel achava que já devia fazer algum tempo desde que um conde estivera em seu lar de casada, sobretudo porque George só se tornara baronete havia pouco tempo.

– Preciso falar com seu marido – falou Daniel.

– Lamento, mas ele não está em casa. Há algo que eu possa fazer para ajudá-lo? Estou surpresa por meu marido não ter mencionado que o conhecia.

– Não fomos formalmente apresentados – explicou Daniel. Não parecia haver nenhuma razão aparente para fingir o contrário, já que Chervil provavelmente deixaria isso claro quando voltasse para casa e a esposa lhe contasse sobre a visita do conde de Winstead.

– Ah, lamento tanto... – retrucou ela. Não que houvesse algo por que se desculpar, mas lady Chervil parecia ser o tipo de mulher que dizia "lamento" sempre que não sabia mais o que dizer. – Há algo que eu possa fazer para ajudá-lo? Ah, lamento, já perguntei isso, não é mesmo? – Ela indicou os sofás e poltronas. – Gostaria de se sentar? Pedirei um chá imediatamente.

– Não, obrigado – falou Daniel.

Estava sendo difícil manter os modos educados, mas ele sabia que aquela mulher não era culpada pelo que acontecera com Anne. Provavelmente jamais ouvira sequer falar nela.

Ele pigarreou.

– Sabe quando seu marido deve estar de volta?

– Acho que não deve demorar – retrucou ela. – Gostaria de esperar?

Na verdade, não, mas Daniel não viu outra alternativa, então agradeceu e se sentou. O chá chegou e eles começaram a conversar sobre banalidades, intercalando-as com longas pausas e olhares não disfarçados para o relógio sobre o consolo da lareira. Daniel tentou se distrair pensando em Anne, no que ela deveria estar fazendo naquele momento.

Enquanto ele estava ali bebendo chá, Anne estava experimentando as roupas emprestadas por Honoria.

Enquanto ele tamborilava com impaciência os dedos no joelho, ela estava almoçando com a mãe dele, que, para o maior orgulho e alívio de Daniel, nem sequer piscara quando o filho anunciara que se casaria com a Srta. Wynter e que, a propósito, ela ficaria na Casa Winstead como hóspede da família, já que não poderia continuar a ser governanta dos Pleinsworths.

– Lorde Winstead?

Ele levantou os olhos. Lady Chervil estava com a cabeça inclinada para o lado, piscando sem parar, parecendo esperar uma resposta. Ela claramente lhe fizera uma pergunta – que ele não ouvira. Por sorte, era o tipo de mulher em quem as boas maneiras haviam sido incrustadas desde o nascimento, então ela não deu atenção ao lapso dele e disse (provavelmente repetindo):

– O senhor deve estar bastante entusiasmado com o casamento iminente de sua irmã. – Diante do olhar vazio dele, ela acrescentou: – Li a respeito no jornal, e é claro que estive em um dos adoráveis concertos de sua família na temporada em que debutei.

Daniel se perguntou se aquilo significava que ela não estava mais recebendo convites. Esperava que sim. A ideia de George Chervil sentado na Casa Winstead lhe provocava um arrepio de asco.

Ele pigarreou, tentando manter a expressão agradável.

– Sim, estou muito feliz. Lorde Chatteris é um amigo próximo da família desde a nossa infância.

– Que adorável, então, que ele agora vá ser seu irmão.

Ela sorriu e Daniel foi surpreendido por uma discreta sensação de desconforto. Lady Chervil parecia ser uma pessoa bastante agradável, uma dama de quem a irmã dele – ou Anne – poderia ser amiga, caso não fosse casada com sir George. Não era culpada de nada a não ser ter se casado com um patife, e Daniel faria a vida dela virar de cabeça para baixo.

– Ele está na minha casa agora – comentou, tentando aplacar a inquietude de sua anfitriã sendo um pouco mais simpático. – Acredito que tenha sido arrastado para lá para ajudar com os preparativos do casamento.

– Ah, que adorável.

Ele assentiu, e usou a oportunidade para voltar a pensar no que Anne deveria estar fazendo. Esperava que ela estivesse com o resto da família dele, opinando sobre lavanda-azulado e azul-lavanda, sobre flores, rendas e tudo o que envolvia uma celebração em família.

Depois de oito anos, Anne merecia uma família e a sensação de pertencimento que vinha com isso.

Daniel olhou mais uma vez para o relógio no consolo da lareira, tentando ser um pouco mais discreto ao fazer isso. Estava ali havia uma hora e meia. Com certeza lady Chervil começava a ficar inquieta. Ninguém permanecia em uma sala de visitas por uma hora e meia, esperando que outra pessoa chegasse em casa. Os dois sabiam que as boas maneiras ditavam que ele entregasse seu cartão e partisse.

Mas Daniel não pretendia ir a lugar algum.

Lady Chervil sorriu constrangida.

– Francamente, não achei que sir George demoraria tanto. Não consigo imaginar o que o pode estar retendo.

– Onde ele foi? – perguntou Daniel.

Era uma pergunta invasiva, mas depois de todo aquele tempo jogando conversa fora, não parecia mais inoportuna.

– Acredito que tenha ido ao médico – respondeu lady Chervil. – Por causa da cicatriz dele, o senhor sabe. – Ela olhou para ele. – Ah, o senhor disse que não foi apresentado a ele. Meu marido tem... – A mulher gesticulou para o próprio rosto com uma expressão triste. – Ele tem uma cicatriz. Foi um acidente a cavalo, pouco antes de nos casarmos. Eu acho que o torna vistoso, mas ele está sempre tentando minimizá-la.

Daniel começou a sentir a inquietude revirar seu estômago.

– Ele foi ver um médico? – perguntou.

– Bem, acho que sim. Quando saiu hoje de manhã, me disse que iria ver uma pessoa por conta da cicatriz. Presumi que fosse um médico. Quem mais poderia ser?

Anne.

Daniel se levantou tão rapidamente que esbarrou no bule de chá, derramando gotas mornas por toda a mesa.

– Lorde Winstead? – disse lady Chervil, a voz alarmada. Ela também se levantou e se adiantou na direção de Daniel, que já estava a caminho da porta. – Algum problema?

– Peço que me perdoe – falou ele.

Não tinha tempo para gentilezas. Já estava sentado ali havia mais de uma hora e meia, e só Deus sabia o que Chervil estava planejando.

Ou o que já fizera.

– Posso ajudá-lo de alguma forma? – perguntou ela, correndo atrás de Daniel. – Talvez eu possa dar algum recado ao meu marido.

Daniel se virou para ela.

– Sim – falou, e não reconheceu a própria voz. O terror o deixara instável, a raiva o estava deixando ousado. – Pode dizer a ele que se tocar em um fio de cabelo da minha noiva, cuidarei pessoalmente para que o fígado dele seja arrancado pela boca.

Lady Chervil ficou muito pálida.

– Compreendeu? – disse ele.

Ela assentiu, insegura.

Daniel a encarou com um olhar severo. A mulher estava apavorada, mas aquilo não era nada comparado ao horror de Anne se estivesse nas garras de George Chervil naquele momento. Ele deu outro passo na direção da porta e parou.

– Mais uma coisa. Se seu marido voltar vivo para casa esta noite, sugiro que a senhora tenha uma conversa com ele sobre o futuro de vocês aqui na Inglaterra. Talvez ache a vida mais confortável em outro país. Bom dia, lady Chervil.

– Bom dia – respondeu ela.

E desmaiou.

– Anne! – gritou Daniel, enquanto entrava correndo pelo saguão da Casa Winstead. – Anne!

Poole, o mordomo, materializou-se como se surgisse do nada.

– Onde está a Srta. Wynter? – perguntou Daniel, esforçando-se para recuperar o fôlego.

Sua carruagem ficara presa no tráfego e ele saltara a alguns minutos de casa, correndo pelas ruas como um louco. Era de se espantar que não tivesse sido atropelado.

A mãe dele saiu da sala de visitas, seguida por Honoria e Marcus.

– O que está acontecendo? Daniel, pelo amor de Deus…

– Onde está a Srta. Wynter? – repetiu ele, arquejante, ainda tentando recuperar o fôlego.

– Ela saiu – disse a mãe.

– Saiu? Ela *saiu*?

Por que diabo Anne faria isso? Ela sabia que deveria permanecer na Casa Winstead até a volta dele.

– Bem, foi o que entendi – falou lady Winstead, olhando para o mordomo em busca de auxílio. – Eu não estava aqui.

– A Srta. Wynter recebeu uma visita – esclareceu Poole. – Sir George Chervil. Ela saiu com ele há uma hora. Talvez duas.

Daniel se virou para o homem, apavorado.

– O quê?

– Ela pareceu não gostar muito da companhia dele – começou a dizer Poole.

– Ora, então por que diabo ela iria…

– Ele estava com lady Frances.

Daniel parou de respirar.

– Daniel – disse lady Winstead, em um tom mais preocupado. – O que está acontecendo?

– Lady Frances? – repetiu Daniel, ainda encarando Poole.

– Quem é sir George Chervil? – perguntou Honoria.

Ela olhou para Marcus, mas ele balançou a cabeça.

– Ela estava na carruagem dele – informou Poole.

– Frances?

O mordomo assentiu.

– E a Srta. Wynter acreditou na palavra dele a esse respeito?

– Não sei, milorde – respondeu o mordomo. – Ela não me disse nada. Mas saiu daqui com ele e entrou em sua carruagem. Pareceu fazer isso por vontade própria.

– Maldição – praguejou Daniel.

– Daniel – disse Marcus, a voz firme como uma rocha em um cômodo que estava girando. – O que está acontecendo?

Naquela manhã, Daniel contara à mãe um pouco sobre o passado de Anne. Agora, desvendou tudo a eles.

Lady Winstead ficou muito pálida e, quando agarrou a mão do filho, o gesto era de pânico.

– Precisamos ir contar a Charlotte – disse, mal conseguindo falar.

Daniel assentiu lentamente, tentando pensar. Como Chervil conseguira pegar Frances? E onde ele teria…

– Daniel! – exclamou a mãe, quase gritando. – Precisamos ir contar a Charlotte agora! Aquele louco está com a filha dela!

Daniel voltou subitamente a atenção para a mãe.

– Sim. Sim, vamos agora.

– Eu também vou – falou Marcus. Virou-se para Honoria. – Você fica? Alguém precisa permanecer aqui para o caso de a Srta. Wynter voltar.

Honoria assentiu.

– Vamos – disse Daniel.

Eles saíram correndo e lady Winstead não se deu ao trabalho nem de pegar um casaco. A carruagem que Daniel abandonara cinco minutos antes chegara. Ele instalou a mãe dentro do veículo com Marcus e saiu em disparada. A casa da tia ficava a menos de meio quilômetro de distância e, se as

244

ruas ainda estivessem com muito tráfego, ele chegaria à Casa Pleinsworth mais rápido a pé.

De fato, ele chegou alguns instantes antes da carruagem, e subiu em disparada os degraus da frente enquanto respirava com dificuldade. Bateu com a aldrava três vezes e já ia para a quarta quando Granby abriu a porta e se afastou rapidamente para o lado, antes que Daniel o derrubasse.

– Frances – arquejou Daniel.

– Ela não está – informou Granby.

– Eu sei. Você sabe onde…

– Charlotte! – gritou a mãe de Daniel, levantando as saias bem acima dos tornozelos enquanto subia correndo os degraus. Então se dirigiu a Granby com os olhos arregalados. – Onde está Charlotte?

O mordomo apontou na direção dos fundos da casa.

– Acredito que esteja vendo a correspondência. No…

– Estou bem aqui – disse lady Pleinsworth, saindo apressada de uma sala. – Pelo amor de Deus, o que está acontecendo? Virginia, você está…

– É Frances – interrompeu Daniel em um tom sombrio. – Achamos que ela pode ter sido sequestrada.

– O quê? – Lady Pleinsworth olhou para ele, então para lady Winstead e finalmente para Marcus, que estava parado em silêncio perto da porta. – Não, não pode ser – falou, parecendo mais confusa do que preocupada. – Ela só foi… – Ela se virou para Granby. – Ela não saiu para uma caminhada com a babá Flanders?

– Elas ainda não voltaram, milady.

– Mas com certeza não devem ter ido tão longe a ponto de causar preocupação. A babá Flanders não anda mais muito rápido, então elas vão levar algum tempo para dar a volta no parque.

Daniel trocou um olhar sombrio com Marcus, então disse a Granby:

– Alguém precisa ir procurar a babá.

O mordomo assentiu.

– Agora mesmo.

– Tia Charlotte – começou Daniel, e seguiu contando os eventos da tarde. Fez apenas um resumo do passado de Anne – haveria tempo para contar a versão completa mais tarde –, mas foi o suficiente para deixá-la pálida.

– Esse homem… – falou ela, a voz trêmula de pavor. – Esse louco… Você acha que ele está com Frances?

– Anne não teria ido com ele se não fosse esse o caso.

– Ah, meu Deus! – Lady Pleinsworth cambaleou e Daniel rapidamente a ajudou a se sentar em uma cadeira. – O que faremos? Como vamos encontrá-las?

– Voltarei à casa de Chervil – respondeu ele. – É o único...

– Frances! – gritou lady Pleinsworth.

Daniel se virou bem a tempo de ver a prima entrar correndo em casa e se jogar no colo da mãe. A menina estava suja, empoeirada, com o vestido rasgado. Mas não parecia ferida, ao menos não com ferimentos infligidos de propósito.

– Ah, minha menina querida – falou lady Pleinsworth entre soluços, abraçando a filha desesperadamente. – O que aconteceu? Ah, meu Deus, você está ferida?

Ela tocou os braços da menina, os ombros e, por fim, encheu o rostinho de Frances de beijos.

– Tia Charlotte? – chamou Daniel, tentando manter a urgência longe da voz. – Desculpe, mas realmente preciso conversar com Frances.

Lady Pleinsworth virou-se para ele com um olhar furioso, protegendo a filha com o corpo.

– Não agora – disse, irritada. – Ela passou por algo terrível. Precisa de um banho, precisa comer, e...

– Ela é minha única esperança...

– Ela é uma criança!

– E Anne pode morrer! – quase rugiu Daniel.

O saguão ficou em silêncio e, por trás da tia, Daniel ouviu a voz de Frances:

– Ele está com a Srta. Wynter.

– Frances – falou Daniel, pegando a mão da prima e puxando-a na direção de um banco. – Por favor, você precisa me contar tudo. O que aconteceu?

A menina respirou fundo algumas vezes e olhou para a mãe, que assentiu brevemente, autorizando-a a falar.

– Eu estava no parque – começou Frances –, e a babá Flanders pegou no sono no banco. Ela faz isso quase todo dia. – A menina olhou para a mãe. – Desculpe, mamãe, eu devia ter lhe contado. Mas ela está ficando muito velha, e se cansa à tarde. Acho que a caminhada até o parque é muito longa para ela.

246

– Está tudo bem, Frances – disse Daniel, tentando disfarçar a urgência na voz. – Só me conte o que aconteceu depois.

– Eu não estava prestando atenção. Estava brincando de uma das minhas brincadeiras de unicórnio – explicou Frances, e olhou para Daniel como se soubesse que ele entenderia. – Eu havia galopado para bem longe de onde estava a babá. – Ela se virou para a mãe com um olhar ansioso. – Mas ela ainda conseguiria me ver. Se estivesse acordada.

– E então...? – apressou-a Daniel.

A menina o encarou com uma expressão de pura perplexidade.

– Não sei. Quando olhei, ela tinha sumido. Não sei o que aconteceu com a babá. Chamei várias vezes por ela, então fui até o lago onde ela gosta de dar comida para os patos, mas a babá não estava lá. E aí...

Frances começou a tremer incontrolavelmente.

– Já chega – decretou lady Pleinsworth.

Mas Daniel a encarou com uma expressão de súplica. Ele sabia que estava incomodando Frances, mas aquilo precisava ser feito. E sem dúvida a tia sabia que a filha ficaria em um estado muito pior se Anne fosse morta.

– O que aconteceu então? – perguntou em um tom gentil.

Frances engoliu várias vezes em seco e envolveu o próprio corpo com os braços.

– Alguém me agarrou e colocou alguma coisa na minha boca que tinha um gosto horrível... quando vi, estava em uma carruagem.

Daniel trocou um olhar preocupado com a mãe. Perto dela, lady Pleinsworth começou a chorar baixinho.

– Provavelmente foi láudano – disse ele a Frances. – Foi muito, muito errado alguém forçá-la a tomar isso, mas não vai lhe fazer mal.

A menina assentiu.

– Eu me senti esquisita, mas agora já passou.

– Quando viu a Srta. Wynter?

– Fomos à sua casa, Daniel. Eu queria sair, mas o homem... – Ela olhou para o primo como se houvesse acabado de se lembrar de algo muito importante. – Ele tinha uma cicatriz. Muito grande. Atravessando o rosto.

– Eu sei – disse Daniel baixinho.

Frances voltou a encará-lo com os olhos arregalados e curiosos, mas não perguntou nada.

– Eu não podia sair da carruagem – continuou. – Ele disse que machuca-

247

ria a Srta. Wynter se eu saísse. E disse para o cocheiro tomar conta de mim, o homem não parecia muito gentil.

Daniel se forçou a engolir a raiva. Tinha que haver um lugar especial no inferno para pessoas que faziam mal a crianças. Mas conseguiu manter a calma ao perguntar:

– Então a Srta. Wynter saiu da casa?

Frances assentiu.

– Ela estava furiosa.

– Imagino que sim.

– Ela gritou com o homem, e ele gritou com ela, e eu não entendi quase nada que eles falaram, a não ser que ela estava com muita, muita raiva por ele ter me colocado na carruagem.

– A Srta. Wynter estava tentando proteger você – disse Daniel.

– Eu sei – retrucou Frances, baixinho. – Mas acho... acho que deve ter sido ela que deixou aquela cicatriz nele. – A menina encarou a mãe com uma expressão suplicante. – Não acho que a Srta. Wynter faria uma coisa dessas, mas ele ficava falando isso sem parar, e estava muito zangado com ela.

– Foi há muito tempo – explicou Daniel. – A Srta. Wynter só estava se defendendo.

– Por quê? – sussurrou Frances.

– Não tem importância – disse ele com firmeza. – O que importa é o que aconteceu hoje, e o que podemos fazer para salvá-la. Você foi muito corajosa. Como escapou?

– A Srta. Wynter me empurrou da carruagem.

– O quê? – disse lady Pleinsworth com um gritinho, mas lady Winstead a segurou quando ela tentou correr na direção da filha.

– Não estava indo muito rápido – garantiu Frances à mãe. – Só doeu um pouco quando caí. A Srta. Wynter me disse que eu deveria me enrolar como uma bola antes de bater no chão.

– Ah, meu Deus... – choramingou lady Pleinsworth. – Ah, meu bebê.

– Estou bem, mamãe – tranquilizou-a Frances, e Daniel ficou impressionado com a força da priminha. A menina fora sequestrada e depois jogada de uma carruagem, e agora era *ela* que consolava a mãe. – Acho que a Srta. Wynter escolheu aquele ponto porque não era muito longe daqui.

– Onde? – perguntou Daniel com urgência. – Onde vocês estavam exatamente?

Frances parou para tentar lembrar.

– Em Park Crescent. Lá no final.

Lady Pleinsworth arquejou por entre as lágrimas.

– E você veio andando por toda essa distância sozinha?

– Não era muito longe, mamãe.

– Mas você precisou atravessar Marylebone inteiro! – Lady Pleinsworth virou-se para lady Winstead. – Ela veio sozinha por Marylebone. É só uma criança!

– Frances – falou Daniel, ainda mais desesperado. – Preciso lhe perguntar. Você tem alguma ideia de para onde sir George estava levando a Srta. Wynter?

A menina balançou a cabeça e seus lábios tremeram.

– Eu não prestei atenção. Estava assustada demais, e eles ficaram gritando um com o outro na maior parte do tempo, então ele bateu na Srta. Wynter...

Daniel teve que se forçar a respirar.

– ... e aí eu fiquei ainda mais transtornada, mas ele disse... – Frances levantou a cabeça de repente, os olhos arregalados de empolgação. – Lembrei de uma coisa! Ele mencionou a charneca.

– Hampstead – falou Daniel.

– Sim, acho que sim. Ele não disse isso especificamente, mas estávamos indo naquela direção, não estávamos?

– Se vocês estavam em Park Crescent, sim.

– Ele também disse alguma coisa sobre um quarto.

– Um quarto? – ecoou Daniel.

Frances assentiu com vigor.

Marcus, que permanecera em silêncio durante todo o interrogatório, pigarreou.

– Ele deve estar levando-a para uma estalagem.

Daniel encarou o amigo, assentiu e se voltou novamente para a priminha.

– Frances, você acha que reconheceria a carruagem?

– Sim! – disse ela, com os olhos ainda arregalados. – Com certeza.

– Ah, não! – exclamou lady Pleinsworth, quase rosnando. – Ela não vai com você atrás daquele louco.

– Não tenho escolha – falou Daniel.

– Mamãe, quero ajudar – suplicou Frances. – Por favor, eu amo a Srta. Wynter.

– Eu também – disse Daniel, baixinho.

– Não! – protestou lady Pleinsworth. – Isso é loucura. O que você acha que vai fazer? Cavalgar com minha filha na sua garupa enquanto perambula por tabernas? Sinto muito, não posso permitir...

– Ele pode levar batedores – interrompeu a mãe de Daniel.

Lady Pleinsworth virou-se para a irmã, chocada.

– Virginia?

– Também sou mãe – disse lady Winstead. – E se alguma coisa acontecer com a Srta. Wynter... – A voz dela agora era apenas um sussurro. – Meu filho vai ficar devastado.

– Quer que eu coloque a minha filha em risco por causa do seu filho?

– Não! – Lady Winstead segurou as duas mãos da irmã com força. – Jamais. Você sabe disso, Charlotte. Mas, se fizermos as coisas do jeito certo, acho que Frances não correrá perigo nenhum.

– Não – disse lady Pleinsworth. – Não, eu não posso concordar. Não arriscarei a vida da minha filha...

– Ela não sairá da carruagem – prometeu Daniel. – E a senhora também pode ir.

Então ele percebeu no rosto da tia que ela estava começando a ceder, e pegou a sua mão.

– Por favor, tia Charlotte.

Ela engoliu em seco para abafar um soluço. E então, finalmente, assentiu.

Daniel quase desmaiou de alívio. Ainda não encontrara Anne, mas Frances era sua única esperança e, se a tia houvesse proibido a filha de acompanhá-lo a Hampstead, tudo estaria perdido.

– Não há tempo a perder – afirmou Daniel. Virou-se para lady Pleinsworth. – Há lugar para quatro na minha carruagem. Em quanto tempo consegue ter uma carruagem pronta para nos seguir? Vamos precisar de cinco lugares na volta.

– Não – retrucou a tia. – Vamos na nossa carruagem. Ela tem seis lugares, mas o mais importante é que tem lugar para batedores. Não vou permitir que se aproxime daquele louco junto com a minha filha sem guardas armados na carruagem.

– Como desejar – disse Daniel.

Não podia discutir. Se tivesse uma filha, seria tão protetor quanto a tia.

Lady Pleinsworth virou-se para um dos criados que acompanhara toda a cena.

– Mande trazer a carruagem imediatamente.

– Sim, senhora – disse ele, antes de sair apressado.

– Agora haverá espaço para mim – anunciou lady Winstead.

Daniel olhou para a mãe.

– A senhora também virá?

– Minha futura nora está em perigo. Aonde mais eu poderia ir?

– Está bem – concordou Daniel, porque sabia que não adiantaria discutir.

Se era seguro o bastante para Frances, com certeza seria seguro o bastante para a mãe dele. Mas...

– A senhora não vai entrar – disse ele com firmeza.

– Eu nem sonharia em fazer isso. Tenho alguns talentos, mas eles não incluem lutar com loucos armados. Eu só atrapalharia.

No entanto, enquanto saíam apressadamente para esperar a carruagem, uma carruagem descoberta chegou diante da casa em alta velocidade, e só não virou graças à habilidade do condutor. Logo Daniel viu, chocado, que era Hugh Prentice.

– Que diabo está acontecendo? – perguntou Daniel, se adiantando e pegando as rédeas, enquanto Hugh descia de mal jeito.

– Seu mordomo me disse onde você estava – falou Hugh. – Procurei você o dia todo.

– Ele apareceu na Casa Winstead mais cedo – disse a mãe de Daniel. – Antes de a Srta. Wynter sair. Ela disse que não sabia para onde você havia ido.

– O que está acontecendo? – perguntou Daniel a Hugh.

O amigo, cujo rosto costumava ser uma máscara inexpressiva, estava claramente preocupado.

Ele estendeu um pedaço de papel a Daniel.

– Recebi isto.

Daniel leu rápido o recado. A letra era elegante e contida, caracteristicamente masculina. "Temos um inimigo em comum." Seguiam-se, então, instruções de como deixar uma resposta em uma taberna em Marylebone.

– Chervil – murmurou Daniel.

– Então você conhece quem escreveu isso? – perguntou Hugh.

Daniel assentiu. Era improvável que George Chervil soubesse que ele e

251

Hugh não eram e nunca haviam sido inimigos. Mas circulavam rumores suficientes na cidade para levar uma pessoa a chegar àquela conclusão.

Daniel relatou rapidamente os acontecimentos do dia para Hugh, que olhou para a carruagem dos Pleinsworths, que chegava naquele momento.

– Você tem lugar para mais um – disse Hugh.

– Não há necessidade – falou Daniel.

– Eu vou – declarou Hugh. – Posso não ser capaz de correr, mas sou ótimo atirador.

Ao ouvir isso, tanto Daniel quanto Marcus viraram a cabeça na direção dele, estupefatos.

– Quando estou sóbrio – esclareceu Hugh, que teve a graça de enrubescer.

Só um pouco. Daniel duvidou que as faces dele ficassem mais vermelhas do que aquilo.

– E, agora, estou sóbrio – acrescentou Hugh, obviamente achando que precisava deixar aquilo claro.

– Entre – disse Daniel, indicando a carruagem com a cabeça.

Estava surpreso por Hugh não ter percebido que...

– Colocaremos lady Frances no colo da mãe quando estivermos voltando para casa com a Srta. Wynter – falou Hugh.

Sim, realmente Hugh percebia tudo.

– Vamos – disse Marcus.

As damas já tinham sido acomodadas, e Marcus estava com um pé no degrau.

Era um estranho grupo de resgate, claro, mas quando a carruagem ganhou velocidade, com quatro criados armados servindo como batedores, Daniel não pôde deixar de pensar na família incrível que tinha. A única coisa que a tornaria ainda melhor seria Anne ao seu lado, com o sobrenome dele.

Só podia rezar para que chegassem a Hampstead a tempo.

CAPÍTULO 21

Anne já tivera momentos de terror na vida. Quando apunhalara George e se dera conta do que fizera. Quando o cabriolé de Daniel perdera o rumo e ela fora arremessada para fora do veículo. Mas nada – *nada* – jamais se comparara, ou se compararia, ao momento em que percebera que os cavalos que puxavam a carruagem de George Chervil haviam diminuído a velocidade, inclinara-se para Frances e dissera "Corra para casa". Então, antes que tivesse a chance de questionar a própria ideia, abrira a porta do veículo e empurrara a menina para fora, gritando para que ela enrolasse o corpo como uma bola quando atingisse o chão.

Ela só tivera um segundo para se certificar de que Frances conseguira ficar de pé, ainda que cambaleante, antes que George a puxasse de volta para dentro da carruagem e a esbofeteasse.

– Não pense que pode me enfrentar – sibilou ele.

– Sua guerra é comigo – disparou ela –, não com aquela criança.

Ele deu de ombros.

– Eu não faria mal a ela.

Mas Anne não acreditava nele. Naquele momento, George estava tão obcecado com a ideia de arruiná-la que não conseguia enxergar direito o futuro. Mas no fim, quando a raiva se dissipasse, ele perceberia que Frances poderia reconhecê-lo. E embora pudesse achar que conseguiria se livrar das consequências da lei se machucasse Anne – ou mesmo se a matasse –, até George sabia que o sequestro da filha de um conde não seria tratado com tanta condescendência.

– Para onde está me levando? – perguntou ela.

Ele ergueu uma sobrancelha.

– Isso tem importância?

Anne cravou os dedos no assento da carruagem.

– Você não vai conseguir escapar, sabe disso – disse ela. – Lorde Winstead vai conseguir a sua cabeça.

– Seu novo protetor? – zombou George. – Ele não vai ser capaz de provar nada.

– Bem, há...

Anne se deteve antes de lembrar a ele que Frances poderia facilmente reconhecê-lo. A cicatriz garantiria isso.

Mas a frase incompleta logo despertou a desconfiança de George.

– Há o quê?

– Eu.

Ele torceu os lábios em um arremedo cruel de sorriso.

– Será?

Ela arregalou os olhos, apavorada.

– Bem, ainda há – murmurou ele. – Mas logo não haverá mais.

Então ele planejava matá-la. Anne imaginou que não deveria ficar surpresa.

– Mas não se preocupe – acrescentou George de forma quase casual. – Não será rápido.

– Você é louco – sussurrou ela.

Ele a agarrou, os dedos cravando-se no corpete do vestido e puxando-a para a frente até estarem com os rostos a poucos milímetros de distância.

– Se sou, é por sua causa – sibilou ele.

– Foi você quem provocou o que aconteceu – retrucou Anne.

– Ah, é mesmo? – falou George, furioso, jogando-a contra o outro extremo da carruagem. – Eu fiz *isso*? – Ele indicou o rosto com sarcasmo. – Peguei um abridor de cartas e me cortei, transformando a mim mesmo em um monstro...

– Sim! – interrompeu Anne. – Foi você! Já era um monstro antes mesmo de eu tocar em você. Eu só estava tentando me defender.

George bufou com desdém.

– Você já havia aberto as pernas para mim. Não podia se negar depois de já ter feito uma vez.

Ela arquejou.

– Realmente acredita nisso?

– Você gostou da primeira vez.

– Achei que você me amasse!

Ele deu de ombros.

– A estupidez foi sua, não minha. – Mas então ele se virou de repente e a encarou com uma expressão quase alegre. – Ah, meu Deus – falou, sorrindo com o prazer de quem gosta de ver o sofrimento dos outros. – Você fez de novo, não foi? Foi para a cama com Winstead. Tsc, tsc, tsc. Ah, Annie, não aprendeu nada?

– Ele me pediu em casamento – disse ela, estreitando os olhos.

George deu uma gargalhada debochada.

– E você acreditou nele?

– Eu aceitei.

– Tenho certeza de que acreditou nisso.

Anne tentou respirar fundo, mas seus dentes estavam batendo com tanta força que ela tremeu quando tentou inspirar. Estava tão… maldição… tão *furiosa…* O medo, a apreensão, a vergonha, tudo já se fora. A única coisa que sentia agora era uma fúria que fazia seu sangue ferver. Aquele homem roubara oito anos de sua vida. Ele a deixara com medo, fizera dela uma solitária. Tirara a inocência do seu corpo e esmagara a inocência do seu espírito. Mas dessa vez não iria vencer.

Ela finalmente estava feliz. Não apenas segura, não apenas satisfeita, mas feliz. Amava Daniel e, por algum milagre, ele retribuía esse sentimento. O futuro dela se descortinava à sua frente em adoráveis tons de pôr do sol alaranjado e cor-de-rosa, e Anne enfim conseguia se reconhecer – com Daniel, com risadas, com filhos. Não iria desistir daquilo. Fossem quais fossem os seus pecados, já pagara por eles.

– George Chervil – disse, a voz estranhamente calma –, você é uma desgraça para a humanidade.

Ele a encarou com certa curiosidade, então deu de ombros e se virou para a janela.

– Para onde estamos indo? – perguntou Anne mais uma vez.

– Já estamos chegando.

Ela olhou pela janela. Estavam indo em uma velocidade muito maior agora do que quando ela empurrara Frances para fora da carruagem. Anne não reconheceu o entorno, mas achou que estavam indo para o norte. Ou ao menos mais para o norte. Já haviam deixado o Regent's Park para trás havia um bom tempo e, embora ela nunca levasse as meninas lá, sabia que o parque ficava ao norte de Marylebone.

A carruagem manteve o passo acelerado, diminuindo a velocidade apenas nos entroncamentos, o suficiente para que Anne lesse algumas placas de lojas. *Kentish Town*, dizia uma delas. Anne já ouvira falar dali. Era um vilarejo nos arredores de Londres. George dissera que eles já estavam chegando, e talvez fosse verdade. Mas ainda assim Anne não acreditava que alguém conseguiria encontrá-la antes que George tentasse consumar seu plano. Achava que ele não havia dito nada na frente de Frances que pudesse indicar para onde estavam indo e, de qualquer modo, a pobre menina estaria exausta quando chegasse em casa.

Se Anne quisesse ser salva, ela mesma teria que cuidar disso.

– Está na hora de ser sua própria heroína – sussurrou.

– O que disse? – perguntou George, em uma voz entediada.

– Nada.

Mas a mente dela girava. Como faria aquilo? Adiantaria alguma coisa planejar ou teria que esperar para ver como as coisas se desdobrariam? Era difícil saber como poderia escapar sem primeiro ter uma noção exata da situação.

George se virou para ela com uma desconfiança crescente.

– Você parece muito decidida – comentou.

Ela o ignorou. Qual era a fraqueza de George? Ele era vaidoso… Como Anne poderia se aproveitar disso?

– Em que está pensando? – quis saber ele.

Ela sorriu enigmaticamente. Ele não gostava de ser ignorado. Isso também poderia ser útil.

– Por que está sorrindo? – gritou George.

Ela se virou, a expressão cuidadosamente pensada para parecer que apenas não o ouvira.

– Desculpe, você disse alguma coisa?

Ele estreitou os olhos.

– O que está tramando?

– O que *eu* estou tramando? Estou dentro de uma carruagem, sendo sequestrada. O que *você* está tramando?

Um músculo começou a pulsar no lado intocado do rosto dele.

– Não fale comigo nesse tom.

Ela deu de ombros, revirando os olhos. George odiaria aquilo.

– Você está tramando alguma coisa – acusou ele.

Anne deu de ombros de novo, decidindo que, quando se tratava de George, a maioria das coisas que dava certo uma vez funcionava ainda melhor na segunda.

Ela tinha razão. O rosto dele ficou contorcido de raiva, e a cicatriz muito branca fez um contraste profundo com o tom da pele. Era pavoroso de ver, mas ainda assim Anne não conseguiu desviar o olhar.

George viu que Anne o encarava e ficou ainda mais agitado.

– O que está planejando? – insistiu, a mão tremendo de fúria quando apontou para ela com o indicador.

– Nada – respondeu Anne, com honestidade.

Nada específico, ao menos. Naquele momento, a única coisa que ela estava fazendo era levá-lo ao limite. E era óbvio que estava funcionando perfeitamente.

Ela percebeu que George não estava acostumado a que as mulheres o tratassem com desdém. Quando Anne o conhecera, as moças o bajulavam e se derretiam a cada palavra que ele dizia. Ela não sabia que tipo de atenção ele atraía no momento, mas a verdade era que, quando não estava com o rosto quase roxo de raiva, não era um homem feio, mesmo com a cicatriz. Algumas mulheres deviam sentir pena dele, mas outras provavelmente o achavam elegante e misterioso com o que parecia ser um corajoso ferimento de guerra.

Mas desdém? Ele não gostaria disso, ainda mais vindo dela.

– Você está sorrindo de novo.

– Não estou – mentiu ela, a voz quase irônica.

– Não tente me enfrentar – rugiu ele, apontando novamente o dedo para ela. – Não vai conseguir vencer.

Anne deu de ombros.

– O que você está aprontando? – berrou ele.

– Nada – disse ela, porque, àquela altura, já percebera que nada o enfureceria mais do que a calma dela.

Ele queria vê-la acovardada de terror. Queria vê-la tremendo e ouvi-la implorando.

Então, em vez de fazer essas coisas, Anne se virou para o outro lado e manteve os olhos fixos na janela.

– Olhe para mim – ordenou George.

Ela esperou um momento, então disse:

– Não.

A voz dele agora era um grunhido:

– Olhe para mim.

– Não.

– Olhe para mim! – gritou ele.

Dessa vez ela obedeceu. A voz dele alcançara um tom de instabilidade, e Anne percebeu que já estava com os ombros tensos, esperando um golpe. Então o encarou sem dizer nada.

– Você não pode me vencer – disse George entre os dentes.

– Mas vou tentar – retrucou ela, em um tom calmo.

Porque não desistiria sem lutar. E, se George conseguisse destruí-la, ela jurava por Deus que o levaria junto.

A carruagem dos Pleinsworths seguia a uma velocidade alta e incomum pela Hampstead Road. Se eles pareciam deslocados – uma carruagem grande e opulenta em disparada pela rua, com batedores armados nas laterais –, Daniel não se importou. Talvez estivessem atraindo a atenção, mas sem dúvida não a de Chervil. Ele estava pelo menos uma hora na frente, portanto, se seu plano fosse mesmo ir a uma estalagem em Hampstead, àquela altura ele já estaria lá dentro e, consequentemente, incapaz de ver a rua.

A menos que o quarto desse para a rua...

Daniel deixou escapar a respiração trêmula. Lidaria com esse problema quando, e se, ele surgisse. Alcançaria Anne de uma forma ou de outra, tanto correndo como indo mais devagar, mas levando em consideração o que ela lhe contara sobre Chervil, preferia optar pela rapidez.

– Vamos encontrá-la – garantiu Marcus em uma voz tranquila.

Daniel olhou para o amigo. Marcus não irradiava poder e confiança, mas a verdade era que nunca irradiara. Sim, ele era um homem confiável – e confiante –, mas de um modo tranquilo. E naquele exato momento, seus olhos mostravam uma determinação que Daniel achou reconfortante. Daniel assentiu e virou-se de volta para a janela. Ao lado dele, a tia não parava de tagarelar nervosamente enquanto apertava a mão de Frances. A menina, por sua vez, não parava de dizer: "Não estou vendo. Ainda não estou vendo a carruagem dele", mesmo Daniel tendo dito mais de uma vez que eles ainda não haviam chegado a Hampstead.

– Você tem certeza de que vai conseguir reconhecer a carruagem? – perguntou lady Pleinsworth à filha, franzindo a testa em sinal de dúvida. – Para mim, todas se parecem. A menos que haja uma insígnia...

– Tem uma barra engraçada nela – disse Frances. – Vou reconhecer.

– O que quer dizer com uma barra engraçada? – indagou Daniel.

– Não sei – respondeu a menina, dando de ombros. – Acho que não serve para nada. É só para decoração. Mas é dourada e em espiral.

Ela fez um movimento com a mão e isso trouxe à mente de Daniel a lembrança dos cabelos de Anne na noite anterior, quando ela enrolara os cachos em um cordão grosso.

– Na verdade – continuou a menina –, me lembra o chifre de um unicórnio.

Daniel se pegou rindo para si mesmo, e se virou para a tia.

– Ela vai reconhecer a carruagem.

Eles passaram em disparada por várias aldeias nos arredores de Londres, até finalmente chegarem ao estranho vilarejo de Hampstead. A distância, Daniel podia ver o verde da famosa charneca. Era uma enorme extensão de terra, muito maior que qualquer parque de Londres.

– Como você quer fazer? – perguntou Hugh. – Talvez seja melhor seguirmos a pé.

– Não! – Lady Pleinsworth virou-se para ele com visível hostilidade. – Frances não vai sair da carruagem.

– Vamos subir a rua – disse Daniel. – Todos devem procurar estalagens e tabernas, qualquer lugar onde Chervil possa ter alugado um quarto. Frances, você procura a carruagem. Se não encontrarmos nada, vamos começar a entrar nos becos menores.

Hampstead parecia ter um impressionante número de estalagens. Eles passaram pela Rei Guilherme IV à esquerda, pela Casa de Palha à direita, e então pela Azevinho à esquerda de novo, mas mesmo depois de Marcus ter descido da carruagem e olhado nos fundos dos estabelecimentos em busca de qualquer coisa semelhante à carruagem de "unicórnio" que Frances descrevera, não encontraram nada. Só para se certificarem, Marcus e Daniel entraram em cada estalagem e perguntaram se haviam visto alguém com as descrições de Anne e George, mas ninguém sabia de nada.

E, dada a descrição que Frances fizera da cicatriz do homem, Daniel achava que ele teria sido notado. E lembrado.

Daniel voltou à carruagem, parada no alto da rua, atraindo certa atenção das pessoas do vilarejo. Marcus já voltara, e ele e Hugh conversavam em tom animado, mas em voz baixa.

– Nada? – perguntou Marcus, olhando para ele.

– Nada – respondeu Daniel.

– Há outra estalagem – informou Hugh. – Fica dentro da charneca, na Spaniards Road. Já estive lá antes. – Ele fez uma pausa. – É mais afastada.

– Vamos – disse Daniel, em um tom sombrio.

Talvez tivessem deixado escapar alguma estalagem perto do fim da rua, mas poderiam voltar depois. E Frances dissera que Chervil mencionara especificamente "a charneca".

A carruagem acelerou e chegou cinco minutos depois à Spaniards Inn, que ficava praticamente dentro da charneca, os tijolos pintados de branco e as janelas pretas se destacando com elegância em meio à natureza.

Frances esticou o braço, apontando, e começou a gritar.

Anne logo descobriu por que George escolhera aquela estalagem em particular. Ficava em uma estrada que seguia direto até a charneca de Hampstead. E, apesar de não ser a única construção na estrada, era consideravelmente mais isolada do que os estabelecimentos no centro de Hampstead. Isso significava que, se ele tivesse um cronograma bem planejado (e ele tinha), poderia arrastá-la para fora da carruagem, entrar por uma porta lateral e subir para o quarto sem ninguém perceber. George teve ajuda, é claro: seu cocheiro ficou vigiando Anne enquanto o patrão ia pegar a chave.

– Não confio que você vá ficar de boca fechada – grunhiu George, enquanto enfiava um pedaço de pano dentro da boca de Anne.

Sem dúvida ele não poderia ter pedido a chave ao estalajadeiro se estivesse acompanhado por uma mulher com um trapo fedorento enfiado na boca, pensou Anne. Sem falar em suas mãos amarradas atrás das costas.

George parecia ansioso para que Anne soubesse de todos os seus planos, por isso engrenou um monólogo prepotente enquanto arrumava o quarto ao seu gosto.

– Aluguei o quarto por uma semana – começou, colocando uma cadeira na frente da porta. – Não era para tê-la encontrado na rua ontem à noite, enquanto estava sem a minha carruagem.

Anne, largada no chão, encarou-o com um fascínio horrorizado. Ele a culparia por aquilo?

– Mais uma coisa que você conseguiu arruinar para mim – resmungou ele.

Ao que parecia, iria.

– Mas não importa – continuou George. – No fim, tudo deu certo. Eu a encontrei na casa do seu amante, exatamente como imaginei que aconteceria.

Anne o viu correr os olhos pelo quarto, procurando algo com que pudesse bloquear a porta. Não havia muito, a não ser que ele movesse a cama inteira.

– Quantos você já teve desde que a conheci? – perguntou George, virando-se lentamente ao redor.

Anne balançou a cabeça. Do que ele estava falando?

– Ah, você vai me dizer – disparou, adiantou-se a passos largos e arrancou em seguida o trapo da boca de Anne. – Quantos amantes?

Por um segundo, ela considerou a possibilidade de gritar. Mas George tinha uma faca na mão. Além disso, trancara a porta e colocara uma cadeira na frente. Se houvesse alguém por perto, e se essa pessoa se desse ao trabalho de tentar salvá-la, George ainda conseguiria cortá-la toda antes que a ajuda chegasse.

– Quantos? – insistiu ele.

– Nenhum – respondeu Anne automaticamente.

Parecia incrível que ela pudesse esquecer a noite com Daniel quando confrontada com uma pergunta daquelas, mas o que primeiro lhe veio à cabeça foram todos aqueles anos de solidão, sem ter sequer um amigo, quanto mais um amante.

– Ah, acho que lorde Winstead não concordaria com isso – zombou George. – A menos que... – Ele deu um sorriso desagradável e satisfeito. – Está me dizendo que ele não conseguiu chegar até o fim?

Era muito tentador contar a George como Daniel o superara de todas as maneiras possíveis, mas Anne preferiu dizer apenas:

– Ele é meu noivo.

George riu ao ouvir isso.

– Sim, isso é o que você acredita. Santo Deus, o homem tem a minha admiração. Que belo truque. E ninguém aceitaria a sua palavra no lugar da dele depois do ato consumado. – Ele fez uma pausa e pareceu quase melancólico. – Deve ser conveniente ser um conde. Eu não conseguiria sair impune disso. – George se animou. – Mas, no fim das contas, nem precisei pedi-la em casamento. Só precisei dizer que a amava e você não apenas acreditou em mim, como achou que eu estava disposto a me casar com você.

Ele a olhou de cima a baixo.

– Tsc, tsc, tsc. Que moça tola.

– Não discordo de você nesse ponto.

Ele inclinou a cabeça para o lado e a encarou com aprovação.

– Ora, ora, com a idade veio a sabedoria.

Àquela altura, Anne já percebera que deveria mantê-lo falando. Isso retardaria o ataque e lhe daria tempo para se planejar. Isso sem contar que quando George estava falando, normalmente estava se gabando, e quando estava se gabando, acabava se distraindo.

– Tive tempo para aprender com os meus erros – disse Anne, olhando de relance para a janela quando ele foi até o guarda-roupa para pegar alguma coisa.

Em que andar ficava o quarto? Se ela pulasse, conseguiria sobreviver?

Ele se virou depois de aparentemente não ter encontrado o que estava procurando e cruzou os braços.

– Bem, é bom ouvir isso.

Anne piscou, surpresa. Ele a observava com uma expressão quase paternal.

– Você tem filhos? – perguntou ela em um rompante.

A expressão dele ficou gélida.

– Não.

Naquele momento, Anne soube. George nunca consumara seu casamento. Seria impotente? E, se fosse, será que a culpava por isso?

Ela balançou ligeiramente a cabeça. Que pergunta tola. É claro que a culpava. Então Anne enfim compreendeu a extensão da fúria dele. Não fora apenas o rosto – aos olhos de George, ela o emasculara.

– Por que está balançando a cabeça? – perguntou ele.

– Não estou – retrucou ela, então percebeu que estava balançando a cabeça de novo. – Não de propósito, pelo menos. É só um movimento que eu faço enquanto penso.

Ele estreitou os olhos.

– Em que está pensando?

– Em você – respondeu ela, com sinceridade.

– É mesmo? – George pareceu satisfeito por um momento, mas logo ficou desconfiado. – Por quê?

– Ora, você é a única pessoa neste quarto. Faz sentido que eu esteja pensando em você.

George deu um passo na direção dela.

– O que está pensando?

Por Deus, como ela podia não ter percebido como ele era egocêntrico? Era verdade que tinha apenas 16 anos na época, mas deveria ter tido um pouco mais de bom senso.

– O que está pensando? – insistiu George, quando ela ficou em silêncio.

Anne avaliou suas opções. É claro que não podia dizer que estivera cogitando a impotência dele, por isso preferiu responder:

– A cicatriz não é tão horrível quanto eu imagino que você acredite.

Ele bufou e deu as costas ao que quer que estivesse fazendo.

– Só está dizendo isso para cair nas minhas graças.

– Eu *diria* isso para cair nas suas graças – admitiu Anne, esticando o pescoço para ver melhor o que ele estava fazendo. George parecia estar arrumando tudo de novo, o que parecia totalmente inútil, já que não havia muito a ser arrumado no quarto alugado. – Mas, por acaso, acho que é verdade. Você não é mais tão bonito como quando jovem, mas um homem não quer ser bonito, quer?

– Talvez não, mas não conheço uma alma que queira *isto* – retrucou George, indicando o rosto com um gesto abrangente e sarcástico, abarcando da orelha ao queixo.

– Eu sinto muito por tê-lo ferido, sabe? – disse Anne, e, para sua grande surpresa, percebeu que estava sendo sincera. – Não lamento por ter me defendido, mas lamento por você ter se ferido no processo. Se houvesse me deixado ir embora quando lhe pedi, nada disso teria acontecido.

– Ah, então agora a culpa é minha?

Anne se calou. Não deveria ter dito a última parte, e não aumentaria o erro respondendo o que *queria* dizer, que era "Bem, sim".

Ele ficou esperando e, quando ela continuou em silêncio, murmurou:

– Teremos que mover isto aqui.

Ah, Deus, ele *realmente* queria mover a cama.

Mas era um móvel enorme, pesado, e George não conseguiria movê-lo sozinho. Depois de dois minutos empurrando, grunhindo e praguejando bastante, ele se virou para Anne e disparou:

– Venha ajudar, pelo amor de Deus!

Ela entreabriu os lábios, sem acreditar.

– Minhas mãos estão amarradas.

George praguejou de novo, foi até ela e puxou-a com força para colocá-la de pé.

– Não precisa usar as mãos. Basta encostar o corpo contra a cama e empurrar.

Anne não conseguiu fazer nada além de encará-lo.

– Assim – acrescentou George, apoiando o quadril contra a lateral do móvel.

Ele plantou os pés em um tapete esfarrapado e usou o peso do corpo para empurrar. A cama enorme se moveu cerca de 2 centímetros.

– Acha mesmo que eu vou fazer isso?

– Eu *acho* que ainda estou com a faca.

Anne revirou os olhos e foi até a cama.

– Sinceramente, não acho que isso vá funcionar – disse ela por sobre o ombro. – Primeiro porque minhas mãos estão atrapalhando.

George olhou para as mãos dela amarradas atrás das costas.

– Ah, maldição – resmungou. – Venha aqui. Não faça nenhuma gracinha.

Anne sentiu-o cortar as cordas e esbarrar com a faca no polegar dela enquanto fazia isso.

– Ai! – gritou, levando a mão à boca.

– Ah, dói, não é? – murmurou George, com uma expressão sanguinária.

– Já passou – disse Anne rapidamente. – Vamos empurrar a cama?

Ele riu para si mesmo e se posicionou. Então, enquanto Anne se preparava para fingir que estava tentando mover a cama contra a porta, George de repente endireitou o corpo.

– O que devo fazer primeiro? Cortá-la? – perguntou a si mesmo em voz alta. – Ou me divertir um pouco?

Anne olhou para a frente dos calções dele. Não conseguiu evitar. George *seria* impotente? Ela não viu qualquer sinal de ereção.

– Ah, então é isso que você quer fazer – disse ele, saboreando o momento. Então agarrou a mão de Anne e puxou-a para si, forçando-a a senti-lo através do tecido. – Certas coisas nunca mudam.

Anne tentou controlar a ânsia de vômito quando ele esfregou a mão esquerda dela grosseiramente pelo meio das pernas. Ainda que ele estivesse vestido, ela ficou nauseada, mas era melhor do que ter o rosto cortado.

George começou a gemer de prazer e, para horror de Anne, ela sentiu algo começar a... acontecer.

– Ah, Deus – sussurrou ele. – Ah, como é bom. Faz tanto tempo. Tanto, tanto tempo.

Anne prendeu a respiração enquanto o observava. George estava de olhos fechados e parecia quase em transe. Ela olhou para a mão com a faca. Era imaginação dela ou ele não estava segurando com tanta força? Se ela agarrasse a faca... Será que conseguiria fazer isso?

Anne cerrou os dentes e mexeu um pouco os dedos nos calções dele. Então, bem no momento em que George deixou escapar um longo e profundo gemido de prazer, ela atacou.

CAPÍTULO 22

– É aquela! – gritou Frances. Ela agitava o bracinho magro para a frente como uma louca. – É aquela a carruagem. Tenho certeza.

Daniel se virou para acompanhar a direção em que a menina apontava. De fato, uma carruagem pequena mas vistosa estava estacionada perto da estalagem. Era preta, como a maioria das carruagens, com uma barra decorativa dourada ao redor do topo. Daniel nunca vira nada como aquilo antes, mas entendia por que Frances associava a barra ao chifre de um unicórnio. Se fosse cortada no comprimento correto e afiada na ponta, daria um fantástico adereço para a fantasia dela.

– Vamos permanecer na carruagem – reafirmou lady Winstead, bem no momento em que Daniel se virava para as damas para dar instruções.

Ele assentiu e os três homens desceram.

– Protejam esta carruagem com as suas vidas – disse aos batedores, e se dirigiu à estalagem.

Marcus estava bem atrás dele, e Hugh os alcançou quando Daniel terminava de interrogar o estalajadeiro. Sim, ele vira um homem com uma cicatriz. Ele tinha alugado um quarto por uma semana, mas não o usava toda noite. Tinha passado na recepção para pegar a chave apenas quinze minutos antes, mas não havia nenhuma mulher com ele.

Daniel colocou uma coroa em cima do balcão.

– Qual é o quarto dele?

O estalajadeiro arregalou os olhos.

– Número quatro, senhor. – Ele recolheu a moeda e pigarreou. – Talvez eu tenha uma chave extra.

– Talvez?

– Talvez.

Daniel colocou outra moeda em cima do balcão.

O estalajadeiro colocou a chave.

– Espere – disse Hugh. – Há outra entrada para o quarto que não seja a porta?

– Não. Só a janela.

– A que altura fica do chão?

O estalajadeiro ergueu a sobrancelha.

– Alto demais para que se esgueire para dentro do quarto, a menos que suba pelo carvalho.

Hugh imediatamente se virou para Daniel e Marcus.

– Farei isso – disse Marcus, e seguiu para a porta.

– Provavelmente não será necessário – falou Hugh, enquanto subia as escadas atrás de Daniel –, mas prefiro ser meticuloso.

Daniel não iria contestar o "meticuloso". Ainda mais com Hugh, que prestava atenção em tudo. E não esquecia nada.

Assim que eles viram a porta do quarto quatro, no fim do corredor, Daniel apressou o passo, mas Hugh pousou a mão sobre o ombro do amigo para contê-lo.

– Primeiro escute – aconselhou.

– Você nunca se apaixonou na vida, não é mesmo? – retrucou Daniel.

E, antes que Hugh pudesse responder, enfiou a chave na fechadura e abriu a porta com um chute, fazendo uma cadeira tombar dentro do quarto.

– Anne! – gritou, antes mesmo de vê-la.

Mas, se ela também gritou o nome dele, o som foi abafado pelo som de surpresa que deixou escapar quando a cadeira bateu certeira em seus joelhos e a derrubou.

Assim que caiu, Anne começou a tatear o chão em volta procurando algo que estava segurando e voara de sua mão.

Uma faca.

Daniel voou para pegá-la. Anne também. George Chervil, que até Daniel irromper no quarto estivera lutando com Anne pela posse da faca, se jogou com tudo para tentar recuperá-la.

Enquanto todos se jogavam para cima da faca, Hugh ficou parado na porta, sem ser notado por ninguém, com uma pistola apontada para George, parecendo quase entediado.

– Eu não faria isso se fosse você – disse Hugh, mas George agarrou a faca mesmo assim e pulou para cima de Anne, que perdera a corrida pela arma por meros centímetros e ainda estava tateando o chão.

– Atire e ela morre – ameaçou George, segurando a lâmina perigosamente perto da garganta de Anne.

Daniel, que instintivamente correra na direção de George, parou no mesmo instante. Então, abaixou o revólver e colocou-o no chão atrás de si.

– Afaste-se! – ordenou George, segurando a faca como se fosse um martelo. – Faça o que estou mandando!

Daniel assentiu e levantou as mãos enquanto recuava um passo. Anne estava deitada de bruços no chão, com George montado nas suas costas, uma das mãos no cabo da faca, a outra segurando-a pelos cabelos.

– Não a machuque, Chervil – avisou Daniel. – Você não quer fazer isso.

– Ah, aí é que você se engana. Quero muito fazer isso.

Ele pressionou a lâmina levemente contra o rosto de Anne.

Daniel sentiu o estômago revirar.

Mas George não a cortara. Parecia estar apreciando seu momento de poder, e agarrou os cabelos de Anne com mais força, puxando a cabeça dela para trás e colocando-a em uma posição que parecia terrivelmente desconfortável.

– Você vai morrer – prometeu Daniel.

George deu de ombros.

– Ela também.

– E quanto à sua esposa?

George o encarou.

– Tive uma conversa com ela hoje de manhã – disse Daniel, mantendo o olhar fixo no rosto de George.

Queria desesperadamente olhar para Anne, para lhe dizer que a amava sem precisar de qualquer palavra. Ela saberia – ele só precisava fitá-la.

Mas Daniel não ousou. Enquanto estivesse olhando para George Chervil, o homem estaria olhando para ele. E não para Anne. Ou para a faca.

– O que você disse à minha esposa? – sibilou George, mas um lampejo de inquietude passou por seu rosto.

– Ela parece ser uma mulher adorável – comentou Daniel. – Me pergunto o que acontecerá com ela se você morrer aqui, em uma estalagem, nas mãos de dois condes e do filho de um marquês.

George virou rapidamente na direção de Hugh, e só então ele se deu conta de quem era o homem na porta.

– Mas você o odeia – disse ele a Hugh. – Ele atirou em você.

Hugh apenas deu de ombros.

George empalideceu e começou a dizer alguma coisa, mas logo se interrompeu e perguntou:

– Dois condes?

– Há outro – disse Daniel. – Por via das dúvidas.

George começou a respirar com dificuldade, olhando de Daniel para Hugh e ocasionalmente para Anne. Daniel percebeu que ele estava começando a transpirar. Estava chegando ao limite, e o limite era sempre uma zona perigosa.

Para todos.

– Lady Chervil estará arruinada – falou Daniel. – Banida da sociedade. Nem mesmo o pai dela conseguirá salvá-la.

George começou a tremer. Daniel enfim se permitiu olhar de relance para Anne. Ela estava com a respiração ofegante, obviamente assustada, mas ainda assim, quando os olhares dos dois se encontraram...

Eu amo você.

Foi como se ela tivesse dito as palavras em voz alta.

– O mundo não é gentil com mulheres banidas do lar – disse Daniel, baixinho. – Basta perguntar a Anne.

Daniel viu nos olhos de George que ele estava começando a vacilar.

– Se você soltá-la, sairá daqui vivo – prometeu.

Ele sairia dali, mas não poderia viver em canto nenhum das Ilhas Britânicas. Daniel garantiria isso.

– E minha esposa?

– Vou deixar todas as explicações a ela por sua conta.

George remexeu o pescoço, como se o colarinho de repente houvesse ficado muito apertado. Piscou furiosamente e, por um momento, apertou os olhos com força. Então...

– Ele atirou em mim! Ai, meu Deus, ele atirou em mim!

Daniel virou a cabeça rapidamente quando percebeu que Hugh disparara a arma.

– Está louco? – perguntou a ele, furioso, enquanto corria para tirar Anne de perto de George, que agora rolava no chão, uivando de dor e agarrando a mão que sangrava.

Hugh mancou para dentro do quarto e olhou para George.

– Foi só um tiro de raspão – comentou, impassível.

– Anne, Anne – disse Daniel com a voz rouca.

Durante todo o tempo que ela estivera nas garras de George Chervil, Daniel mantivera seu pânico sob controle. Ele se conservara firme, apesar dos músculos tensos, mas naquele momento, com ela a salvo...

– Achei que poderia perdê-la – arquejou, abraçando-a com força. Enterrou o rosto no pescoço dela e logo percebeu que estava ensopando seu vestido de lágrimas. – Eu não sei... Acho que não sabia...

– A propósito, eu não teria atirado nela – esclareceu Hugh, caminhando até a janela.

George gritou quando ele "acidentalmente" pisou em sua mão.

– Você é louco – disse Daniel, indignado mesmo em meio às lágrimas.

– Ou nunca me apaixonei antes – retrucou Hugh em um tom inexpressivo. Ele olhou para Anne. – O que garantiu que eu pensasse com mais clareza. – Hugh indicou o revólver. – E me possibilitou uma melhor pontaria, também.

– Do que ele está falando? – sussurrou Anne.

– Eu raramente entendo – admitiu Daniel.

– Vou abrir a janela para Chatteris entrar – falou Hugh, e se afastou assoviando.

– Ele é louco – comentou Daniel, afastando-se de Anne apenas o necessário para segurar o rosto dela entre as mãos. Ela estava tão linda, e preciosa, e *viva*. – Completamente louco.

Os lábios dela tremeram e se abriram em um sorriso.

– Mas eficiente.

Daniel sentiu algo começar a se agitar em sua barriga. Riso. Santo Deus, talvez todos eles fossem loucos.

– Precisa de ajuda? – perguntou Hugh, e Daniel e Anne se viraram para a janela.

– Lorde Chatteris está em uma árvore? – perguntou Anne.

– O que em nome de Deus está acontecendo? – quis saber Marcus, antes mesmo de entrar cambaleando no quarto. – Ouvi um tiro.

– Hugh atirou nele – explicou Daniel, indicando Chervil com a cabeça. O homem estava tentando rastejar pelo chão. Marcus se adiantou imediatamente e bloqueou seu caminho. – Enquanto ele estava segurando Anne.

– Ainda não o ouvi agradecer – lembrou Hugh, espiando pela janela por alguma razão que Daniel não conseguiu atinar.

– Obrigada – disse Anne.

Hugh se virou e ela lhe dirigiu um sorriso tão brilhante que ele chegou a se sobressaltar.

– Bem, agora sim – comentou Hugh, constrangido, e Daniel teve que sorrir.

O ar *realmente* se alterava quando Anne estava em um cômodo.

– O que vamos fazer com ele? – perguntou Marcus, sempre vendo as questões práticas em primeiro lugar.

Ele se abaixou, pegou alguma coisa no chão, examinou-a por um momento e se agachou perto de George.

– Ai! – urrou George.

– Primeiro, amarrar as mãos dele – disse Marcus. Em seguida olhou para Anne. – Presumo que tenha sido isso que ele usou para amarrar as suas mãos.

Ela assentiu.

– Isso dói! – resmungou George.

– Você não deveria ter feito com que atirassem em você – comentou Marcus, sem nenhuma compaixão, e virou-se para Daniel. – Temos que resolver o que vamos fazer em seguida.

– Você prometeu que não me mataria – choramingou George.

– Eu prometi que não o mataria se você a soltasse – lembrou Daniel.

– E eu fiz isso.

– Depois que atirei em você – argumentou Hugh.

– Não vale a pena matá-lo – disse Marcus, apertando a corda com força. – Haverá perguntas.

Daniel assentiu, grato pelo bom senso do amigo. Ainda assim, não estava preparado para livrar George do pavor que ele experimentava no momento. Deu um beijo rápido no topo da cabeça de Anne e se levantou.

– Posso? – perguntou a Hugh, a mão estendida.

– Eu já a recarreguei – disse Hugh, estendendo-lhe a arma.

– Eu sabia que faria isso – murmurou Daniel, e em seguida foi até George.

– Você disse que não me mataria! – berrou o homem.

– Não matarei. Não hoje, pelo menos. Mas se você se aproximar de novo de Whipple Hill, eu o matarei.

George assentiu freneticamente.

– Na verdade – continuou Daniel, abaixando-se para pegar a faca que

Hugh chutara em sua direção –, se você se aproximar de Londres, eu o matarei.

– Mas eu moro em Londres!

– Agora não morará mais.

Marcus pigarreou.

– Devo dizer que também não o quero em Cambridgeshire.

Daniel olhou para o amigo, assentiu e virou-se novamente para Chervil.

– Se você se aproximar de Cambridgeshire, *ele* o matará.

– Se me permitem dar uma sugestão – falou Hugh, muito calmo –, talvez seja mais fácil para todos os envolvidos se estendêssemos a proibição a todas as Ilhas Britânicas.

– O quê? – gritou George. – Vocês não podem...

– Ou poderíamos simplesmente matá-lo – disse Hugh, e olhou para Daniel. – Você poderia dar alguns conselhos a ele sobre a vida na Itália, não poderia?

– Mas não falo italiano – choramingou George.

– Vai aprender – retrucou Hugh com rispidez.

Daniel olhou para a faca em suas mãos. Era perigosamente afiada, e estivera a pouquíssimos centímetros da garganta de Anne.

– Austrália – falou, determinado.

– Muito bem – concordou Marcus, puxando George para colocá-lo de pé. – Podemos cuidar dele?

– Por favor – respondeu Daniel.

– Vamos levar a carruagem dele – falou Hugh, e deu um raro sorriso. – A que tem o chifre de unicórnio.

– O chifre de... – repetiu Anne, perplexa. Ela se virou para Daniel. – Frances?

– Ela salvou o dia.

– E ela está bem? Não se machucou? Tive que empurrá-la da carruagem e...

– Ela está bem – garantiu Daniel, parando por um momento para se despedir de Marcus e Hugh, que saíram arrastando George. – Um pouco empoeirada, e acho que minha tia deve ter envelhecido uns cinco anos, mas está bem. E quando ela vir você...

Mas ele não conseguiu terminar. Anne começou a chorar.

Daniel ajoelhou-se ao lado dela na mesma hora e puxou-a mais para perto.

– Está tudo bem – murmurou. – Vai ficar tudo bem.

Anne balançou a cabeça.

– Não, não vai. – Ela levantou a cabeça e seus olhos brilhavam de amor. – Vai ser muito melhor.

– Amo você – disse ele.

E teve a sensação de que repetiria aquilo com muita frequência. Pelo resto da vida.

– Também amo você.

Ele pegou a mão dela e levou-a aos lábios.

– Quer se casar comigo?

– Eu já disse que sim – respondeu Anne com um sorriso curioso.

– Eu sei. Mas quis perguntar de novo.

– Então, aceito de novo.

Ele apertou-a nos braços, porque precisava senti-la.

– Provavelmente deveríamos descer. Estão todos preocupados.

Ela assentiu, roçando o rosto de leve no peito dele.

– Minha mãe está na carruagem, e minha tia…

– Sua mãe? – gritou Anne, se afastando. – Ah, meu Deus, o que ela deve pensar de mim?

– Que você deve ser uma mulher incrível e encantadora, e que se ela lhe tratar muito, muito bem, você lhe dará um monte de netos.

Anne sorriu timidamente.

– Se *ela* me tratar bem?

– Bem, acho que não preciso dizer que eu a tratarei muito bem.

– Quantos filhos você acha que caracterizam um monte?

Daniel sentiu a alma mais leve.

– Uma boa quantidade, eu acho.

– Vamos ter que nos dedicar muito a isso.

Ele se espantou por conseguir manter a expressão séria.

– Sou um homem muito esforçado.

– É uma das razões pelas quais amo você. – Anne tocou o rosto dele. – Uma das muitas, muitas razões.

– Tantas assim, é? – Ele sorriu. Não, na verdade já estava sorrindo antes. Mas talvez agora o sorriso estivesse um pouco mais largo. – Centenas?

– Milhares.

– Talvez eu tenha que requisitar a lista completa.

– Agora?

Quem falou que são as mulheres que gostam de provocar elogios estava enganado. Daniel sentiu-se muito feliz com a ideia de se sentar ali e ouvi-la dizer coisas adoráveis a seu respeito.

– Talvez só as cinco primeiras – cedeu ele.

– Bem...

Ela fez uma pausa e Daniel a encarou com uma expressão brincalhona.

– É tão difícil assim encontrar cinco razões para me amar?

Os olhos de Anne estavam tão arregalados e a expressão tão inocente, que Daniel quase acreditou quando ela disse:

– Ah, não, é só que é um desafio ter que escolher minhas favoritas.

– Faça uma escolha aleatória, então – sugeriu ele.

– Muito bem. – Anne fez uma expressão pensativa. – O seu sorriso. Adoro o seu sorriso.

– Também adoro o seu!

– E você tem um senso de humor encantador.

– Você também!

Ela o encarou muito séria.

– O que eu posso fazer se as minhas razões são todas iguais às suas? – defendeu-se ele.

– Você *não* toca um instrumento musical.

Ele a encarou com uma expressão de dúvida.

– Como o resto da sua família – explicou Anne. – Sinceramente, não sei se eu conseguiria aguentar ter que ouvi-lo ensaiar.

Daniel chegou mais para a frente e inclinou a cabeça com um olhar travesso.

– O que a faz pensar que eu *não* toco um instrumento?

– Não toca! – arquejou Anne, e Daniel quase achou que ela poderia reconsiderar a resposta que dera ao pedido de casamento.

– Tem razão, não toco – confirmou ele. – O que não quer dizer que não tenha tido aulas de música.

Ela o encarou com uma interrogação no olhar.

– Os meninos da família não são obrigados a continuar as aulas de música depois que passam a frequentar a escola. A menos que mostrem um talento excepcional.

– E algum dos meninos da família mostrou um talento excepcional?

– Nenhum – confessou ele em um tom alegre.

Então se levantou e estendeu a mão para ela. Estava na hora de irem para casa.

– Eu não deveria lhe dar mais duas razões? – perguntou Anne, aceitando a ajuda dele para se levantar.

– Ah, você pode me dizer mais tarde. Temos muito tempo.

– Mas acabei de pensar em mais uma.

Ele a fitou com a sobrancelha erguida.

– Você diz isso como se fosse necessário um grande esforço.

– Na verdade, é mais um momento – disse Anne.

– Um momento?

Ela assentiu, seguindo-o pela porta até o corredor.

– Na noite em que nos conhecemos. Eu estava prestes a deixá-lo no saguão dos fundos.

– Ferido e sangrando?

Daniel tentou se mostrar ultrajado, mas o sorriso que abriu arruinou o efeito.

– Eu perderia meu emprego se fosse pega com você, e já tinha passado sabe Deus quanto tempo presa naquele depósito. Realmente não tinha tempo para cuidar de seus ferimentos.

– Mas cuidou.

– Sim.

– Por causa do meu sorriso encantador e do meu adorável senso de humor?

– Não. Foi por causa da sua irmã.

– Honoria? – perguntou Daniel, surpreso.

– Você a estava defendendo – explicou Anne, dando de ombros. – Como eu poderia abandonar um homem que estava defendendo a irmã?

Para seu total constrangimento, Daniel sentiu o rosto quente.

– Ora, qualquer um teria feito a mesma coisa – murmurou ele.

Já no meio da escada, Anne exclamou:

– Ah, lembrei-me de outra razão! Quando estávamos ensaiando para a peça de Harriet, você *teria* interpretado o javali se ela tivesse lhe pedido.

– Não, eu não teria.

Ela deu um tapinha carinhoso no braço dele quando os dois saíram da estalagem.

– Sim, teria.

– Tudo bem, eu teria – mentiu ele.

Ela o encarou com um olhar sagaz.

– Você acha que só está dizendo isso para me satisfazer, mas sei que teria tido espírito esportivo.

Santo Deus, era como se os dois já fossem casados havia anos.

– Ah, pensei em outro!

Ele fitou Anne, seus olhos tão brilhantes, tão cheios de amor, de esperança, de promessas.

– Em dois, na verdade – disse ela.

Ele sorriu. Podia pensar em milhares.

EPÍLOGO

Outro ano, outro concerto Smythe-Smith...

— Acho que é melhor Daisy dar um passo para a direita – murmurou Daniel no ouvido da esposa. – Sarah parece prestes a arrancar a cabeça dela.

Anne lançou um olhar nervoso para Sarah, que – já tendo esgotado sua única desculpa possível no ano anterior – estava de volta ao palco, ao piano...

Assassinando as teclas.

Anne só podia deduzir que a jovem decidira que a fúria era preferível à infelicidade abjeta. Só Deus sabia se o piano sobreviveria ao encontro.

Mas ainda pior era Harriet, recrutada naquele ano para substituir Honoria, que, como a nova lady Chatteris, não precisava mais se apresentar.

Casamento ou morte. Aquelas eram as duas únicas rotas de fuga, dissera Sarah em um tom sombrio quando Anne passara para ver como estavam indo os ensaios.

Morte de quem, Anne não sabia. Quando Anne chegara, Sarah havia conseguido, de algum modo, tomar posse do arco do violino de Harriet, e o brandia como uma espada. Daisy dava gritinhos, Iris gemia e Harriet arquejava de prazer enquanto anotava tudo para usar em uma futura peça.

– Por que Harriet está falando sozinha? – perguntou Daniel, em um sussurro, trazendo Anne de volta ao presente.

– Ela não sabe ler partituras.

– *O quê?*

Várias pessoas olharam na direção deles, inclusive Daisy, cuja expressão severa só poderia ser descrita como homicida.

– O quê? – repetiu Daniel, em um tom mais baixo dessa vez.

– Ela não sabe ler partituras – repetiu Anne em um sussurro, mantendo educadamente o olhar no concerto que se desenrolava. – Harriet me contou que nunca conseguiu aprender. Ela pediu a Honoria para escrever as notas e decorou-as.

Anne olhou na direção de Harriet, que dizia as notas baixinho, mas com movimentos tão claros da boca que até mesmo os convidados sentados na última fila com certeza perceberiam que ela só tocava – ou melhor, tentava tocar – em si bemol.

– Por que ela simplesmente não lê as notas que Honoria escreveu?

– Não sei – admitiu Anne.

E deu um sorriso encorajador para Harriet, que retribuiu o gesto.

Ah, Harriet... Era impossível não amá-la. E Anne a amava, ainda mais agora que fazia parte da família. Adorava ser uma Smythe-Smith. Adorava o barulho, a presença constante de primas em seu quarto de vestir e a forma como todas haviam sido encantadoras com Charlotte, irmã de Anne, que os visitara no início daquela primavera.

Mas, acima de tudo, Anne adorava ser uma Smythe-Smith que *não* precisava se apresentar no concerto. Porque ao contrário do resto da plateia, cujos resmungos e gemidos Anne conseguia ouvir claramente ao seu redor, ela sabia a verdade:

O concerto era muito, muito pior no palco do que na plateia.

Embora...

– Não consigo deixar de sentir certo carinho pelo concerto – sussurrou Anne para Daniel.

– É mesmo? – Ele se encolheu quando Harriet fez algo indizível com o violino. – Porque não consigo deixar de sentir certo carinho pela minha audição.

– Mas se não fosse o concerto, nós não teríamos nos conhecido – lembrou Anne.

– Ah, acho que eu a teria descoberto.

– Mas não em uma noite como esta.

– Não.

Daniel sorriu e pegou a mão dela. Era um gesto bastante inapropriado, algo que casais não deveriam fazer em público de jeito nenhum, mas Anne não se importou. Ela entrelaçou os dedos aos do marido e sorriu. Já não importava mais que Sarah estivesse surrando as teclas do piano, ou que Harriet houvesse começado a recitar as notas tão alto que quem estava sentado na primeira fila conseguisse ouvi-la falar.

Anne tinha Daniel. E estava de mãos dadas com ele.
Na verdade, aquilo era tudo o que importava.

As formações do Quarteto Smythe-Smith

1807

Anne ▷ VIOLONCELO
Margaret ▷ VIOLINO
Henrietta ▷ VIOLINO
Catherine ▷ VIOLA DE ARCO

1808

Anne ▷ VIOLONCELO
Carolyn ▷ PIANO
Henrietta ▷ VIOLINO
Catherine ▷ VIOLA DE ARCO

1809

Anne ▷ VIOLONCELO
Carolyn ▷ PIANO
Henrietta ▷ VIOLINO
Lydia ▷ VIOLINO

1810

Genevieve ▷ VIOLONCELO
Carolyn ▷ PIANO
Eleanor ▷ VIOLINO
Lydia ▷ VIOLINO

1811

Genevieve ▷ VIOLONCELO
Carolyn ▷ PIANO
Eleanor ▷ VIOLINO
Lydia ▷ VIOLINO

1812

Mary ▷ VIOLONCELO
Carolyn ▷ PIANO
Eleanor ▷ VIOLINO
Constance ▷ VIOLINO

1813

Mary ▷ VIOLONCELO
Carolyn ▷ PIANO
Eleanor ▷ VIOLINO
Constance ▷ VIOLINO

1814

Mary ▷ VIOLONCELO
Philippa ▷ PIANO
Eleanor ▷ VIOLINO
Constance ▷ VIOLINO

1815

Mary ▷ VIOLONCELO
Philippa ▷ PIANO
Eleanor ▷ VIOLINO
Constance ▷ VIOLINO

1816

Mary ▷ VIOLONCELO
Philippa ▷ PIANO
Eleanor ▷ VIOLINO
Charlotte ▷ VIOLINO

1817

Mary ▷ VIOLONCELO
Susan ▷ VIOLA DE ARCO
Rose ▷ VIOLINO
Charlotte ▷ VIOLINO

1818

Mary ▷ VIOLONCELO
Marianne ▷ VIOLA DE ARCO
Rose ▷ VIOLINO
Viola ▷ VIOLINO

1819

Marigold ▷ VIOLONCELO
Marianne ▷ VIOLA DE ARCO
Rose ▷ VIOLINO
Viola ▷ VIOLINO

1820

Marigold ▷ VIOLONCELO
Diana ▷ VIOLA DE ARCO
Rose ▷ VIOLINO
Viola ▷ VIOLINO

1821

Marigold ▷ VIOLONCELO
Diana ▷ VIOLA DE ARCO
Lavender ▷ VIOLINO
Viola ▷ VIOLINO

1822

Marigold ▷ VIOLONCELO
Diana ▷ VIOLA DE ARCO
Lavender ▷ VIOLINO
Viola ▷ VIOLINO

1823

Marigold ▷ VIOLONCELO
Sarah ▷ PIANO
Honoria ▷ VIOLINO
Viola ▷ VIOLINO

1824

Iris ▷ VIOLONCELO
Anne ▷ PIANO
Honoria ▷ VIOLINO
Daisy ▷ VIOLINO

1825

Iris ▷ VIOLONCELO
Sarah ▷ PIANO
Harriet ▷ VIOLINO
Daisy ▷ VIOLINO

CONHEÇA OUTRA SÉRIE DA AUTORA:

DAMAS REBELDES

Esplêndida – A história de Emma
LIVRO 1

Existem duas coisas que todos sabem sobre Alexander Ridgely. A primeira é que ele é o duque de Ashbourne. A segunda, que é um solteiro convicto.

Isso até uma linda jovem se jogar na frente de uma carruagem para salvar a vida do sobrinho dele. Ela é tudo que Alex nunca pensou desejar em uma mulher: inteligente e engraçada, cheia de princípios e corajosa. Mas é uma criada, inadequada para um nobre. A menos que, talvez, ela não seja bem o que parece...

A herdeira americana Emma Dunster pode estar cercada por ingleses, mas isso não significa que pretenda se casar com um, ainda que tenha concordado em participar de uma temporada em Londres.

Quando ela sai da casa dos primos vestida como criada, só quer um último gostinho de anonimato antes de ser apresentada à sociedade. Em vez disso, vai parar nos braços de um duque perigosamente lindo. Em pouco tempo, fica claro para Emma que o amor floresce quando menos se espera e é capaz de derreter até o mais teimoso dos corações.

Brilhante – A história de Belle
LIVRO 2

Quando um pretendente diz a lady Belle que, por conta da beleza e da fortuna dela, está disposto a fazer vista grossa para as suas chocantes tendências intelectuais, ela decide se afastar do mercado casamenteiro e passar uma temporada no campo.

Belle não imaginava que durante sua estadia fosse conhecer lorde John Blackwood, um herói de guerra que a deixaria fascinada como nenhum outro homem da alta sociedade londrina fora capaz de fazer.

Apesar de já ter vivido coisas terríveis, nada aterroriza mais o coração atormentado de lorde John do que lady Arabella. Ela é inebriante, exasperante e... faz com que ele tenha sede de viver. De repente, ele se vê escrevendo poemas ruins e subindo em árvores na calada da noite só para poder dançar com ela quando o relógio bater meia-noite.

Apesar de saber que nunca poderá ser o homem que ela merece, John não consegue parar de desejá-la. Será que quando a luz do dia substituir a magia da madrugada, os dois conseguirão deixar as diferenças de lado e se entregar ao amor?

Indomável – A história de Henry
LIVRO 3

Henrietta Barrett nunca seguiu as regras impostas pela sociedade. Prefere calças a vestidos e, em vez de frequentar chás e bailes e fazer aulas de artesanato, administra pessoalmente a propriedade de seu idoso tutor, localizada em um canto remoto da Cornualha.

Quando seu guardião morre, as terras que Henry tanto adora vão parar nas mãos de um primo distante, que pode ameaçar a vida que está acostumada a levar e também o ganha-pão das pessoas que ela mais ama.

William Dunford, o solteiro mais esquivo de Londres, fica surpreso ao saber que herdou uma propriedade, um título e… uma pupila decidida a expulsá-lo o mais rápido possível da Cornualha.

Henry está determinada a continuar administrando Stannage Park sem a ajuda do novo lorde, embora o charme exalado por ele quase a faça esquecer suas convicções. Mas Dunford tem certeza de que pode mudar as coisas para melhor, começando por sua pupila indomável.

Só que transformar Henry em uma dama faz com que ela se torne não apenas a queridinha da alta sociedade, mas também uma tentação irresistível para o homem que pensava que nunca seria conquistado…

CONHEÇA OS LIVROS DE JULIA QUINN

OS BRIDGERTONS
O duque e eu
O visconde que me amava
Um perfeito cavalheiro
Os segredos de Colin Bridgerton
Para Sir Phillip, com amor
O conde enfeitiçado
Um beijo inesquecível
A caminho do altar
E viveram felizes para sempre

Os Bridgertons, um amor de família

Rainha Charlotte

QUARTETO SMYTHE-SMITH
Simplesmente o paraíso
Uma noite como esta
A soma de todos os beijos
Os mistérios de sir Richard

AGENTES DA COROA
Como agarrar uma herdeira
Como se casar com um marquês

IRMÃS LYNDON
Mais lindo que a lua
Mais forte que o sol

OS ROKESBYS
Uma dama fora dos padrões
Um marido de faz de conta
Um cavalheiro a bordo
Uma noiva rebelde

TRILOGIA BEVELSTOKE
História de um grande amor
O que acontece em Londres
Dez coisas que eu amo em você

DAMAS REBELDES
Esplêndida – A história de Emma
Brilhante – A história de Belle
Indomável – A história de Henry

Os dois duques de Wyndham – O fora da lei / O aristocrata

A Srta. Butterworth e o barão louco

editoraarqueiro.com.br